825.

D1012278

HISTORIA DE
UNA
ESCALERA
LAS MENINAS

LITERATURA

ESPASA CALPE

ANTONIO BUERO VALLEJO

HISTORIA DE UNA ESCALERA

LAS MENINAS

Introducción
Ricardo Doménech

COLECCIÓN AUSTRAL

ESPASA CALPE

Primera edición: 18-XI-1975
Vigésima cuarta edición: 29-IX-1995

© *Antonio Buero Vallejo, Madrid, 1949, 1960*
© *De esta edición: Espasa Calpe, S. A., 1975, 1987*
—

Maqueta de cubierta: Enric Satué
—

Depósito legal: M. 31.468—1995

ISBN 84—239—1810—6

Reservados todos los derechos. No se permite reproducir, almacenar en sistemas de recuperación de la información ni transmitir alguna parte de esta publicación, cualquiera que sea el medio empleado —electrónico, mecánico, fotocopia, grabación, etc.—, sin el permiso previo de los titulares de los derechos de la propiedad intelectual.

Impreso en España/Printed in Spain
Impresión: Gaez, S. A.

Editorial Espasa Calpe, S. A.
Carretera de Irún, km 12,200. 28049 Madrid

ÍNDICE

PRÓLOGO

HISTORIA DE UNA ESCALERA, drama en tres actos, se estrenó el 14 de octubre de 1949, en el Teatro Español de Madrid, bajo la dirección de Cayetano Luca de Tena. La obra había obtenido el premio «Lope de Vega» de ese año y llegó a alcanzar 187 representaciones consecutivas. LAS MENINAS, fantasía velazqueña en dos partes, se estrenó en el mismo teatro, bajo la dirección de José Tamayo, el 9 de diciembre de 1960. Su éxito de público fue aún mayor, el mayor conseguido por Buero hasta entonces: 260 representaciones. Traducidas, estudiadas, reeditadas constantemente, HISTORIA DE UNA ESCALERA y LAS MENINAS son ya dos obras clásicas del teatro español de este tiempo y, como es lógico, dos sólidos pilares del arte de Antonio Buero Vallejo [1].

Para acercarnos al estudio de ambas obras, hay que empezar por recordar que, en líneas generales, todo el teatro de Buero responde al deliberado empeño de llegar a una síntesis de dos estilos antagónicos: el realismo y el simbo-

---

[1] La influencia de *Historia de una escalera* es notoria en muchos autores posteriores (recuérdense obras como *La madriguera,* de Rodríguez Buded; *Los pobrecitos,* de Alfonso Paso; *Cerca de las estrellas,* de Ricardo López Aranda, y *La camisa,* de Lauro Olmo), si bien tomando de ella más los aspectos sociales y costumbristas que rigurosamente trágicos. La influencia de *Las Meninas* es menos espectacular, si bien *El caballero de las espuelas de oro,* de Alejandro Casona, y algún drama reciente de Antonio Gala no se explicarían sin la existencia previa del teatro histórico de Buero.

lismo. Y, desde luego, elementos de estos estilos pueden advertirse, no meramente yuxtapuestos, sino dentro de una rigurosa armonía, en HISTORIA DE UNA ESCALERA y en LAS MENINAS. Así, por debajo de la acción, del diálogo y del espacio escénico realista, observamos un extenso repertorio de símbolos, utilizados —como en un Maeterlinck, por ejemplo— para expresar lo que está más allá de la realidad: el misterio, de acuerdo con un procedimiento técnico que es a la vez alusivo y elusivo, peculiarmente simbolista. Paralelamente, y con ello damos un paso adelante en nuestra reflexión inicial, en el texto de Buero Vallejo es visible también que el dramaturgo asume anteriores tendencias del teatro español —tendencias en desuso, casi siempre desechadas de manera prematura— y ello con una decidida voluntad integradora y superadora, con un riguroso espíritu dialéctico que le lleva a afirmar su modernidad y búsquedas renovadoras a partir del teatro español precedente. HISTORIA DE UNA ESCALERA y LAS MENINAS nos lo hacen ver muy a las claras, si bien son distintas las tendencias que una y otra obra toman como punto de partida. Analicemos esta cuestión con más detalle.

Además de revelación de un nuevo y fundamental dramaturgo, y además de límite de dos momentos diferenciados del teatro español —rasgos estos en los que no merece la pena insistir: son bien conocidos—, HISTORIA DE UNA ESCALERA supone en 1949 un audaz planteamiento estético. *Detrás* de la obra están nada menos que el sainete y la tragedia unamuniana, con la clara intención de aunarlos y trascenderlos [2]. No era una novedad absoluta, cier-

---

[2]   Cuando el estreno, y en los años inmediatamente posteriores, de *Historia de una escalera* se decía —o escribía— a menudo, con ánimo peyorativo o simplemente con el propósito de restarle agresividad, que era un sainete; algunos críticos reaccionaban negando toda vinculación de *Historia de una escalera* al género sainetesco. La cuestión ha quedado ya zanjada, y sería ocioso volver sobre aquellos textos. También sería ocioso replantearse la torpe objeción que encontró la obra en algunos sectores, donde fue tachada de pesimista. Para algunos espectadores o lectores, poco habituados a frecuentar teatros y libros, es pesimista toda obra literaria que no conduzca a un tranquilizador *happy end*. Pero estas actitudes incultas no pueden tomarse en consideración.

tamente, tratar de ir del sainete hacia formas más depuradas y de mayor densidad conceptual. Arniches, *Azorín*, Valle-Inclán, Pedro Salinas y otros lo habían hecho. Entre ellos, la contribución más importante hay que buscarla en los *esperpentos* de Valle-Inclán, y más en particular en el que se titula *La hija del capitán* (1927), que no es sino un sainete trascendido, convertido en una tragicomedia expresionista. La novedad más profundamente original de HISTORIA DE UNA ESCALERA radica en que ese mismo espacio costumbrista del sainete será el ámbito de una tragedia. Sin renunciar a ciertos toques coloristas y hasta populistas, Buero proyecta un sentimiento trágico de la existencia, de indudable raíz unamuniana, que impregna escenario, personajes, acciones. Movido, acuciado por imperativos que más adelante hemos de ver, Buero Vallejo se había propuesto desde el principio escribir un teatro trágico [3], y esto, escribir la tragedia española moderna, tenía dos antecedentes fundamentales en nuestra literatura: Unamuno y García Lorca. García Lorca había encontrado un lenguaje —literario y teatral— tan original, tan intenso, tan perfecto que experimentar en su mismo estilo sólo podía conducir a un teatro amanerado, meramente repetitivo. Unamuno, en cambio, con una concepción trágica del mundo extraordinariamente rica, no había conseguido decantar, forjar ese lenguaje, y de ahí las enormes posibilidades de ulteriores desarrollos dramáticos que ofrecía su teatro. Profundamente identificado con el pensamiento unamuniano, Buero ve en la tradición del sainete, sobre todo, un lenguaje: un lenguaje literario y teatral, susceptible de llegar a convertirse, tras una reelaboración, en cauce expresivo muy adecuado para un nuevo teatro trá-

---

[3]   He aquí algunos textos teóricos de Buero que, acerca de este punto y también por su interés general, deben consultarse: «El autor y su obra. El teatro de Buero Vallejo visto por Buero Vallejo», *Primer Acto*, núm. 1, abril de 1957, págs. 4-6. «La tragedia», en Guillermo Díaz-Plaja, *El Teatro (Enciclopedia del Arte Escénico)*, Noguer, Barcelona, 1958, págs. 63-87. «Sobre teatro», *Cuadernos de Ágora*, núm. 79-82, mayo-agosto de 1963, págs. 12-14. «García Lorca ante el esperpento», en *Tres maestros ante el público*, Alianza, Madrid, 1973.

gico. Más aún: susceptible de ofrecer una cierta cobertura, dada la amplia popularidad del sainete, en el marco de un teatro como el de la posguerra española: público atrofiado, empresarios que sienten horror ante todo lo que huela a «intelectual», etc. [4]. Los resultados de la experiencia no pudieron ser mejores: minorías intelectuales y gran público prestan en seguida su adhesión a HISTORIA DE UNA ESCALERA. Animado por este éxito, Buero se volverá a plantear esos mismos presupuestos estéticos en algunas obras posteriores: en *Irene, o el tesoro* (1954) y, con más fortuna, en *Hoy es fiesta* (1956). Presupuestos, en fin, no enteramente ajenos a *Las cartas boca abajo* (1957), aunque lo que fundamentalmente se intenta asumir y trascender aquí es el drama de caracteres (Galdós, Benavente), y a *El tragaluz* (1967). Constituyen todas estas obras una parcela bastante delimitada del teatro de Buero. Tomadas en conjunto o aisladamente, vienen a ser un valioso testimonio, inmediato y crítico, de la sociedad española de hoy.

Al considerarse ahora el tema desde la perspectiva de LAS MENINAS, detrás de este drama vemos nada menos que el teatro histórico en verso, que viene desde el romanticismo y se prolonga desmayadamente en autores como Marquina, Villaespesa y otros. Sólo Valle-Inclán, con *Farsa y licencia de la reina castiza* (1920) y García Lorca, con *Mariana Pineda* (1927), habían tratado de renovar a su manera esta tendencia o modalidad. Pero desistieron pronto del empeño, urgidos como estaban por otras búsquedas. En los años treinta, el cultivador de un teatro histórico es... José María Pemán, con obras como *El divino impaciente, Cisneros, Cuando las Cortes de Cádiz.* Así pues, había que plantearse el problema desde el principio —ver de otro modo, más profundo, la historia; forjar un lenguaje dramático más apto—, y eso es *Un soñador para un pue-*

---

[4]   Con mucha cautela, en la «Autocrítica» aparecida en la prensa el día del estreno, Buero afirmaba: «Pretendí hacer una comedia en la que lo ambicioso del propósito estético se articule en formas teatrales susceptibles de ser recibidas con agrado por el gran público.» Este es un aspecto más de la actitud posibilista del autor, prudente siempre en sus «gestos» y sólo audaz en lo fundamental.

blo (1958), eso es LAS MENINAS. De los cuatro dramas históricos de Buero (a los citados, añádanse *El Concierto de San Ovidio,* 1962, y *El sueño de la razón,* 1970), tres se ocupan de la historia de España, y lo hacen sobre momentos fronterizos del vivir español de la Edad Moderna; el Motín de Esquilache, la España de Felipe IV y el declinar del imperio, la sombría dictadura de Fernando VII. Al elegir a sus protagonistas —Esquilache, Velázquez, Goya—, el autor nos propone una identificación con ellos y, a través de ellos, una visión de España: visión, a veces, consternada; esperanzada, siempre. Pero sobre este punto nos extenderemos más adelante. Baste decir ahora que este teatro histórico de Buero trasluce un interés auténtico por los temas históricos elegidos. Si para los románticos la historia era simplemente un escenario exótico, y para los epígonos, como Marquina, Pemán, etc., un pretexto al servicio de los intereses de la derecha, para Buero (que en este aspecto sigue más bien a Shakespeare y a Lope de Vega) es escenario —y aún diría: es *el* escenario— de la tragedia, es decir, el ámbito en el cual el hombre ha de afrontar las grandes tareas que pueden dar sentido y dignidad a su vida.

Estas dos parcelas del teatro de Buero Vallejo, que HISTORIA DE UNA ESCALERA y LAS MENINAS representan bastante bien, parecen moverse en un terreno enteramente opuesto al de otras obras, de temática ahistórica y estilo decididamente neosimbolista *(En la ardiente oscuridad,* 1950; *La señal que se espera,* 1952; *Casi un cuento de hadas,* 1953; *Aventura en lo gris,* 1963, etc.). Pero esa primera impresión es engañosa, resultado de una lectura superficial de los textos. Al ahondar en la estructura trágica, profunda, del teatro de Buero, se ve que su unidad es muy poderosa y desde ella cabe contemplar obras como HISTORIA DE UNA ESCALERA y LAS MENINAS con resultados no accesibles a una lectura superficial. Con anterioridad, hemos podido acercarnos a esa unidad radical del teatro de Buero partiendo de la primera obra que escribe, *En la ardien-*

te oscuridad (redactada en 1946), al comprobar que ésta contiene, explícita o implícitamente, las constantes más fundamentales de este teatro. Tales constantes son: 1.ª) la antinomia *activos-contemplativos;* 2.ª) las taras físicas (ceguera, locura, sordera, etc., que pueden homologarse en una misma y única finalidad simbólica); 3.ª) una imagen totalizadora de lo humano, que abarca los conflictos sociales y políticos, y, simultáneamente, el misterio del mundo; 4.ª) el tema de España, latente o abiertamente enunciado. Son principalmente estas constantes las que nos han permitido llegar a la estructura trágica, profunda, del teatro de Buero, pudiendo proponer así una interpretación nueva del mismo [5]. En esa estructura profunda hemos hallado: *a)* un trasfondo mítico siempre presente o latente: Edipo, Don Quijote y Caín-Abel [6]; y *b)* una ausencia-presencia de Dios (de acuerdo con el instrumento conceptual de «visión trágica», propuesto por Goldmann) [7]. Ese Dios, bien entendido, no es el Dios cierto de las religiones, sino el Dios incierto, equívoco, problemático de la tragedia. Mito y divinidad: he aquí, desde los griegos, dos dimensiones inseparables, que no podían faltar en la raíz última de un teatro tan coherentemente trágico como el de Buero. Aplicando la metodología de Goldmann, hemos comprobado que este teatro apunta a la necesidad de «recuperar a Dios, o lo que para nosotros es sinónimo de esto y menos ideológico, la *comunidad* y el *universo»,* como de Pascal y de Racine nos dice Goldmann. Esta buerista restauración de la conciencia trágica se nos presentará, así, como resultado y testimonio —resultado, por ser testimonio; testimonio, por ser resultado— de un *final de partida* español: la guerra civil y la posguerra. Pero trataremos de ver ahora HISTORIA DE UNA ESCALERA y LAS MENINAS a la luz de este esquema general, en busca de los aspectos con-

---

[5]   Véase nuestro estudio *El teatro de Buero Vallejo* (citado en bibliografía final), sobre todo el capítulo XII.

[6]   Bien entendido que se trata de mitos *subyacentes.*

[7]   Cf. Lucien Goldmann, *Le dieu caché* (trad. española, *El hombre y lo absoluto,* Ediciones Península, Barcelona, 1968).

cretos —y no visibles en la superficie— que confieren a estos dramas su significación última.

En HISTORIA DE UNA ESCALERA, la antinomia *activo-contemplativo* es diferente de otros textos dramáticos de Buero. Fernando es un falso *contemplativo,* y Urbano, hombre de acción, es de una categoría moral que le hace distinto de los habituales *activos.* Sin embargo, la antinomia subsiste, bien que el autor efectúe notables cambios. En la polaridad de los dos personajes, por de pronto, el autor proyecta dos modos opuestos de vivir en el mundo: individualista e insolidario, el de Fernando; solidario y colectivista, el de Urbano. Además, hay que contar con la rivalidad —aunque a menudo en un plano virtual— por el amor de Carmina. Y, sobre todo, la oposición Fernando-Urbano incluye algo tan fundamental como la guerra civil, si bien el planteamiento es indirecto, como en *El tragaluz.* Para probarlo, tenemos que subrayar una frase que prohibió la censura de 1949, y que explica el enfrentamiento de Urbano y Fernando en el acto III. Aludiendo al «fracaso» de Urbano, dice Fernando: «Tú ibas a llegar muy lejos con el sindicato y la solidaridad. *(Irónico.)* Ibais a arreglar las cosas para todos... hasta para mí.» A lo que contesta Urbano: «Sí, hasta para vosotros, los cobardes, que nos habéis fallado» [8].

No voy a polemizar aquí con la censura de 1949... Ni con la de hoy. Únicamente me interesa destacar esta réplica para demostrar que el antagonismo de los dos personajes abarca la guerra civil (ésta, de la que nunca se habla, es el más importante personaje del acto III, y si olvidáramos su secreta presencia, desconoceríamos en buena parte —aunque quizá no en absoluto— el porqué del destino de los protagonistas). El mito cainita, que está en el trasfondo de la oposición *activos-contemplativos,* aparece aquí sin la circunstancia de que ambos personajes sean her-

---

[8] Cf. Patricia W. O'Connor, «Censorship in the Contemporary Spanish Theater and Antonio Buero Vallejo», *Hispania,* LII, núm. 2, mayo de 1969, pág. 283. La réplica de Urbano quedó así: «¡Sí! ¡Hasta para los zánganos y cobardes como tú!»

manos, como, de hecho, aparece en muchos textos literarios [9]. La posibilidad de reconocimiento del mito es relativamente fácil en este caso, al poder homologar con los *activos* o *contemplativos* de otras obras del autor, donde sí se da esta circunstancia de parentesco (recuérdese, por ejemplo, *El tragaluz*). Bien entendido que lo que aquí más nos importa no es que la guerra civil nos lleve al mito cainita, sino que el mito cainita nos lleve a la guerra civil; pues, en el primer caso, la cuestión suscitada se agotaría en HISTORIA DE UNA ESCALERA, mientras que, en el segundo, obtenemos una hipótesis de trabajo válida para *todo* el teatro de Buero: detrás de la antinomia *activos-contemplativos* está el mito cainita, detrás del mito cainita está la guerra civil. Ello permite una lectura enteramente nueva de los dramas neosimbolistas —y, por supuesto, de los dramas históricos— del autor.

Vínculo familiar sí existe, en cambio, entre Velázquez y Nieto, en LAS MENINAS: son primos. Y es precisamente Nieto quien denuncia a Velázquez ante la Inquisición por haber pintado una Venus desnuda. Ahora bien, la antinomia *activos-contemplativos* presenta en este drama rasgos peculiares, distintos, pues no se reduce a un protagonista y un antagonista centrales, sino que se prolonga en otros varios personajes. Fundamentalmente, se aprecia en estos cuatro: Velázquez, Nieto, Pedro, Marqués. Velázquez es la figura más positiva, si cabe decirlo así, de la galería de personajes *contemplativos*. En ningún otro ha reunido Buero tantas cualidades ejemplares, ni con ningún otro nos invita a una tan absoluta identificación; ello sin olvidar que el autor tiene gran cuidado de conferir la mayor hu-

---

[9]   Para citar un ejemplo: véase el cuento de Abu-Kir y Abu-Zir, en *Las mil y una noches,* noches 506 a 509. Viniendo al teatro contemporáneo, piénsese en Vladimiro y Estragón, protagonistas de *Esperando a Godot,* de Beckett. De otro lado, y en orden a los vínculos entre los personajes, obsérvese la cita que antepuso Buero a la obra: «Porque el hijo deshonra al padre, la hija se levanta contra la madre, la nuera contra su suegra; y los enemigos del hombre son los de su casa» (Miqueas, VII, 6). Así pues, una equivalencia entre relaciones sociales y relaciones familiares.

manidad a su personaje, de manera que éste no sea... una estatua. Por su parte, Nieto es un falso *contemplativo,* semejante al Fernando de HISTORIA DE UNA ESCALERA. El Marqués, que hará las veces de fiscal contra Velázquez, es el típico *activo* del teatro de Buero: hombre de acción, carente de escrúpulos. Pedro, en fin, es un *activo*... al revés. Viejo luchador, ahora en su ancianidad, cansado y ciego, *ve* el mundo con serenidad y melancolía. No cabe duda de que estas cuatro figuras se oponen entre sí, respondiendo a una doble simetría. Pero no termina con eso el juego de contrastes y oposiciones de personajes, pues todo el drama está construido, en ese sentido, de acuerdo con una simetría perfecta. Así, compruébense los antagonismos siguientes: Velázquez-Rey, Rey-María Teresa, María Teresa-Doña Juana, Pedro-Martín, Mari Bárbola-Nicolasillo, etcétera. Tantas son las oposiciones simétricas que toda la obra podría estudiarse desde ese único punto de vista, pero las que más nos importa subrayar ahora son la de Velázquez-Nieto y la de Marqués-Pedro, y justamente en el aspecto cainita.

No hay ciegos, sordos o locos en HISTORIA DE UNA ESCALERA. Y, sin embargo, sin recurrir al símbolo explícito de las taras físicas, el autor presenta de tal modo la acción de los tres actos, que es el propio espectador —o lector— quien no tiene más remedio que erigirse en el verdadero Tiresias del drama. Como fuere, LAS MENINAS ofrece mayor interés con respecto a esta constante de la que ahora estamos ocupándonos. La oscuridad y la luz, el símbolo fundamental de *En la ardiente oscuridad,* reaparece aquí con no menos intensidad. De un lado, Pedro es ciego; de otro, la gran preocupación —y no sólo pictórica— de Velázquez es la luz. Como en el mundo de *Edipo Rey,* en este mundo dramático la verdad está oculta. «La verdad tiene que esconderse como mi Venus, porque está desnuda», dice Velázquez. Las alusiones a que Pedro, siendo ciego, es el que *ve* a su alrededor, el que comprende lo que los otros no comprenden, son numerosas. Baste recordar que es el único que entiende la pintura de Velázquez, adivinando ya, ante un sencillo bosquejo, lo que será el gran cuadro de «Las Meninas». Vale la pena destacar sus palabras:

> Un cuadro sereno: pero con toda la tristeza de España dentro. Quien vea a estos seres comprenderá lo irremediablemente condenados al dolor que están. Son fantasmas vivos de personas cuya verdad es la muerte. Quien los mire mañana, lo advertirá con espanto... Sí, con espanto, pues llegará un momento, como a mí me sucede ahora, en que ya no sabrá si es él el fantasma ante las miradas de estas figuras... Y querrá salvarse con ellas, embarcarse en el navío inmóvil de esta sala, puesto que ellas lo miran, puesto que él está ya en el cuadro cuando lo miran... Y tal vez, mientras busca su propia cara en el espejo del fondo, se salve por un momento de morir [10].

Velázquez, a quien hemos visto escenas atrás en la más completa soledad [11], halla al fin en Pedro la comunicación, la mano amiga que buscaba. Esa comunicación profunda entre el artista y el luchador, comunicación que por su intensidad recuerda la de Max Estrella y el anarquista catalán en *Luces de bohemia,* da toda su dimensión política al drama. En el pueblo están la justificación y el destinatario último del arte inconformista de Velázquez; simultáneamente, esa parte más lúcida e inquieta del pueblo ve expresadas sus esperanzas históricas en la voz del artista, del intelectual. Este planteamiento político, por supuesto, molestó a la derecha cuando se estrenó LAS MENINAS. Desde el *ABC* se inició una verdadera campaña contra el espectáculo, acusando a Buero de falsear la verdad histórica, reiterando la extendida y desafortunada idea de que Velázquez fue a la vez un pintor de genio y un «criadillo

---

[10]   Obsérvese, de paso, en cuanto hay de incitante interpretación del cuadro de Velázquez. El interés de Buero, cuya vocación inicial fue la pintura, acerca de esta tela, no se agotaría con el presente drama; cf. su estudio técnico, «El espejo de *Las Meninas»,* en *Tres maestros ante el público,* ed. cit.

[11]   Ortega y Gasset escribió: «Tenemos que representarnos a Velázquez como un hombre que, en dramática soledad, vive su arte frente y contra todos los valores triunfales en su tiempo» *(Velázquez,* Madrid, 1959, Revista de Occidente, pág. 76).

de palacio». Entre las voces autorizadas que salieron en defensa del dramaturgo, merece recordarse la de Enrique Lafuente Ferrari, quien, en un discurso pronunciado en el homenaje que la Escuela de Bellas Artes ofreció a Buero, afirmó resueltamente:

> El intelectual —y el verdadero artista lo es— es una conciencia sensible e insobornable. Y Velázquez fue el dechado insuperable de esta condición que el intelectual de verdad —los hay falsos— y el artista que lo es —los hay falsificados también— lleva consigo inevitablemente, porque se encuentra siendo lo que es y no puede ser otra cosa. Cosa dura es serlo y Velázquez aceptó limpia y serenamente esa responsabilidad fatal, sin traicionarla. Eso es lo que insuperablemente nos ha hecho ver, en *Las Meninas,* Buero Vallejo [12].

Tanto LAS MENINAS como HISTORIA DE UNA ESCALERA, y precisamente por lo que tienen de dramas sociales y políticos, abordan el tema de España desde una perspectiva decididamente crítica. De hecho, el tema de España es *el tema* de estas dos obras, y ello con un sentir de lo español —criticismo como patriotismo auténtico— que hunde sus raíces en Larra, Galdós, la generación del 98. Frente a la España real, el autor opone implícitamente el modelo de una España posible, de una España soñada. Respecto a esta cuestión, se diría que LAS MENINAS no es tanto una obra histórica en la que, velada o indirectamente, se critica la situación actual, como sí algo más fundamental y profundo: al igual que *Un soñador para un pueblo* y *El sueño de la razón,* parece responder al intento de buscar los orígenes, las causas lejanas (y repárese en cómo ese indagar *hacia atrás* es típicamente trágico) del destino español, es decir, de este presente español que tan vivamente reflejan HISTORIA DE UNA ESCALERA, *Hoy es fiesta* o *El tragaluz.* Pero la condición española de LAS ME-

---

[12]   Debo la localización de este texto a Lafuente Ferrari y Buero Vallejo.

NINAS y de HISTORIA DE UNA ESCALERA se decide en una zona aún más soterrada: en su trasfondo mítico.

Hemos comprobado, líneas atrás, la importancia que el problema del conocimiento de la verdad (mito edípico) tiene en estas obras. Siguiendo el esquema del pensamiento trágico, hay que añadir que no basta con conocer la verdad, ni siquiera con conocerla a tiempo. Hay que conocerla a tiempo y hay que proclamarla, hay que vivir de acuerdo con ella. Esa es la gran lección de Don Quijote, el mito quizá más original, quizá más distintivo del alma española. Desde su perspectiva, desde su escenario, ésa es también la lección de estos dos personajes dramáticos, Velázquez y Pedro. Su naturaleza quijotesca es evidente. Quijotesco es su vivir... y su desvivirse. ¿Lo es también el de los personajes de HISTORIA DE UNA ESCALERA? Hora es ya de que se formule esta pregunta. La respuesta puede ser afirmativa según entendamos el «fracaso» de tales personajes y según la noción misma de «fracaso» que utilicemos. Don Quijote fracasa [13] porque lo que pretende —ser el que es, ser caballero andante— es imposible: en el mundo en que vive, no hay caballeros andantes. ¿Viven también para lo imposible, Fernando, Urbano, Carmina y todos los demás? Quizá, por debajo de sus aspiraciones concretas —en lo profesional, en lo civil, en lo sentimental— esté latiendo —como sucede, por ejemplo, en *Hoy es fiesta*— una aspiración radical, tremenda. El ámbito de la escalera de vecindad será así un equivalente del mundo sanchopancesco, que algunos de estos personajes tratan desesperadamente —es decir, esperanzadamente— de superar. Hoy sabemos lo suficiente del teatro de Buero como para que no resulte incomprensible esta respuesta; si bien, debo añadir en seguida, se trata de una respuesta provisional: de una hipótesis de trabajo que quizá valga la pena desarrollar.

---

[13] El tema del fracaso en *El Quijote* es uno de los muchos sobre los que ha profundizado Luis Rosales en su importante obra *Cervantes y la libertad,* Sociedad de Estudios y Publicaciones, Madrid, 1960.

Viniendo, finalmente, al problema de Dios, se comprende el propósito hondo del dramaturgo en estas obras, como en todo su teatro. La necesidad de recuperar a Dios, el Dios absoluto de la tragedia, está en esa escalera de vecindad como está en el cuadro, animado de vida escénica, de Velázquez. Conviene recordar estas palabras del joven Lukács, que con tanta fortuna prolongaría Goldmann: «La tragedia es un juego, un juego entre el hombre y su destino, un juego cuyo espectador es Dios. Pero éste es solamente espectador, y sus palabras y sus actos no se mezclan nunca con las palabras y los gestos de los actores. Únicamente sus ojos se fijan en ellos.» Al aplicar este concepto, se desvanecen las últimas resistencias que oponía HISTORIA DE UNA ESCALERA a toda interpretación crítica. Ese Dios ausente y presente, oculto y mudo, es el verdadero espectador de HISTORIA DE UNA ESCALERA: el único que, si existiera, verdaderamente, *si viniera* —como de Godot esperan Vladimiro y Estragón— daría sentido al vivir y al morir de los personajes. Porque si no existiera, si nunca fuera a venir, la vida y la muerte de éstos sería, en verdad, absurda; como sería absurda —y no es... todavía, diga lo que quiera Esslin— la espera de los dos personajes beckettianos. En cuanto a LAS MENINAS, la cuestión aparece mucho más evidente. «He llegado a pensar que Dios, si alguna forma tiene, es la luz», dice Velázquez. Estas palabras no sólo son válidas para entender el símbolo de la luz en este drama, sino que permiten prolongar esa idea a todo el teatro de Buero, donde, como hemos dicho, el símbolo luz-oscuridad es una constante. La aspiración a la luz —común a todos los *contemplativos,* desde *En la ardiente oscuridad* hasta cualesquiera otras obras del autor— adquiere así, de golpe, un significado último y fundamental.

Correspondiendo tan exactamente el teatro de Buero al concepto de «visión trágica», sólo queda por añadir, en primer lugar, una serie de consideraciones metodológicas acerca de cómo es posible aplicar este instrumento conceptual a expresiones filosóficas o artísticas contemporáneas, y, en segundo lugar, y supuesto lo anterior, una serie de conclusiones acerca de la significación de esta «visión trá-

gica» que es el teatro de Buero en la España actual. No
he de entrar aquí en el primer punto, lo que dilataría en
exceso estas páginas [14]. Con respecto al segundo, resumi-
ré diciendo que quien ha visto derrumbarse el mundo a su
alrededor, quien ha presenciado tanta «innecesaria e inútil crueldad», no podía sino acudir a la «visión trágica»,
en busca de los únicos valores que harían digno el seguir
viviendo después del naufragio, cuando tantos habían
muerto; ciertos valores inherentes a la conciencia trágica
e inherentes también a la mejor tradición de la cultura española, desde Cervantes o Miguel de Molinos hasta Unamuno o García Lorca; valores, en fin, que los escombros
de la guerra, pese a todo, no habían podido sepultar defi-
nitivamente. Considérese el teatro de Buero desde el punto de vista de los estilos dramáticos, de sus mitos subyacentes o desde cualesquiera otros aspectos, ese teatro nos
ofrece un solo escenario —y su más reciente drama, *La
Fundación,* ha tenido la oportunidad de revelarlo abiertamente—. Ese escenario único es el mundo, el mundo tal
como se presenta al pensamiento trágico; pero es el mundo *porque,* previamente, es la cárcel, es la guerra civil. El
gran mérito del teatro de Buero, independientemente de
las muchas y muy estimables cualidades de su arte, radica
en haber ganado para la conciencia española, en las más
diversas y difíciles circunstancias —y, en otro sentido, a
causa de ellas—, un espejo donde ésta se mirara a sí misma. Ése es, por supuesto, el espejo que aparece en LAS ME-
NINAS, y sobre el cual Rodríguez-Puértolas ha escrito con
penetración: «Buero obliga así a los espectadores y lectores a entrar, violentamente casi, a través del espejo de *Las
Meninas,* en el espíritu y los problemas del siglo XVII, pero,
al propio tiempo, esos espectadores y lectores —como el
mismo autor— pertenecen a la España del siglo XX. Los
dos mundos, no tan distantes como podría suponerse, se
unen así ante la pintura-símbolo» [15]. Hay que añadir que,

---

[14]   Véase *El teatro de Buero Vallejo,* cit., pág. 286 y sigs.
[15]   Citado por Ruiz Ramón, *Historia del teatro español. Siglo XX,*
págs. 406-407.

de una manera u otra, ese espejo está en —y es— cada drama de Buero; y, probablemente, a ese fin apunta el procedimiento técnico que en otra ocasión hemos denominado *efectos de inmersión,* y que puede observarse en otras obras suyas. O mejor aún: ese espejo es todo el teatro de Buero, entendido en su total unidad. El teatro de un vencido —y más todavía: de un condenado a muerte, de un recluso de las colonias penitenciarias de posguerra, que en su corazón guarda además el dolor por la muerte del padre, fusilado en el Madrid de 1937— , el cual tiene la osadía de alzarse ante sus contemporáneos para mostrarles, como de la famosa tela de Velázquez se nos dice, «un cuadro sereno: pero con toda la tristeza de España dentro».

HISTORIA DE UNA ESCALERA y LAS MENINAS, que tan rigurosamente expresan el universo trágico de Buero, son obras entrañables para los españoles de esta edad. Y en los límites de esa edad, cuando tantos síntomas anuncian el esperado final de un capítulo de nuestra historia, estas obras nos enseñan, nos recuerdan los valores sobre los cuales es posible construir una vida justa y libre, una digna convivencia española.

RICARDO DOMÉNECH.

Madrid, julio de 1975.

ADDENDA EN 1987

Han transcurrido doce años desde que escribí lo anterior. Qué diferente es todo, hoy, en España. La muerte del general Franco y la inmediata coronación del Rey Juan Carlos, que abre paso en seguida a un proceso democratizador, con la supresión de la censura, la legalización de los partidos políticos y sindicatos hasta entonces clandestinos y las primeras elecciones generales en 1977... Las elecciones municipales de 1979, con el triunfo del PSOE y la posterior alianza de socialistas y comunistas; las generales de 1982, con el espectacular triunfo socialista y la esperanza del «cambio»... Y a la vez, los atentados terroristas y las intentonas de golpe de Estado, los años del «destape» y los del «desencanto» y los de la «movida»... hasta llegar a la estabilidad democrática del presente... Pero estos datos no son sino lo más externo y global: la punta del iceberg; porque no hay duda que la España de agosto de 1987 es muy distinta a la sombría España de julio de 1975. No pararíamos si tuviéramos que enumerar en cuántos aspectos lo es.

Y, sin embargo, a la hora de actualizar este prólogo, me encuentro con que no necesito corregir nada o casi nada. Mi interpretación del teatro de Buero Vallejo no ha cambiado; al revés, en este tiempo la he confirmado más y más, de un lado, en mis clases —en esa diaria puesta a prueba de las ideas que son para un profesor las clases— y, de otro, en el contraste con el discurrir de la vida española. Sí; Buero Vallejo es el que era, el que nos parecía ser: un clásico moderno. No obstante, su teatro no se ha estancado o inmovilizado. Después de *La Fundación* (1974), último drama al que se alude aquí, nuevas obras lo han ido ampliando y completando: *La detonación* (1977), *Jueces en la noche* (1979), *Caimán* (1981), *Diálogo secreto* (1984) y *Lázaro en el laberinto* (1986). No hay que olvidar, además, los estrenos que, en el extranjero, ha conocido el autor desde 1975. *El Concierto de San Ovidio, El sueño de la razón* y *La Fundación,* en especial, han cosechado éxitos muy sobresalientes en toda Europa: la del Este y la del Oeste. En fin, sobre él han recaído más premios y distinciones; entre los que destaca, por su importancia, el Premio Cervantes del Ministerio de Cultura en 1986.

Buero sigue siendo el que era: ese imprescindible e insustituible dramaturgo-conciencia de nuestra época, lo mismo con sus obras recientes que con sus obras anteriores. Se me argüirá que esta afirmación puede ser válida para las recientes, para las escritas en la Democracia, pero no para las anteriores, para las escritas *bajo* —y, por tanto, *contra*— la Dictadura. Si los cambios han sido tan grandes, si la España de hoy es otra muy diferente, ¿cómo van a tener éstas, ya, vigencia alguna? La reposición —tan significativa— de *El Concierto de San Ovidio* en el Teatro Español de Madrid, en 1986, bastaría para responder. Y es que las verdaderas obras de arte están siempre por encima de las circunstancias inmediatas —sociales, políticas o del tipo que fuere— que las han inspirado total o parcialmente. La guerra civil y la Dictadura del general Franco son, por supuesto, el móvil, el estímulo que empuja a Buero a escribir —y a escribir *este teatro*—. Pero en una España en la que, con decisión y coraje, se ha superado el fantasma de la guerra civil y de la Dictadura, un teatro como el suyo, un teatro que ha ahondado en la existencia española y que ha proyectado una reflexión ética de alcance universal, claro que ha de tener vigencia. Como la tuvieron Chejov después del zarismo, Pirandello después del fascismo, etc.

Sólo dos correcciones, referentes a otras tantas cosas inmediatas, debo hacer. Son éstas:

1.ª «No voy a polemizar aquí con la censura de 1949... Ni con la de hoy.» Evidentemente, esa segunda frase carece ahora de sentido, porque en España no hay censura desde 1977.

2.ª «Y en los límites de esa edad, cuando tantos síntomas anuncian el esperado final de un capítulo de nuestra historia.» Es evidente también que una frase así tenía sentido en el verano de 1975 —y se me reconocerá que, incluso, un cierto valor profético—, pero está falto de él en el verano de 1987.

Hago ambas correcciones aquí, en esta apostilla, dejando el texto tal como lo escribí entonces. La Bibliografía, como es lógico, va ampliada con la mención de las principales publicaciones posteriores.

R. D.

Madrid, agosto 1987.

BIBLIOGRAFÍA SELECTA

A) EDICIONES

Historia de una escalera. Drama en tres actos. Prólogo de Alfredo Marquerie y epílogo del autor, Barcelona, 1950. José Janés, Col. Manantial que no cesa. *Teatro Español 1949-50,* Madrid, 1951, Aguilar, Col. Literaria. Madrid, 1952, Escelicer, Col. Teatro núm. 10 (junto con *Las palabras en la arena).* Ed. e Intr. de Juan Rodríguez-Castellano, Nueva York, 1955, Scribner, The Scribner Spanish Series for Colleges. *Teatro II,* Buenos Aires, 1962, Losada, Col. Gran Teatro del Mundo (junto con *La tejedora de sueños, Irene o el tesoro* y *Un soñador para un pueblo).* Ed. e Intr. de H. Lester y J. A. Zabalbeascoa, Bilbao, Londres, 1963, University of London Press Ltd. *Teatro Selecto,* Intr. de Luce Moreau, Madrid, 1966, Escelicer (junto con *Las cartas boca abajo, Un soñador para un pueblo, Las Meninas* y *El Concierto de San Ovidio).* Barcelona, 1973, Biblioteca General Salvat (junto con *Llegada de los dioses).*

Las Meninas. Fantasía velazqueña en dos partes. Madrid, 1961, Escelicer, Col. Teatro núm. 285. *Primer Acto,* número 19, enero de 1961. *Teatro Español 1960-61,* Madrid, 1962, Aguilar, Col. Literaria. Ed. e Intr. de Juan Rodríguez-Castellano, Nueva York, 1963, Scribner, The Scribner Spanish Series for Colleges. *Teatro Selecto,* Intr. de Luce Moreau, Madrid, 1966. Escelicer (junto con *Historia de una escalera, Las cartas boca abajo, Un soñador para un pueblo* y *El Concierto de San Ovidio). Teatro,* Madrid, 1968, Taurus, Col. El Mirlo Blanco (junto con *Hoy es fiesta* y *El tragaluz,* y textos de A. Buero Vallejo, Jean-Paul Borel, Ricardo Doménech, Ángel Fernández-Santos, José Ramón Marra-López, Pablo Martí Zaro, José Monleón, José Osuna, Enrique Pajón Mecloy, Claudio de la Torre y Gonzalo Torrente Ballester).

B) ESTUDIOS

ANDERSON, Farris: «The Ironic Structure of *Historia de una escalera», Kentucky Romance Quarterly,* XVIII, marzo de 1971, págs. 223-236.

Antonio Buero Vallejo, Premio «Miguel de Cervantes» (1986). Catálogo de la Exposición en la Biblioteca Nacional, Ministerio de Cultura, Madrid, 1987, 86 págs.

BEJEL, Emilio: *Buero Vallejo: lo moral, lo social y lo metafísico,* Instituto de Estudios Superiores, Montevideo, 1972, 164 págs.

BOREL, Jean-Paul: «Buero Vallejo o lo imposible concreto histórico», en *El teatro de lo imposible,* Guadarrama, Madrid, 1966, págs. 225-278.

CORTINA, José Ramón: *El arte dramático de Antonio Buero Vallejo,* Gredos, Madrid, 1969, 130 págs.

Cuadernos de Ágora, núm. monográfico sobre A. B. V., núms. 79-82, mayo-agosto de 1963, 60 págs. (Artículos y poemas de Fernando Arrabal, Jean-Paul Borel, A. Buero Vallejo, Jorge Campos, Medardo Fraile, Antonio Gala, Ramón de Garciasol, José García Nieto, Francisco García Pavón, Concha Lagos, Manuel Mantero, Elena Martín Vivaldi, Carlos Muñiz, Lauro Olmo, Francisco Sitjá y Elena Soriano.)

DOMÉNECH, Ricardo: *El teatro de Buero Vallejo. Una meditación española,* Gredos, Madrid, 1973, 371 págs.

—«*El Concierto de San Ovidio» y el teatro de Buero Vallejo,* Teatro Español/Editorial Cátedra, Madrid. (Contiene estudios de Pedro Laín Entralgo, Luis Iglesias Feijoo, Domingo Pérez Minik, Enrique Pajón Mecloy, Jean-Paul Borel, Victor Dixon, Ricardo Doménech, Mariano de Paco, José Luis Abellán y Luis Francisco Rebello.)

DOWD, Catherine Elizabeth: *Realismo trascendente en cuatro tragedias sociales de Antonio Buero Vallejo,* Estudios de Hispanófila, Valencia, 1974.

GIULIANO, William: *Buero, Sastre y el teatro de su tiempo,* Las Américas Publishing Company, 1971, 264 págs.

HALSEY, Martha: *Antonio Buero Vallejo,* Twayne Publishers, Inc., Nueva York, 1973, 178 págs.

IGLESIAS FEIJOO, Luis: *La trayectoria dramática de Antonio Buero Vallejo,* Universidad de Santiago de Compostela, 1982, 540 págs.

ISASI ANGULO, Amando C.: *Diálogos del teatro español de la posguerra,* Ayuso, Madrid, 1974.

KIRSNER, Robert: «*Historia de una escalera:* A Play in Search of Characters», *Homenaje a Rodríguez Moñino,* I, 1966, págs. 279-282.

LAFUENTE FERRARI, Enrique: «Palabras en honor de Antonio Buero Vallejo». (Discurso pronunciado en el homenaje de la Escuela de Bellas Artes a A. B. V., con motivo del estreno de *Las Meninas.)* Inédito. Texto mecanografiado, 7 págs.

LAÍN ENTRALGO, Pedro: «Casi veinte años después» (Sobre *Historia de una escalera), Gaceta Ilustrada,* 2 y 7 de junio de 1968.

—Discurso de contestación al de ingreso de Buero Vallejo en la Real Academia Española, en A. B. V., *García Lorca ante el esperpento,* 1972, págs. 61-74.

MONLEÓN, José: «Un teatro abierto», en A. B. V., *Teatro,* Taurus, Madrid, 1968, págs. 13-29.

MÜLLER, Rainer: *Antonio Buero Vallejo, Studien zum Spanischen Nachkriegstheater,* Universidad de Colonia, 1970, 226 págs.

NICHOLAS, Robert L.: *The Tragic Stages of Antonio Buero Vallejo,* Estudios de Hispanófila, Valencia, 1972, 128 págs.

PACO, Mariano de: «*Historia de una escalera,* veinticinco

años más tarde», en *Estudios literarios dedicados al profesor Mariano Baquero Goyanes*, Murcia, 1974, páginas 375-398.

—*Estudios sobre Buero Vallejo*, Universidad, Murcia, 1984, 382 págs. (Contiene estudios de Carlos Muñiz, Francisco García Pavón, Gonzalo Torrente Ballester, Jean-Paul Borel, Martha Halsey, José Monleón. Patricia W. O'Connor, Luciano García Lorenzo, Ida Molina, Roberto G. Sánchez, Francisco Javier Díez de Revenga, Victor Dixon, Arturo del Hoyo, Pedro Laín Entralgo, Mariano de Paco, Robert. L. Nicholas, Luis Iglesias Feijoo, Enrique Pajón Mecloy, Ricardo Doménech, John W. Kronik, Carmen Díaz Castañón, Manuel Alvar, Magda Ruggeri Marchetti, Francisco Ruiz Ramón y Gregorio Torres Nebrera.)

PAJÓN MECLOY, Enrique: *Buero Vallejo y el antihéroe. Una crítica de la razón creadora*, edición del autor, Madrid, 1986, 671 págs.

RUGGERI MARCHETTI, Magda: *Il teatro di Antonio Buero Vallejo o il processo verso la verità*, Bulzoni, Roma, 1981, 184 págs.

RUIZ RAMÓN, Francisco: «Buero Vallejo y la pasión de la verdad», en *Historia del teatro español. Siglo XX*, Alianza Editorial, Madrid, 1971, págs. 377-416.

RUPLE, Joelyn: *Antonio Buero Vallejo: The First Fifteen Years*, Eliseo Torres, Nueva York, 1971.

TORRENTE BALLESTER, Gonzalo: «Antonio Buero Vallejo», en *Teatro español contemporáneo*, Guadarrama, Madrid, 1957, págs. 101-104 y 325-332.

VERDÚ DE GREGORIO, Joaquín: *La luz y la oscuridad en el teatro de Buero Vallejo*, Ariel, Barcelona, 1977, 279.

HISTORIA DE UNA ESCALERA

DRAMA EN TRES ACTOS

Premio Lope de Vega de 1949

> *Porque el hijo deshonra al padre, la hija se levanta contra la madre, la nuera contra su suegra: y los enemigos del hombre son los de su casa.*

(MIQUEAS, cap. VII, vers. 6.)

Esta obra se estrenó en Madrid, la noche del 14 de octubre de 1949, en el Teatro Español, con el siguiente.

REPARTO

COBRADOR DE LA LUZ..	*José Capilla.*
GENEROSA...................	*Adela Carbone.*
PACA.........................	*Julia Delgado Caro.*
ELVIRA	*María Jesús Valdés.*
DOÑA ASUNCIÓN.........	*Consuelo Muñoz.*
DON MANUEL.............	*Manuel Kayser.*
TRINI.........................	*Esperanza Grases.*
CARMINA...................	*Elena Salvador.*
FERNANDO	*Gabriel Llopart.*
URBANO	*Alberto Bové.*
ROSA	*Pilar Sala.*
PEPE	*Adriano Domínguez.*
SEÑOR JUAN...............	*José Cuenca.*
SEÑOR BIEN VESTIDO ...	*Fulgencio Nogueras.*
JOVEN BIEN VESTIDO ...	*Rafael Gil Marcos.*
MANOLÍN...................	*Manuel Gamas.*
CARMINA, *hija*..............	*Asunción Sancho.*
FERNANDO, *hijo*...........	*Fernando M. Delgado.*

Derecha e izquierda, las del espectador

Dirección: CAYETANO LUCA DE TENA.
Decorado y vestuario: EMILIO BURGOS.

ACTO PRIMERO

Un tramo de escalera con dos rellanos, en una casa modesta de vecindad. Los escalones de bajada hacia los pisos inferiores se encuentran en el primer término izquierdo. La barandilla que los bordea es muy pobre, con el pasamanos de hierro, y tuerce para correr a lo largo de la escena limitando el primer rellano. Cerca del lateral derecho arranca un tramo completo de unos diez escalones. La barandilla lo separa a su izquierda del hueco de la escalera y a su derecha hay una pared que rompe en ángulo junto al primer peldaño, formando en el primer término derecho un entrante con una sucia ventana lateral. Al final del tramo la barandilla vuelve de nuevo y termina en el lateral izquierdo, limitando el segundo rellano. En el borde de éste, una polvorienta bombilla enrejada pende hacia el hueco de la escalera. En el segundo rellano hay cuatro puertas: dos laterales y dos centrales. Las distinguiremos, de derecha a izquierda, con los números I, II, III y IV.

El espectador asiste, en este acto y en el siguiente, a la galvanización momentánea de tiempos que han pasado. Los vestidos tienen un vago aire retrospectivo.

(Nada más levantarse el telón vemos cruzar y subir fatigosamente al COBRADOR DE LA LUZ, portando su grasienta cartera. Se detiene unos segundos para respirar y llama después con los

*nudillos en las cuatro puertas. Vuelve al I,
donde le espera ya en el quicio la* SEÑORA GE-
NEROSA: *una pobre mujer de unos cincuenta
y cinco años.)*

COBRADOR.—La luz. Dos pesetas. *(Le tiende el recibo.
La puerta III se abre y aparece* PACA, *mujer de unos cin-
cuenta años, gorda y de ademanes desenvueltos. El* CO-
BRADOR *repite, tendiéndole el recibo.)* La luz. Cuatro diez.
GENEROSA.—*(Mirando el recibo.)* ¡Dios mío! ¡Cada vez
más caro! No sé cómo vamos a poder vivir.

(Se mete.)

PACA.—¡Ya, ya! *(Al* COBRADOR.*)* ¿Es que no saben hacer otra cosa que elevar la tarifa? ¡Menuda ladronera es
la Compañía! ¡Les debía dar vergüenza chuparnos la sangre de esa manera! *(El* COBRADOR *se encoge de hombros.)*
¡Y todavía se ríe!
COBRADOR.—No me río, señora. *(A* ELVIRA, *que abrió
la puerta II.)* Buenos días. La luz. Seis sesenta y cinco.

*(*ELVIRA, *una linda muchacha vestida de calle, recoge el recibo y se mete.)*

PACA.—Se ríe por dentro. ¡Buenos pájaros son todos us-
tedes! Esto se arreglaría como dice mi hijo Urbano: tiran-
do a más de cuatro por el hueco de la escalera.
COBRADOR.—Mire lo que dice, señora. Y no falte.
PACA.—¡Cochinos!
COBRADOR.—Bueno, ¿me paga o no? Tengo prisa.
PACA.—¡Ya va, hombre! Se aprovechan de que una no
es nadie, que si no...

(Se mete rezongando. GENEROSA *sale y paga
al* COBRADOR. *Después cierra la puerta. El*
COBRADOR *aporrea otra vez el* IV, *que es*

> *abierto inmediatamente por* DOÑA ASUN-
> CIÓN, *señora de luto, delgada y consumida.)*

COBRADOR.—La luz. Tres veinte.

DOÑA ASUNCIÓN.—*(Cogiendo el recibo.)* Sí, claro...
Buenos días. Espere un momento, por favor. Voy adentro...

> *(Se mete.* PACA *sale refunfuñando, mientras
> cuenta las monedas.)*

PACA.—¡Ahí va!

> *(Se las da de golpe.)*

COBRADOR.—*(Después de contarlas.)* Está bien.

PACA.—¡Está muy mal! ¡A ver si hay suerte, hombre,
al bajar la escalerita!

> *(Cierra con un portazo.* ELVIRA *sale.)*

ELVIRA.—Aquí tiene usted. *(Contándole la moneda
fraccionaria.)* Cuarenta..., cincuenta..., sesenta... y cinco.

COBRADOR.—Está bien.

> *(Se lleva un dedo a la gorra y se dirige al IV.)*

ELVIRA.—*(Hacia dentro.)* ¿No sales, papá?

> *(Espera en el quicio,* DOÑA ASUNCIÓN *vuelve
> a salir, ensayando sonrisas.)*

DOÑA ASUNCIÓN.—¡Cuánto lo siento! Me va a tener
que perdonar. Como me ha cogido después de la compra
y mi hijo no está...

> *(*DON MANUEL, *padre de* ELVIRA, *sale vesti-
> do de calle. Los trajes de ambos denotan una*

posición económica más holgada que la de los demás vecinos.)

DON MANUEL.—*(A* DOÑA ASUNCIÓN.*)* Buenos días. *(A su hija.)* Vamos.

DOÑA ASUNCIÓN.—¡Buenos días! ¡Buenos días, Elvirita! ¡No te había visto!

ELVIRA.—Buenos días, doña Asunción.

COBRADOR.—Perdone, señora, pero tengo prisa.

DOÑA ASUNCIÓN.—Sí, sí... Le decía que ahora da la casualidad que no puedo... ¿No podría volver luego?

COBRADOR.—Mire, señora: no es la primera vez que pasa y...

DOÑA ASUNCIÓN.—¿Qué dice?

COBRADOR.—Sí. Todos los meses es la misma historia. ¡Todos! Y yo no puedo venir a otra hora ni pagarlo de mi bolsillo. Conque si no me abona tendré que cortarle el fluido.

DOÑA ASUNCIÓN.—¡Pero si es una casualidad, se lo aseguro! Es que mi hijo no está, y...

COBRADOR.—¡Basta de monsergas! Esto le pasa por querer gastar como una señora en vez de abonarse a tanto alzado. Tendré que cortarle.

(ELVIRA habla en voz baja con su padre.)

DOÑA ASUNCIÓN.—*(Casi perdida la compostura.)* ¡No lo haga, por Dios! Yo le prometo...

COBRADOR.—Pida a algún vecino...

DON MANUEL.—*(Después de atender a lo que le susurra su hija.)* Perdone que intervenga, señora.

(Cogiéndole el recibo.)

DOÑA ASUNCIÓN.—No, don Manuel. ¡No faltaba más!

DON MANUEL.—¡Si no tiene importancia! Ya me lo devolverá cuando pueda.

DOÑA ASUNCIÓN.—Esta misma tarde; de verdad.

DON MANUEL.—Sin prisa, sin prisa. *(Al* COBRADOR.*)* Aquí tiene.

COBRADOR.—Está bien. *(Se lleva la mano a la gorra.)* Buenos días.

(Se va.)

DON MANUEL.—*(Al* COBRADOR.*)* Buenos días.

DOÑA ASUNCIÓN.—*(Al* COBRADOR.*)* Buenos días. Muchísimas gracias, don Manuel. Esta mista tarde...

DON MANUEL.—*(Entregándole el recibo.)* ¿Para qué se va a molestar? No merece la pena. Y Fernando, ¿qué se hace?

*(*ELVIRA *se acerca y le coge del brazo.)*

DOÑA ASUNCIÓN.—En su papelería. Pero no está contento. ¡El sueldo es tan pequeño! Y no es porque sea mi hijo, pero él vale mucho y merece otra cosa. ¡Tiene muchos proyectos! Quiere ser delineante, ingeniero, ¡qué sé yo! Y no hace más que leer y pensar. Siempre tumbado en la cama, pensando en sus proyectos. Y escribe cosas también, y poesías. ¡Más bonitas! Ya le diré que dedique alguna a Elvirita.

ELVIRA.—*(Turbada.)* Déjelo, señora.

DOÑA ASUNCIÓN.—Te lo mereces, hija. *(A* DON MANUEL.*)* No es porque esté delante, pero ¡qué preciosísima se ha puesto Elvirita! Es una clavellina. El hombre que se la lleve...

DON MANUEL.—Bueno, bueno. No siga, que me la va a malear. Lo dicho, doña Asunción. *(Se quita el sombrero y le da la mano.)* Recuerdos a Fernandito. Buenos días.

ELVIRA.—Buenos días.

(Inician la marcha.)

DOÑA ASUNCIÓN.—Buenos días. Y un millón de gracias... Adiós.

(Cierra. DON MANUEL *y su hija empiezan a*

bajar. ELVIRA *se para de pronto para besar y abrazar impulsivamente a su padre.)*

DON MANUEL.—¡Déjame, locuela! ¡Me vas a tirar!

ELVIRA.—¡Te quiero tanto, papaíto! ¡Eres tan bueno!

DON MANUEL.—Deja los mimos, pícara. Tonto es lo que soy. Siempre te saldrás con la tuya.

ELVIRA.—No llames tontería a una buena acción... Ya ves, los pobres nunca tienen un cuarto. ¡Me da una lástima doña Asunción!

DON MANUEL.—*(Levantándole la barbilla.)* El tarambana de Fernandito es el que a ti te preocupa.

ELVIRA.—Papá, no es un tarambana... Si vieras qué bien habla...

DON MANUEL.—Un tarambana. Eso sabrá hacer él..., hablar. Pero no tiene donde caerse muerto. Hazme caso, hija; tú te mereces otra cosa.

ELVIRA.—*(En el rellano ya, da pueriles pataditas.)* No quiero que hables así de él. Ya verás cómo llega muy lejos. ¡Qué importa que no tenga dinero! ¿Para qué quiere mi papaíto un yerno rico?

DON MANUEL.—¡Hija!

ELVIRA.—Escucha: te voy a pedir un favor muy grande.

DON MANUEL.—Hija mía, algunas veces no me respetas nada.

ELVIRA.—Pero te quiero, que es mucho mejor. ¿Me harás ese favor?

DON MANUEL.—Depende...

ELVIRA.—¡Nada! Me lo harás.

DON MANUEL.—¿De qué se trata?

ELVIRA.—Es muy fácil, papá. Tú lo que necesitas no es un yerno rico, sino un muchacho emprendedor que lleve adelante el negocio. Pues sacas a Fernando de la papelería y le colocas, ¡con un buen sueldo!, en tu agencia. *(Pausa.)* ¿Concedido?

Don Manuel.—Pero, Elvira, ¿y si Fernando no quiere? Además...

Elvira.—¡Nada! *(Tapándose los oídos.)* ¡Sorda!

Don Manuel.—¡Niña, que soy tu padre!

Elvira.—¡Sorda!

Don Manuel.—*(Quitándole las manos de los oídos.)* Ese Fernando os tiene sorbido el seso a todas porque es el chico más guapo de la casa. Pero no me fío de él. Suponte que no te hiciera caso...

Elvira.—Haz tu parte, que de eso me encargo yo...

Don Manuel.—¡Niña!

> *(Ella rompe a reír. Coge del brazo a su padre y le lleva, entre mimos, al lateral izquierdo. Bajan. Una pausa.* Trini —*una joven de aspecto simpático*— *sale del III con una botella en la mano, atendiendo a la voz de* Paca.*)*

Paca.—*(Desde dentro.)* ¡Que lo compres tinto! Que ya sabes que a tu padre no le gusta el blanco.

Trini.—Bueno, madre.

> *(Cierra y se dirige a la escalera.* Generosa *sale del I, con otra botella.)*

Generosa.—¡Hola, Trini!

Trini.—Buenos, señora Generosa. ¿Por el vino?

> *(Bajan juntas.)*

Generosa.—Sí. Y a la lechería.

Trini.—¿Y Carmina?

Generosa.—Aviando la casa.

Trini.—¿Ha visto usted la subida de la luz?

Generosa.—¡Calla, hija! ¡No me digas! Si no fuera más que la luz... ¿Y la leche? ¿Y las patatas?

Trini.—*(Confidencial.)* ¿Sabe usted que doña Asunción no podía pagar hoy al cobrador?

Generosa.—¿De veras?

TRINI.—Eso dice mi madre, que estuvo escuchando. Se lo pagó don Manuel. Como la niña está loca por Fernandito...

GENEROSA.—Ese gandulazo es muy simpático.

TRINI.—Y Elvirita una lagartona.

GENEROSA.—No. Una niña consentida...

TRINI.—No. Una lagartona...

(Bajan charlando. Pausa. CARMINA *sale del I. Es una preciosa muchacha de aire sencillo y pobremente vestida. Lleva un delantal y una lechera en la mano.)*

CARMINA.—*(Mirando por el hueco de la escalera.)* ¡Madre! ¡Que se le olvida la cacharra! ¡Madre!

(Con un gesto de contrariedad se despoja del delantal, lo echa adentro y cierra. Baja por el tramo mientras se abre el IV suavemente y aparece FERNANDO, *que la mira y cierra la puerta sin ruido. Ella baja apresurada, sin verle, y sale de escena. Él se apoya en la barandilla y sigue con la vista la bajada de la muchacha por la escalera.* FERNANDO *es, en efecto, un muchacho muy guapo. Viste pantalón de luto y está en mangas de camisa. El IV vuelve a abrirse.* DOÑA ASUNCIÓN *espía a su hijo.)*

DOÑA ASUNCIÓN.—¿Qué haces?

FERNANDO.—*(Desabrido.)* Ya lo ves.

DOÑA ASUNCIÓN.—*(Sumisa.)* ¿Estás enfadado?

FERNANDO.—No.

DOÑA ASUNCIÓN.—¿Te ha pasado algo en la papelería?

FERNANDO.—No.

DOÑA ASUNCIÓN.—¿Por qué no has ido hoy?

FERNANDO.—Porque no.

(Pausa.)

DOÑA ASUNCIÓN.—¿Te he dicho que el padre de Elvirita nos ha pagado el recibo de la luz?

FERNANDO.—*(Volviéndose hacia su madre.)* ¡Sí! ¡Ya me lo has dicho! *(Yendo hacia ella.)* ¡Déjame en paz!

DOÑA ASUNCIÓN.—¡Hijo!

FERNANDO.—¡Qué inoportunidad! ¡Pareces disfrutar recordándome nuestra pobreza!

DOÑA ASUNCIÓN.—¡Pero, hijo!

FERNANDO.—*(Empujándola y cerrando de golpe.)* ¡Anda, anda para adentro!

> *(Con un suspiro de disgusto, vuelve a recostarse en el pasamanos. Pausa.* URBANO *llega al primer rellano. Viste traje azul mahón. Es un muchacho fuerte y moreno, de fisonomía ruda, pero expresiva: un proletario.* FERNANDO *lo mira avanzar en silencio.* URBANO *comienza a subir la escalera y se detiene al verle.)*

URBANO.—¡Hola! ¿Qué haces ahí?

FERNANDO.—Hola, Urbano. Nada.

URBANO.—Tienes cara de enfado.

FERNANDO.—No es nada.

URBANO.—Baja al «casinillo». *(Señalando el hueco de la ventana.)* Te invito a un cigarro. *(Pausa.)* ¡Baja, hombre! *(*FERNANDO *empieza a bajar sin prisa.)* Algo te pasa. *(Sacando la petaca.)* ¿No se puede saber?

FERNANDO.—*(Que ha llegado.)* Nada, lo de siempre... *(Se recuestan en la pared del «casinillo». Mientras hacen los pitillos.)* ¡Que estoy harto de todo esto!

URBANO.—*(Riendo.)* Eso es ya muy viejo. Creí que te ocurría algo.

FERNANDO.—Puedes reírte. Pero te aseguro que no sé cómo aguanto. *(Breve pausa.)* En fin, ¡para qué hablar! ¿Qué hay por tu fábrica?

URBANO.—¡Muchas cosas! Desde la última huelga de

metalúrgicos la gente se sindica a toda prisa. A ver cuándo nos imitáis los dependientes.

FERNANDO.—No me interesan esas cosas.

URBANO.—Porque eres tonto. No sé de qué te sirve tanta lectura.

FERNANDO.—¿Me quieres decir lo que sacáis en limpio de esos líos?

URBANO.—Fernando, eres un desgraciado. Y lo peor es que no lo sabes. Los pobres diablos como nosotros nunca lograremos mejorar de vida sin la ayuda mutua. Y eso es el sindicato. ¡Solidaridad! Ésa es nuestra palabra. Y sería la tuya si te dieses cuenta de que no eres más que un triste hortera. ¡Pero como te crees un marqués!

FERNANDO.—No me creo nada. Sólo quiero subir. ¿Comprendes? ¡Subir! Y dejar toda esta sordidez en que vivimos.

URBANO.—Y a los demás que los parta un rayo.

FERNANDO.—¿Qué tengo yo que ver con los demás? Nadie hace nada por nadie. Y vosotros os metéis en el sindicato porque no tenéis arranque para subir solos. Pero ese no es camino para mí. Yo sé que puedo subir y subiré solo.

URBANO.—¿Se puede uno reír?

FERNANDO.—Haz lo que te dé la gana.

URBANO.—*(Sonriendo.)* Escucha, papanatas. Para subir solo, como dices, tendrías que trabajar todos los días diez horas en la papelería; no podrías faltar nunca, como has hecho hoy...

FERNANDO.—¿Cómo lo sabes?

URBANO.—¡Porque lo dice tu cara, simple! Y déjame continuar. No podrías tumbarte a hacer versitos ni a pensar en las musarañas; buscarías trabajos particulares para redondear el presupuesto y te acostarías a las tres de la mañana contento de ahorrar sueño y dinero. Porque tendrías que ahorrar, ahorrar como una urraca; quitándolo de la comida, del vestido, del tabaco... Y cuando llevases un montón de años haciendo eso, y ensayando negocios y buscando caminos, acabarías por verte solicitando cualquier miserable empleo para no morirte de hambre... No tienes tú madera para esa vida.

FERNANDO.—Ya lo veremos. Desde mañana mismo...

URBANO.—*(Riendo.)* Siempre es desde mañana. ¿Por qué no lo has hecho desde ayer, o desde hace un mes? *(Breve pausa.)* Porque no puedes. Porque eres un soñador. ¡Y un gandul! *(FERNANDO le mira lívido, conteniéndose, y hace un movimiento para marcharse.)* ¡Espera, hombre! No te enfades. Todo esto te lo digo como un amigo.

(Pausa.)

FERNANDO.—*(Más calmado y levemente despreciativo.)* ¿Sabes lo que te digo? Que el tiempo lo dirá todo. Y que te emplazo. *(URBANO le mira.)* Sí, te emplazo para dentro de... diez años, por ejemplo. Veremos, para entonces, quién ha llegado más lejos; si tú con tu sindicato o yo con mis proyectos.

URBANO.—Ya sé que yo no llegaré muy lejos; y tampoco tú llegarás. Si yo llego, llegaremos todos. Pero lo más fácil es que dentro de diez años sigamos subiendo esta escalera y fumando en este «casinillo».

FERNANDO.—Yo, no. *(Pausa.)* Aunque quizá no sean muchos diez años...

(Pausa.)

URBANO.—*(Riendo.)* ¡Vamos! Parèce que no estás muy seguro.

FERNANDO.—No es eso, Urbano. ¡Es que le tengo miedo al tiempo! Es lo que más me hace sufrir. Ver cómo pasan los días, y los años..., sin que nada cambie. Ayer mismo éramos tú y yo dos críos que veníamos a fumar aquí, a escondidas, los primeros pitillos... ¡Y hace ya diez años! Hemos crecido sin darnos cuenta, subiendo y bajando la escalera, rodeados siempre de los padres, que no nos entienden; de vecinos que murmuran de nosotros y de quienes murmuramos... Buscando mil recursos y soportando humillaciones para poder pagar la casa, la luz... y las patatas. *(Pausa.)* Y mañana, o dentro de diez años que pueden pasar como un día, como han pasado estos últimos..., ¡sería terrible seguir así! Subiendo y bajando la escalera, una escalera que no conduce a ningún sitio; haciendo trampas en el contador, aborreciendo el trabajo..., perdiendo día tras día... *(Pausa.)* Por eso es preciso cortar por lo sano.

URBANO.—¿Y qué vas a hacer?

FERNANDO.—No lo sé. Pero ya haré algo.

URBANO.—¿Y quieres hacerlo solo?

FERNANDO.—Solo.

URBANO.—¿Completamente?

(Pausa.)

FERNANDO.—Claro.

URBANO.—Pues te voy a dar un consejo. Aunque no lo creas, siempre necesitamos de los demás. No podrás luchar solo sin cansarte.

FERNANDO.—¿Me vas a volver a hablar del sindicato?

URBANO.—No. Quiero decirte que, si verdaderamente vas a luchar, para evitar el desaliento necesitarás...

(Se detiene.)

FERNANDO.—¿Qué?

URBANO.—Una mujer.

FERNANDO.—Ése no es problema. Ya sabes que...

URBANO.—Ya sé que eres un buen mozo con muchos éxitos. Y eso te perjudica; eres demasiado buen mozo. Lo que te hace falta es dejar todos esos noviazgos y enamorarte de verdad. *(Pausa.)* Hace tiempo que no hablamos de estas cosas... Antes, si a ti o a mí nos gustaba Fulanita, nos lo decíamos en seguida. *(Pausa.)* ¿No hay nada serio ahora?

FERNANDO.—*(Reservado.)* Pudiera ser.

URBANO.—No se tratará de mi hermana, ¿verdad?

FERNANDO.—¿De tu hermana? ¿De cuál?

URBANO.—De Trini.

FERNANDO.—No, no.

URBANO.—Pues de Rosita, ni hablar.

FERNANDO.—Ni hablar.

(Pausa.)

URBANO.—Porque la hija de la señora Generosa no creo que te haya llamado la atención... *(Pausa. Le mira de reojo, con ansiedad.)* ¿O es ella? ¿Es Carmina?

(Pausa.)

FERNANDO.—No.

URBANO.—*(Ríe y le palmotea la espalda.)* ¡Está bien, hombre! ¡No busco más! Ya me lo dirás cuando quieras. ¿Otro cigarrillo?

FERNANDO.—No. *(Pausa breve.)* Alguien sube.

(Miran hacia el hueco.)

URBANO.—Es mi hermana.

> *(Aparece* ROSA, *que es una mujer joven, guapa y provocativa. Al pasar junto a ellos los saluda despectivamente, sin detenerse, y comienza a subir el tramo.)*

ROSA.—Hola, chicos.

FERNANDO.—Hola, Rosita.

URBANO.—¿Ya has pindongueado bastante?

ROSA.—*(Parándose.)* ¡Yo no pindongueo! Y, además, no te importa.

URBANO.—¡Un día de éstos le voy a romper las muelas a alguien!

ROSA.—¡Qué valiente! Cuídate tú la dentadura por si acaso.

> *(Sube.* URBANO *se queda estupefacto por su descaro.* FERNANDO *ríe y le llama a su lado. Antes de llamar* ROSA *en el III se abre el I y sale* PEPE. *El hermano de* CARMINA *ronda ya*

*los treinta años y es un granuja achulado y
presuntuoso. Ella se vuelve y se contemplan,
muy satisfechos. Él va a hablar, pero ella le
hace señas de que se calle y le señala el «casinillo», donde se encuentran los dos mucha-
chos ocultos para él.* PEPE *la invita por señas a bailar para después y ella asiente sin
disimular su alegría. En esta expresiva
mímica los sorprende* PACA, *que abre de improviso.)*

PACA.—¡Bonita representación! *(Furiosa, zarandea a
su hija.)* ¡Adentro, condenada! ¡Ya te daré yo diversiones!

*(*FERNANDO *y* URBANO *se asoman.)*

ROSA.—¡No me empuje! ¡Usted no tiene derecho a
maltratarme!

PACA.—¿Que no tengo derecho?

ROSA.—¡No, señora! ¡Soy mayor de edad!

PACA.—¿Y quién te mantiene? ¡Golfa, más que golfa!

ROSA.—¡No insulte!

PACA.—*(Metiéndola de un empellón.)* ¡Anda para adentro! *(A* PEPE, *que optó desde el principio por bajar un par
de peldaños.)* ¡Y tú, chulo indecente! ¡Si te vuelvo a ver
con mi niña te abro la cabeza de un sartenazo! ¡Como me
llamo Paca!

PEPE.—Ya será menos.

PACA.—¡Aire! ¡Aire! ¡A escupir a la calle!

(Cierra con ímpetu. PEPE *baja sonriendo con
suficiencia. Va a pasar de largo, pero* URBA-
NO *le detiene por la manga.)*

URBANO.—No tengas tanta prisa.

PEPE.—*(Volviéndose con saña.)* ¡Muy bien! ¡Dos contra uno!

FERNANDO.—*(Presuroso.)* No, no, Pepe. *(Con sonrisa servil.)* Yo no intervengo; no es asunto mío.

URBANO.—No. Es mío.

PEPE.—Bueno, suelta. ¿Qué quieres?

URBANO.—*(Reprimiendo su ira y sin soltarle.)* Decirte nada más que si la tonta de mi hermana no te conoce, yo sí. Que si ella no quiere creer que has estado viviendo de la Luisa y de la Pili después de lanzarlas a la vida, yo sé que es cierto. ¡Y que como vuelva a verte con Rosa, te juro, por tu madre, que te tiro por el hueco de la escalera! *(Lo suelta con violencia.)* Puedes largarte.

(Le vuelve la espalda.)

PEPE.—Será si quiero. ¡Estos mocosos! *(Alisándose la manga.)* ¡Que no levantan dos palmos del suelo y quieren medirse con hombres! Si no mirara...

(URBANO no le hace caso. FERNANDO interviene, aplacador.)

FERNANDO.—Déjalo, Pepe. No te... alteres. Mejor será que te marches.

PEPE.—Sí. Mejor será. *(Inicia la marcha y se vuelve.)* El mocoso indecente, que cree que me va a meter miedo a mí... *(Baja protestando.)* Un día me voy a liar a mamporros y le demostraré lo que es un hombre...

FERNANDO.—No sé por qué te gusta tanto chillar y amenazar.

URBANO.—*(Seco.)* Eso va en gustos. Tampoco me agrada a mí que te muestres tan amable con un sinvergüenza como ése.

FERNANDO.—Prefiero eso a lanzar amenazas que luego no se cumplen.

URBANO.—¿Que no se cumplen?

FERNANDO.—¡Qué van a cumplirse! Cualquier día ti-

ras tú a nadie por el hueco de la escalera. ¿Todavía no te
has dado cuenta de que eres un ser inofensivo?

(Pausa.)

URBANO.—¡No sé cómo nos las arreglamos tú y yo para
discutir siempre! Me voy a comer. Abur.
FERNANDO.—*(Contento por su pequeña revancha.)*
¡Hasta luego, sindicalista!

(URBANO sube y llama al III. PACA abre.)

PACA.—Hola, hijo. ¿Traes hambre?
URBANO.—¡Más que un lobo!

> *(Entra y cierra. FERNANDO se recuesta en la
> barandilla y mira por el hueco. Con un repen-
> tino gesto de desagrado se retira al «casinillo»
> y mira por la ventana, fingiendo distracción.
> Pausa. DON MANUEL y ELVIRA suben. Ella
> aprieta el brazo de su padre en cuanto ve a
> FERNANDO. Se detienen un momento; luego
> continúan.)*

DON MANUEL.—*(Mirando socarronamente a ELVIRA,
que está muy turbada.)* Adiós, Fernandito.
FERNANDO.—*(Se vuelve con desgana. Sin mirar a ELVI-
RA.)* Buenos días.
DON MANUEL.—¿De vuelta del trabajo?
FERNANDO.—*(Vacilante.)* Sí, señor.
DON MANUEL.—Está bien, hombre. *(Intenta seguir,
pero ELVIRA lo retiene tenazmente, indicándole que ha-
ble ahora a FERNANDO. A regañadientes, termina el pa-
dre por acceder.)* Un día de éstos tengo que decirle unas
cosillas.
FERNANDO.—Cuando usted disponga.
DON MANUEL.—Bien, bien. No hay prisa; ya le avisa-
ré. Hasta luego. Recuerdos a su madre.
FERNANDO.—Muchas gracias. Ustedes sigan bien. *(Su-*

ben. ELVIRA *se vuelve con frecuencia para mirarle. Él está de espaldas.* DON MANUEL *abre el II con su llave y entran.* FERNANDO *hace un mal gesto y se apoya en el pasamanos. Pausa.* GENEROSA *sube.* FERNANDO *la saluda muy sonriente.)* Buenos días.

GENEROSA.—Hola, hijo. ¿Quieres comer?

FERNANDO.—Gracias, que aproveche. ¿Y el señor Gregorio?

GENEROSA.—Muy disgustado, hijo. Como lo retiran por la edad... Y es lo que él dice: «¿De qué sirve que un hombre se deje los huesos conduciendo un tranvía durante cincuenta años, si luego le ponen en la calle?» Y si le dieran un buen retiro... Pero es una miseria, hijo; una miseria. ¡Y a mi Pepe no hay quien lo encarrile! *(Pausa.)* ¡Qué vida! No sé cómo vamos a salir adelante.

FERNANDO.—Lleva usted razón. Menos mal que Carmina...

GENEROSA.—Carmina es nuestra única alegría. Es buena, trabajadora, limpia... Si mi Pepe fuese como ella...

FERNANDO.—No me haga mucho caso, pero creo que Carmina la buscaba antes.

GENEROSA.—Sí. Es que me había olvidado la cacharra de la leche. Ya la he visto. Ahora sube ella. Hasta luego, hijo.

FERNANDO.—Hasta luego.

*(*GENEROSA *sube, abre su puerta y entra. Pausa.* ELVIRA *sale sin hacer ruido al descansillo, dejando su puerta entornada. Se apoya en la barandilla. Él finge no verla. Ella le llama por encima del hueco.)*

ELVIRA.—Fernando.

FERNANDO.—¡Hola!

ELVIRA.—¿Podrías acompañarme hoy a comprar un libro? Tengo que hacer un regalo y he pensado que tú me ayudarías muy bien a escoger.

FERNANDO.—No sé si podré.

(Pausa.)

ELVIRA.—Procúralo, por favor. Sin ti no sabré hacerlo. Y tengo que darlo mañana.

FERNANDO.—A pesar de eso no puedo prometerte nada. *(Ella hace un gesto de contrariedad.)* Mejor dicho: casi seguro que no podrás contar conmigo.

(Sigue mirando por el hueco.)

ELVIRA.—*(Molesta y sonriente.)* ¡Qué caro te cotizas! *(Pausa.)* Mírame un poco, por lo menos. No creo que cueste mucho trabajo mirarme... *(Pausa.)* ¿Eh?

FERNANDO.—*(Levantando la vista.)* ¿Qué?

ELVIRA.—Pero ¿no me escuchabas? ¿O es que no quieres enterarte de lo que te digo?

FERNANDO.—*(Volviéndole la espalda.)* Déjame en paz.

ELVIRA.—*(Resentida.)* ¡Ah! ¡Qué poco te cuesta humillar a los demás! ¡Es muy fácil... y muy cruel humillar a los demás! Te aprovechas de que te estiman demasiado para devolverte la humillación..., pero podría hacerse...

FERNANDO.—*(Volviéndose furioso.)* ¡Explica eso!

ELVIRA.—Es muy fácil presumir y despreciar a quien nos quiere, a quien está dispuesto a ayudarnos... A quien nos ayuda ya... Es muy fácil olvidar esas ayudas...

FERNANDO.—*(Iracundo.)* ¿Cómo te atreves a echarme en cara tu propia ordinariez? ¡No puedo sufrirte! ¡Vete!

ELVIRA.—*(Arrepentida.)* ¡Fernando, perdóname, por Dios! Es que...

FERNANDO.—¡Vete! ¡No puedo soportarte! No puedo resistir vuestros favores ni vuestra estupidez. ¡Vete! *(Ella ha ido retrocediendo muy afectada. Se entra, llorosa y sin poder reprimir apenas sus nervios. FERNANDO, muy alterado también, saca un cigarrillo. Al tiempo de tirar la cerilla:)* ¡Qué vergüenza!

(Se vuelve al «casinillo». Pausa. PACA sale de su casa y llama en el I. GENEROSA abre.)

PACA.—A ver si me podía usted dar un poco de sal.

GENEROSA.—¿De mesa o de la gorda?

PACA.—De la gorda. Es para el guisado. *(GENEROSA se mete. PACA, alzando la voz.)* Un puñadito nada más... *(GENEROSA vuelve con un papelillo.)* Gracias, mujer.

GENEROSA.—De nada.

PACA.—¿Cuánta luz ha pagado este mes?

GENEROSA.—Dos sesenta. ¡Un disparate! Y eso que procuro encender lo menos posible... Pero nunca consigo quedarme en las dos pesetas.

PACA.—No se queje. Yo he pagado cuatro diez.

GENEROSA.—Ustedes tienen una habitación más y son más que nosotros.

PACA.—¡Y qué! Mi alcoba no la enciendo nunca. Juan y yo nos acostamos a oscuras. A nuestra edad, para lo que hay que ver...

GENEROSA.—¡Jesús!

PACA.—¿He dicho algo malo?

GENEROSA.—*(Riendo débilmente.)* No, mujer; pero... ¡qué boca, Paca!

PACA.—¿Y para qué sirve la boca, digo yo? Pues para usarla.

GENEROSA.—Para usarla bien, mujer.

PACA.—No he insultado a nadie.

GENEROSA.—Aun así...

PACA.—Mire, Generosa: usted tiene muy poco arranque. ¡Eso es! No se atreve ni a murmurar.

GENEROSA.—¡El Señor me perdone! Aún murmuro demasiado.

PACA.—¡Si es la sal de la vida! *(Con misterio.)* A propósito: ¿sabe usted que don Manuel le ha pagado la luz a doña Asunción?

(FERNANDO, con creciente expresión de disgusto, no pierde palabra.)

GENEROSA.—Ya me lo ha dicho Trini.

PACA.—¡Vaya con Trini! ¡Ya podía haberse tragado la

lengua! *(Cambiando el tono.)* Y, para mí, que fue Elvirita quien se lo pidió a su padre.

GENEROSA.—No es la primera vez que les hacen favores de ésos.

PACA.—Pero quien lo provocó, en realidad, fue doña Asunción.

GENEROSA.—¿Ella?

PACA.—¡Pues claro! *(Imitando la voz.)* «Lo siento, cobrador, no puedo ahora. ¡Buenos días, don Manuel! ¡Dios mío, cobrador, si no puedo! ¡Hola, Elvirita, qué guapa estás!» ¡A ver si no lo estaba pidiendo descaradamente!

GENEROSA.—Es usted muy mal pensada.

PACA.—¿Mal pensada? ¡Si yo no lo censuro! ¿Qué va a hacer una mujer como ésa, con setenta y cinco pesetas de pensión y un hijo que no da golpe?

GENEROSA.—Fernando trabaja.

PACA.—¿Y qué gana? ¡Una miseria! Entre el carbón, la comida y la casa se les va todo. Además, que le descuentan muchos días de sueldo. Y puede que lo echen de la papelería.

GENEROSA.—¡Pobre chico! ¿Por qué?

PACA.—Porque no va nunca. Para mí que ése lo que busca es pescar a Elvirita... y los cuartos de su padre.

GENEROSA.—¿No será al revés?

PACA.—¡Qué va! Es que ese niño sabe mucha táctica, y se hace querer. ¡Como es tan guapo! Porque lo es; eso no hay que negárselo.

GENEROSA.—*(Se asoma al hueco de la escalera y vuelve.)* Y Carmina sin venir... Oiga, Paca: ¿es verdad que don Manuel tiene dinero?

PACA.—Mujer, ya sabe usted que era oficinista. Pero con la agencia esa que ha montado se está forrando el riñón. Como tiene tantas relaciones y sabe tanta triquiñuela...

GENEROSA.—Y una agencia, ¿qué es?

PACA.—Un sacaperras. Para sacar permisos, certificados... ¡Negocios! Bueno, y me voy, que se hace tarde. *(Inicia la marcha y se detiene.)* ¿Y el señor Gregorio, cómo va?

GENEROSA.—Muy disgustado, el pobre. Como lo retiran por la edad... Y es lo que él dice: «¿De qué sirve que un hombre se deje los huesos durante cincuenta años conduciendo un tranvía, si luego le ponen en la calle?». Y el retiro es una miseria, Paca. Ya lo sabe usted. ¡Qué vida, Dios mío! No sé cómo vamos a salir adelante. Y mi Pepe, que no ayuda nada...

PACA.—Su Pepe es un granuja. Perdone que se lo diga, pero usted ya lo sabe. Ya le he dicho antes que no quiero volver a verle con mi Rosa.

GENEROSA.—*(Humillada.)* Lleva usted razón. ¡Pobre hijo mío!

PACA.—¿Pobre? Como Rosita. Otra que tal. A mí no me duelen prendas. ¡Pobres de nosotras, Generosa, pobres de nosotras! ¿Qué hemos hecho para este castigo? ¿Lo sabe usted?

GENEROSA.—Como no sea sufrir por ellos...

PACA.—Eso. Sufrir y nada más. ¡Qué asco de vida! Hasta luego, Generosa. Y gracias.

GENEROSA.—Hasta luego.

> *(Ambas se meten y cierran.* FERNANDO, *abrumado, llega a recostarse en la barandilla. Pausa. Repentinamente se endereza y espera, de cara al público.* CARMINA *sube con la cacharra. Sus miradas se cruzan. Ella intenta pasar, con los ojos bajos.* FERNANDO *la detiene por un brazo.)*

FERNANDO.—Carmina.

CARMINA.—Déjeme...

FERNANDO.—No, Carmina. Me huyes constantemente y esta vez tienes que escucharme.

CARMINA.—Por favor. Fernando... ¡Suélteme!

FERNANDO.—Cuando éramos chicos nos tuteábamos... ¿Por qué no me tuteas ahora? *(Pausa.)* ¿Ya no te acuerdas de aquel tiempo? Yo era tu novio y tú eras mi novia... Mi novia... Y nos sentábamos aquí *(Señalando los pelda-*

ños), en ese escalón, cansa los de jugar..., a seguir jugando a los novios.

CARMINA.—Cállese.

FERNANDO.—Entonces me tuteabas y... me querías.

CARMINA.—Era una niña... Ya no me acuerdo.

FERNANDO.—Eras una mujercita preciosa. Y sigues siéndolo. Y no puedes haber olvidado. ¡Yo no he olvidado! Carmina, aquel tiempo es el único recuerdo maravilloso que conservo en medio de la sordidez en que vivimos. Y quería decirte... que siempre... has sido para mí lo que eras antes.

CARMINA.—¡No te burles de mí!

FERNANDO.—¡Te lo juro!

CARMINA.—¿Y todas... ésas con quien has paseado y... que has besado?

FERNANDO.—Tienes razón. Comprendo que no me creas. Pero un hombre... Es muy difícil de explicar. A ti, precisamente, no podía hablarte..., ni besarte... ¡Porque te quería, te quería y te quiero!

CARMINA.—No puedo creerte.

(Intenta marcharse.)

FERNANDO.—No, no. Te lo suplico. No te marches. Es preciso que me oigas... y que me creas. Ven. *(La lleva al primer peldaño.)* Como entonces.

> *(Con un ligero forcejeo la obliga a sentarse contra la pared y se sienta a su lado. Le quita la lechera y la deja junto a él. Le coge una mano.)*

CARMINA.—¡Si nos ven!

FERNANDO.—¡Qué nos importa! Carmina, por favor, créeme. No puedo vivir sin ti. Estoy desesperado. Me ahoga la ordinariez que nos rodea. Necesito que me quieras y que me consueles. Si no me ayudas, no podré salir adelante.

CARMINA.—¿Por qué no se lo pides a Elvira?

(Pausa. Él la mira, excitado y alegre.)

FERNANDO.—¡Me quieres! ¡Lo sabía! ¡Tenías que quererme! *(Le levanta la cabeza. Ella sonríe involuntariamente.)* ¡Carmina, mi Carmina!

(Va a besarla, pero ella le detiene.)

CARMINA.—¿Y Elvira?
FERNANDO.—¡La detesto! Quiere cazarme con su dinero. ¡No la puedo ver!
CARMINA.—*(Con una risita.)* ¡Yo tampoco!

(Ríen, felices.)

FERNANDO.—Ahora tendría que preguntarte yo: ¿Y Urbano?
CARMINA.—¡Es un buen chico! ¡Yo estoy loca por él! *(*FERNANDO *se enfurruña.)* ¡Tonto!
FERNANDO.—*(Abrazándola por el talle.)* Carmina, desde mañana voy a trabajar de firme por ti. Quiero salir de esta pobreza, de este sucio ambiente. Salir y sacarte a ti. Dejar para siempre los chismorreos, las broncas entre vecinos... Acabar con la angustia del dinero escaso, de los favores que abochornan como una bofetada, de los padres que nos abruman con su torpeza y su cariño servil, irracional...
CARMINA.—*(Represiva.)* ¡Fernando!
FERNANDO.—Sí. Acabar con todo esto. ¡Ayúdame tú! Escucha: voy a estudiar mucho, ¿sabes? Mucho. Primero me haré delineante. ¡Eso es fácil! En un año... Como para entonces ya ganaré bastante, estudiaré para aparejador. Tres años. Dentro de cuatro años seré un aparejador solicitado por todos los arquitectos. Ganaré mucho dinero. Por entonces tú serás ya mi mujercita, y viviremos en otro

barrio, en un pisito limpio y tranquilo. Yo seguiré estudiando. ¿Quién sabe? Puede que para entonces me haga ingeniero. Y como una cosa no es incompatible con la otra, publicaré un libro de poesías, un libro que tendrá mucho éxito...

CARMINA.—*(Que le ha escuchado extasiada.)* ¡Qué felices seremos!

FERNANDO.—¡Carmina!

> *(Se inclina para besarla y da un golpe con el pie a la lechera, que se derrama estrepitosamente. Temblorosos, se levantan los dos y miran, asombrados, la gran mancha blanca en el suelo.)*

TELÓN

ACTO SEGUNDO

Han transcurrido diez años que no se notan en nada: la escalera sigue sucia y pobre, las puertas sin timbre, los cristales de la ventana sin lavar.

(Al comenzar el acto se encuentran en escena GENEROSA, CARMINA, PACA, TRINI y el SEÑOR JUAN. Éste es un viejo alto y escuálido, de aire quijotesco, que cultiva unos anacrónicos bigotes lacios. El tiempo transcurrido se advierte en los demás: PACA y GENEROSA han encanecido mucho. TRINI es ya una mujer madura, aunque airosa. CARMINA conserva todavía su belleza: una belleza que empieza a marchitarse. Todos siguen pobremente vestidos, aunque con trajes más modernos. Las puertas I y III están abiertas de par en par. Las II y IV, cerradas. Todos los presentes se encuentran apoyados en el pasamanos, mirando por el hueco. GENEROSA y CARMINA están llorando; la hija rodea con un brazo la espalda de su madre. A poco, GENEROSA baja el tramo y sigue mirando desde el primer rellano. CARMINA la sigue después.)

CARMINA.—Ande, madre... *(GENEROSA la aparta, sin dejar de mirar a través de sus lágrimas.)* Ande...

(Ella mira también. Sollozan de nuevo y se abrazan a medias, sin dejar de mirar.)

GENEROSA.—Ya llegan al portal... *(Pausa.)* Casi no se le ve...

SEÑOR JUAN.—*(Arriba, a su mujer.)* ¡Cómo sudaban! Se conoce que pesa mucho.

*(*PACA *le hace señas de que calle.)*

GENEROSA.—*(Abrazada a su hija.)* Solas, hija mía. ¡Solas! *(Pausa. De pronto se desase y sube lo más aprisa que puede la escalera.* CARMINA *la sigue. Al tiempo que suben.)* Déjeme mirar por su balcón, Paca. ¡Déjeme mirar!

PACA.—Sí, mujer.

*(*GENEROSA *entra presurosa en el III. Tras ella,* CARMINA *y* PACA.*)*

TRINI.—*(A su padre, que se recuesta en la barandilla, pensativo.)* ¿No entra, padre?

SEÑOR JUAN.—No, hija. ¿Para qué? Ya he visto arrancar muchos coches fúnebres en esta vida. *(Pausa.)* ¿Te acuerdas del de doña Asunción? Fue un entierro de primera, con caja de terciopelo...

TRINI.—Dicen que lo pagó don Manuel.

SEÑOR JUAN.—Es muy posible. Aunque el entierro de don Manuel fue menos lujoso.

TRINI.—Es que ése lo pagaron los hijos.

SEÑOR JUAN.—Claro. *(Pausa.)* Y ahora, Gregorio. No sé cómo ha podido durar estos diez años. Desde la jubilación no levantó cabeza. *(Pausa.)* ¡A todos nos llegará la hora!

TRINI.—*(Juntándosele.)* ¡Padre, no diga eso!

SEÑOR JUAN.—¡Si es la verdad, hija! Y quizá muy pronto.

TRINI.—No piense en esas cosas. Usted está muy bien todavía...

SEÑOR JUAN.—No lo creas. Eso es por fuera. Por dentro... me duelen muchas cosas. *(Se acerca, como al descuido, a la puerta IV. Mira a* TRINI. *Señala tímidamente a la puerta.)* Esto. Esto me matará.

TRINI.—*(Acercándose.)* No, padre. Rosita es buena...

SEÑOR JUAN.—*(Separándose de nuevo y con triste sonrisa.)* ¡Buena! *(Se asoma a su casa. Suspira. Pasa junto al II y escucha un momento.)* Éstos no han chistado.

TRINI.—No.

> *(El padre se detiene después ante la puerta I. Apoya las manos en el marco y mira al interior vacío.)*

SEÑOR JUAN.—¡Ya no jugaremos más a las cartas, viejo amigo!

TRINI.—*(Que se le aproxima, entristecida, y tira de él.)* Vamos adentro, padre.

SEÑOR JUAN.—Se quedan con el día y la noche... Con el día y la noche. *(Mirando al I.)* Con un hijo que es un bandido...

TRINI.—Padre, deje eso.

> *(Pausa.)*

SEÑOR JUAN.—Ya nos llegará a todos.

> *(Ella mueve la cabeza, desaprobando.* GENEROSA, *rendida, sale del III, llevando a los lados a* PACA *y a* CARMINA.*)*

PACA.—¡Ea! No hay que llorar más. Ahora a vivir. A salir adelante.

GENEROSA.—No tengo fuerzas.

PACA.—¡Pues se inventan! No faltaba más.

GENEROSA.—¡Era tan bueno mi Gregorio!

PACA.—Todos nos tenemos que morir. Es ley de vida.

GENEROSA.—Mi Gregorio...

PACA.—Hala. Ahora barremos entre las dos la casa. Y

mi Trini irá luego por la compra y hará la comida. ¿Me oyes, Trini?

TRINI.—Sí, madre.

GENEROSA.—Yo me moriré pronto también.

CARMINA.—¡Madre!

PACA.—¿Quién piensa en morir?

GENEROSA.—Sólo quisiera dejar a esta hija... con un hombre de bien... antes de morirme.

PACA.—¡Mejor sin morirse!

GENEROSA.—¡Para qué!...

PACA.—¡Para tener nietos, alma mía! ¿No le gustaría tener nietos?

(Pausa.)

GENEROSA.—¡Mi Gregorio!

PACA.—Bueno. Se acabó. Vamos adentro. ¿Pasas, Juan?

SEÑOR JUAN.—Luego entraré un ratito. ¡Lo dicho, Generosa! ¡Y a tener ánimo!

(La abraza.)

GENEROSA.—Gracias...

(El SEÑOR JUAN *y* TRINI *entran en su casa y cierran.* GENEROSA, PACA *y* CARMINA *se dirigen al I.)*

GENEROSA.—*(Antes de entrar.)* ¿Qué va a ser de nosotros, Dios mío? ¿Y de esta niña? ¡Ay, Paca! ¿Qué va a ser de mi Carmina?

CARMINA.—No se apure, madre.

PACA.—Claro que no. Ya saldremos todos adelante. Nunca os faltarán buenos amigos.

GENEROSA.—Todos sois muy buenos.

PACA.—¡Qué buenos, ni qué... peinetas! ¡Me dan ganas de darle azotes como a un crío!

(Se meten. La escalera queda sola. Pausa. Se

abre el II cautelosamente y aparece FERNAN-
DO. *Los años han dado a su aspecto un tinte
vulgar. Espía el descansillo y sale después, diciendo hacia adentro.)*

FERNANDO.—Puedes salir. No hay nadie.

(Entonces sale ELVIRA, *con un niño de pecho
en los brazos.* FERNANDO *y* ELVIRA *visten
con modestia. Ella se mantiene hermosa, pero
su cara no guarda nada de la antigua vivacidad.)*

ELVIRA.—¿En qué quedamos? Esto es vergonzoso. ¿Les
damos o no les damos el pésame?

FERNANDO.—Ahora no. En la calle lo decidiremos.

ELVIRA.—¡Lo decidiremos! Tendré que decidir yo,
como siempre. Cuando tú te pones a decidir nunca hacemos nada. *(FERNANDO calla, con la expresión hosca. Inician la bajada.)* ¡Decidir! ¿Cuándo vas a decidirte a ganar
más dinero? Ya ves que así no podemos vivir. *(Pausa.)* ¡Claro, el señor contaba con el suegro! Pues el suegro se acabó, hijo. Y no se te acaba la mujer no sé
por qué.

FERNANDO.—¡Elvira!

ELVIRA.—¡Sí, enfádate porque te dicen las verdades!
Eso sabrás hacer: enfadarte y nada más. Tú ibas a ser aparejador, ingeniero, y hasta diputado. ¡Je! Ese era el cuento que colocabas a todas. ¡Tonta de mí, que también
te hice caso! Si hubiera sabido lo que me llevaba... Si hubiera sabido que no eras más que un niño mimado...
La idiota de tu madre no supo hacer otra cosa que eso:
mimarte.

FERNANDO.—*(Deteniéndose.)* ¡Elvira, no te consiento
que hables así de mi madre! ¿Me entiendes?

ELVIRA.—*(Con ira.)* ¡Tú me has enseñado! ¡Tú eras el
que hablaba mal de ella!

FERNANDO.—*(Entre dientes.)* Siempre has sido una
niña caprichosa y sin educación.

ELVIRA.—¿Caprichosa? ¡Sólo tuve un capricho! ¡Uno sólo! Y...

> *(FERNANDO le tira del vestido para avisarle de la presencia de PEPE, que sube. El aspecto de PEPE denota que lucha victoriosamente contra los años para mantener su prestancia.)*

PEPE.—*(Al pasar.)* Buenos días.
FERNANDO.—Buenos días.
ELVIRA.—Buenos días.

> *(Bajan. PEPE mira hacia el hueco de la escalera con placer. Después sube monologando.)*

PEPE.—Se conserva, se conserva la mocita.

> *(Se dirige al IV, pero luego mira al I, su antigua casa, y se acerca. Tras un segundo de vacilación ante la puerta, vuelve decididamente al IV y llama. Le abre ROSA, que ha adelgazado y empalidecido.)*

ROSA.—*(Con acritud.)* ¿A qué vienes?
PEPE.—A comer, princesa.
ROSA.—A comer, ¿eh? Toda la noche emborrachándote con mujeres y a la hora de comer, a casita, a ver lo que la Rosa ha podido apañar por ahí.
PEPE.—No te enfades, gatita.
ROSA.—¡Sinvergüenza! ¡Perdido! ¿Y el dinero? ¿Y el dinero para comer? ¿Tú te crees que se puede poner el puchero sin tener cuartos?
PEPE.—Mira, niña, ya me estás cansando. Ya te he dicho que la obligación de traer dinero a casa es tan tuya como mía.
ROSA.—¿Y te atreves...?
PEPE.—Déjate de romanticismos. Si me vienes con pegas y con líos, me marcharé. Ya lo sabes. *(Ella se echa a llorar y le cierra la puerta. Él se queda divertidamente per-*

plejo frente a ésta. TRINI *sale del III con un capacho.* PEPE
se vuelve.) Hola, Trini.

TRINI.—*(Sin dejar de andar.)* Hola.

PEPE.—Estás cada día más guapa... Mejoras con los
años, como el vino.

TRINI.—*(Volviéndose de pronto.)* Si te has creído que
soy tan tonta como Rosa, te equivocas.

PEPE.—No te pongas así, pichón.

TRINI.—¿No te da vergüenza haber estado haciendo el
golfo mientras tu padre se moría? ¿No te has dado cuenta
de que tu madre y tu hermana están ahí *(Señala al I)*, llorando todavía porque hoy le dan tierra? Y ahora, ¿qué van
a hacer? Matarse a coser, ¿verdad? *(Él se encoge de
hombros.)* A ti no te importa nada. ¡Puah! Me das
asco.

PEPE.—Siempre estáis pensando en el dinero. ¡Las mujeres no sabéis más que pedir dinero!

TRINI.—Y tú no sabes más que sacárselo a las mujeres.
¡Porque eres un chulo despreciable!

PEPE.—*(Sonriendo.)* Bueno, pichón, no te enfades.
¡Cómo te pones por un piropo!

> *(*URBANO*, que viene con su ropita de paseo,
> se ha parado al escuchar las últimas palabras
> y sube rabioso mientras va diciendo:)*

URBANO.—¡Ese piropo y otros muchos te los vas a tra-
gar ahora mismo! *(Llega a él y le agarra por las solapas,
zarandeándole.)* ¡No quiero verte molestar a Trini! ¿Me
oyes?

PEPE.—Urbano, que no es para tanto...

URBANO.—¡Canalla! ¿Qué quieres? ¿Perderla a ella
también? ¡Granuja! *(Le inclina sobre la barandilla.)* ¡Que
no has valido ni para venir a presidir el duelo de tu padre! ¡Un día te tiro! ¡Te tiro!

> *(Sale* ROSA*, desolada, del IV para interponer-*

se. Intenta separarlos y golpea a URBANO *para
que suelte.)*

ROSA.—¡¡Déjale!! ¡Tú no tienes que pegarle!

TRINI.—*(Con mansedumbre.)* Urbano tiene razón...
Que no se meta conmigo.

ROSA.—¡Cállate tú, mosquita muerta!

TRINI.—*(Dolida.)* ¡Rosa!

ROSA.—*(A* URBANO.*)* ¡Déjale, te digo!

URBANO.—*(Sin soltar a* PEPE.*)* ¡Todavía le defiendes,
imbécil!

PEPE.—¡Sin insultar!

URBANO.—*(Sin hacerle caso.)* Venir a perderte por un
guiñapo como éste... Por un golfo... Un cobarde.

PEPE.—Urbano, esas palabras...

URBANO.—¡Cállate!

ROSA.—¿Y a ti qué te importa? ¿Me meto yo en tus
asuntos? ¿Me meto en si rondas a Fulanita o te soplan a
Menganita? Más vale cargar con Pepe que querer cargar
con quien no quiere nadie...

URBANO.—¡Rosa!

(Se abre el III y sale el SEÑOR JUAN, *en-
loquecido.)*

SEÑOR JUAN.—¡Callad! ¡Callad ya! ¡Me vais a matar!
Sí, me moriré. ¡Me moriré como Gregorio!

TRINI.—*(Se abalanza hacia él, gritando.)* ¡Padre, no!

SEÑOR JUAN.—*(Apartándola.)* ¡Déjame! *(A* PEPE.*)* ¿Por
qué no te la llevaste a otra casa? ¡Teníais que quedaros
aquí para acabar de amargarnos la vida!

TRINI.—¡Calle, padre!

SEÑOR JUAN.—Sí. Mejor es callar. *(A* URBANO.*)* Y tú:
suelta ese trapo.

URBANO.—*(Lanzando a* PEPE *sobre* ROSA.*)* Anda. Carga con él.

*(*PACA *sale del I y cierra.)*

PACA.—¿Qué bronca es ésta? ¿No sabéis que ha habido un muerto aquí? ¡Brutos!

URBANO.—Madre tiene razón. No tenemos ningún respeto por el duelo de esas pobres.

PACA—¡Claro que tengo razón! *(A* TRINI.*)* ¿Qué haces aquí todavía? ¡Anda a la compra! *(*TRINI *agacha la cabeza y baja la escalera.* PACA *interpela a su marido.)* ¿Y tú qué tienes que ver ni mezclarte con esta basura? *(Por* PEPE *y* ROSA. *Ésta, al sentirse aludida por su madre, entra en el IV y cierra de golpe.)* ¡Vamos adentro! *(Lleva al* SEÑOR JUAN *a su puerta. Desde allí, a* URBANO.*)* ¿Se acabó ya el entierro?

URBANO.—Sí, madre.

PACA.—¿Pues por qué no vas a decirlo?

URBANO.—Ahora mismo.

*(*PEPE *empieza a bajar componiéndose el traje.* PACA *y el* SEÑOR JUAN *se meten y cierran.)*

PEPE.—*(Ya en el primer rellano, mirando a* URBANO *de reojo.)* ¡Llamarme cobarde a mí, cuando si no me enredo a golpes es por el asco que me dan! ¡Cobarde a mí! *(Pausa.)* ¡Peste de vecinos! Ni tienen educación, ni saben tratar a la gente, ni...

(Se va murmurando. Pausa. URBANO *se encamina hacia el I. Antes de llegar abre* CARMINA, *que lleva un capacho en la mano. Cierra y se enfrentan. Un silencio.)*

CARMINA.—¿Terminó el...?

URBANO.—Sí.

CARMINA.—*(Enjugándose una lágrima.)* Muchas gracias, Urbano. Has sido muy bueno con nosotras.

URBANO.—*(Balbuceante.)* No tiene importancia. Ya sabes que yo..., que nosotros... estamos dispuestos...

CARMINA.—Gracias. Lo sé.

(Pausa. Baja la escalera con él a su lado.)

URBANO.—¿Vas..., vas a la compra?

CARMINA.—Sí.

URBANO.—Déjalo. Luego irá Trini. No os molestéis vosotras por nada.

CARMINA.—Iba a ir ella, pero se le habrá olvidado.

(Pausa.)

URBANO.—*(Parándose.)* Carmina...

CARMINA.—¿Qué?

URBANO.—¿Puedo preguntarte... qué vais a hacer ahora?

CARMINA.—No lo sé... Coseremos.

URBANO.—¿Podréis salir adelante?

CARMINA.—No lo sé.

URBANO.—La pensión de tu padre no era mucho, pero sin ella...

CARMINA.—Calla, por favor.

URBANO.—Dispensa... He hecho mal en recordártelo.

CARMINA.—No es eso.

(Intenta seguir.)

URBANO.—*(Interponiéndose.)* Carmina, yo...

CARMINA.—*(Atajándole rápida.)* Tú eres muy bueno. Muy bueno. Has hecho todo lo posible por nosotras. Te lo agradezco mucho.

URBANO.—Eso no es nada. Aún quisiera hacer mucho más.

CARMINA.—Ya habéis hecho bastante. Gracias de todos modos.

(Se dispone a seguir.)

URBANO.—¡Espera, por favor! *(Llevándola al «casinillo.»)* Carmina, yo..., yo te quiero. *(Ella sonríe tristemente.)* Te quiero hace muchos años, tú lo sabes. Perdona que te lo diga hoy: soy un bruto. Es que no quisiera verte pasar privaciones ni un solo día. Ni a ti ni a tu madre. Me harías muy feliz si..., si me dijeras... que puedo esperar. *(Pausa. Ella baja la vista.)* Ya sé que no me quieres. No me extraña, porque yo no valgo nada. Soy muy poco para ti. Pero yo procuraría hacerte dichosa. *(Pausa.)* No me contestas...

CARMINA.—Yo... había pensado permanecer soltera.

URBANO.—*(Inclinando la cabeza.)* Quizá continúas queriendo a algún otro...

CARMINA.—*(Con disgusto.)* ¡No, no!

URBANO.—Entonces, es que... te desagrada mi persona.

CARMINA.—¡Oh, no!

URBANO.—Ya sé que no soy más que un obrero. No tengo cultura ni puedo aspirar a ser nada importante... Así es mejor. Así no tendré que sufrir ninguna decepción, como otros sufren.

CARMINA.—Urbano, te pido que...

URBANO.—Más vale ser un triste obrero que un señorito inútil... Pero si tú me aceptas yo subiré. ¡Subiré, sí! ¡Porque cuando te tenga a mi lado me sentiré lleno de energías para trabajar! ¡Para trabajar por ti! Y me perfeccionaré en la mecánica y ganaré más. *(Ella asiente tristemente, en silencio, traspasada por el recuerdo de un momento semejante.)* Viviríamos juntos: tu madre, tú y yo. Le daríamos a la vieja un poco de alegría en los años que le quedasen de vida. Y tú me harías feliz. *(Pausa.)* Acéptame, te lo suplico.

CARMINA.—¡Eres muy bueno!

URBANO.—Carmina, te lo ruego. Consiente en ser mi novia. Déjame ayudarte con ese título.

CARMINA.—*(Llora refugiándose en sus brazos.)* ¡Gracias, gracias!

URBANO.—*(Enajenado.)* Entonces... ¿Sí? *(Ella asiente.)* ¡Gracias yo a ti! ¡No te merezco!

(Quedan un momento abrazados. Se separan con las manos cogidas. Ella le sonríe entre lágrimas. PACA sale de su casa. Echa una auto-

mática ojeada inquisitiva sobre el rellano y le
parece ver algo en el «casinillo». Se acerca
al IV para ver mejor, asomándose a la baran-
dilla y los reconoce.)

PACA.—¿Qué hacéis ahí?

URBANO.—*(Asomándose con* CARMINA.*)* Le estaba ex-
plicando a Carmina... el entierro.

PACA.—Bonita conversación. *(A* CARMINA.*)* ¿Dónde
vas tú con el capacho?

CARMINA.—A la compra.

PACA.—¿No ha ido Trini por ti?

CARMINA.—No...

PACA.—Se le habrá olvidado con la bronca. Quédate
en casa, yo iré en tu lugar. *(A* URBANO, *mientras empie-*
za a bajar.) Acompáñalas, anda. *(Se detiene. Fuerte.)* ¿No
subís? *(Ellos se apresuran a hacerlo.* PACA *baja y se cruza*
con la pareja en la escalera. A CARMINA, *cogiéndole el ca-*
pacho.) Dame el capacho. *(Sigue bajando. Se vuelve a mi-*
rarlos y ellos la miran también desde la puerta, confusos.
CARMINA *abre con su llave, entran y cierran.* PACA, *con*
gesto expresivo.) ¡Je! *(Cerca de la bajada, interpela por la*
barandilla a TRINI, *que sube.)* ¿Por qué no te has llevado
el capacho de Generosa?

TRINI.—*(Desde dentro.)* Se me pasó. A eso subía.

(Aparece con su capacho vacío.)

PACA.—Trae el capacho. Yo iré. Ve con tu padre, que
tú sabes consolarle.

TRINI.—¿Qué le pasa?

PACA.—*(Suspirando.)* Nada... Lo de Rosa. *(Vuelve a*
suspirar.) Dame el dinero. *(*TRINI *le da unas monedas y se*
dispone a seguir. PACA, *confidencial.)* Oye: ¿sabes que...?

(Pausa.)

TRINI.—*(Deteniéndose.)* ¿Qué?

PACA.—Nada. Hasta luego.

> *(Se va.* TRINI *sube. Antes de llegar al segundo rellano sale de su casa el* SEÑOR JUAN, *que la ve cuando va a cerrar la puerta.)*

TRINI.—¿Dónde va usted?

SEÑOR JUAN.—A acompañar un poco a esas pobres mujeres. *(Pausa breve.)* ¿No has hecho la compra?

TRINI.—*(Llegando a él.)* Bajó madre a hacerla.

SEÑOR JUAN.—Ya. *(Se dirige al I, en tanto que ella se dispone a entrar. Luego se para y se vuelve.)* ¿Viste cómo defendía Rosita a ese bandido?

TRINI.—Sí, padre.

> *(Pausa.)*

SEÑOR JUAN.—Es indignante... Me da vergüenza que sea mi hija.

TRINI.—Rosita no es mala, padre.

SEÑOR JUAN.—¡Calla! ¿Qué sabes tú? *(Con ira.)* ¡Ni mentármela siquiera! ¡Y no quiero que la visites, ni que hables con ella! Rosita se terminó para nosotros... ¡Se terminó! *(Pausa.)* Debe de defenderse muy mal, ¿verdad? *(Pausa.)* Aunque a mí no me importa nada.

TRINI.—*(Acercándose.)* Padre...

SEÑOR JUAN.—¿Qué?

TRINI.—Ayer Rosita me dijo... que su mayor pena era el disgusto que usted tenía.

SEÑOR JUAN.—¡Hipócrita!

TRINI.—Me lo dijo llorando, padre.

SEÑOR JUAN.—Las mujeres siempre tienen las lágrimas a punto. *(Pausa.)* Y... ¿qué tal se defiende?

TRINI.—Muy mal. El sinvergüenza ese no gana y a ella le repugna... ganarlo de otro modo.

SEÑOR JUAN.—*(Dolorosamente.)* ¡No lo creo! ¡Esa golfa!... ¡Bah! ¡Es una golfa, una golfa!

TRINI.—No, no, padre. Rosa es algo ligera, pero no ha

llegado a eso. Se juntó con Pepe porque le quería... y aún le quiere. Y él siempre le está diciendo que debe ganarlo, y siempre le amenaza con dejarla. Y... la pega.

SEÑOR JUAN.—¡Canalla!

TRINI.—Y Rosa no quiere que él la deje. Y tampoco quiere echarse a la vida... Sufre mucho.

SEÑOR JUAN.—¡Todos sufrimos!

TRINI.—Y, por eso, con lo poco que él le da alguna vez, le va dando de comer. Y ella apenas come. Y no cena nunca. ¿No se ha fijado usted en lo delgada que se ha quedado?

(Pausa.)

SEÑOR JUAN.—No.

TRINI.—¡Se ve en seguida! Y sufre porque él dice que está ya fea y... no viene casi nunca. *(Pausa.)* ¡La pobre Rosita terminará por echarse a la calle para que él no la abandone!

SEÑOR JUAN.—*(Exaltado.)* ¿Pobre? ¡No la llames pobre! Ella se lo ha buscado. *(Pausa. Va a marcharse y se para otra vez.)* Sufres mucho por ella, ¿verdad?

TRINI.—Me da mucha pena, padre.

(Pausa.)

SEÑOR JUAN.—*(Con los ojos bajos.)* Mira, no quiero que sufras por ella. Ella no me importa nada, ¿comprendes? Nada. Pero tú sí. Y no quiero verte con esa preocupación. ¿Me entiendes?

TRINI.—Sí, padre.

SEÑOR JUAN.—*(Turbado.)* Escucha. Ahí dentro tengo unos durillos... Unos durillos ahorrados del café y de las copas...

TRINI.—¡Padre!

SEÑOR JUAN.—¡Calla y déjame hablar! Como el café y el vino no son buenos a la vejez..., pues los fui guardando. A mí, Rosa no me importa nada. Pero si te sirve de consuelo..., puedes dárselos.

TRINI.—¡Sí, sí, padre!

SEÑOR JUAN.—De modo que voy a buscarlos.

TRINI.—¡Qué bueno es usted!

SEÑOR JUAN.—*(Entrando.)* No, si lo hago por ti... *(Muy conmovida,* TRINI *espera ansiosamente la vuelta de su padre mientras lanza expresivas ojeadas al IV. El* SEÑOR JUAN *torna con unos billetes en la mano. Contándolos y sin mirarla, se los da.)* Ahí tienes.

TRINI.—Sí, padre.

SEÑOR JUAN.—*(Yendo hacia el I.)* Se los das, si quieres.

TRINI.—Sí, padre.

SEÑOR JUAN.—Como cosa tuya, naturalmente.

TRINI.—Sí.

SEÑOR JUAN.—*(Después de llamar en el I, con falsa autoridad.)* ¡Y que no se entere tu madre de esto!

TRINI.—No, padre.

*(*URBANO *abre al* SEÑOR JUAN.*)*

SEÑOR JUAN.—¡Ah! Estás aquí.

URBANO.—Sí, padre.

> *(El* SEÑOR JUAN *entra y cierra.* TRINI *se vuelve, llena de alegría y llama repetidas veces al IV. Después se da cuenta de que su casa ha quedado abierta; la cierra y torna a llamar. Pausa.* ROSA *abre.)*

TRINI.—¡Rosita!

ROSA.—Hola, Trini.

TRINI.—¡Rosita!

ROSA.—Te agredezco que vengas. Dispensa si antes te falté...

TRINI.—¡Eso no importa!

ROSA.—No me guardes rencor. Ya comprendo que hago mal defendiendo así a Pepe, pero...

TRINI.—¡Rosita! ¡Padre me ha dado dinero para ti!
ROSA.—¿Eh?
TRINI.—¡Mira! *(Le enseña los billetes.)* ¡Toma! ¡Son para ti!

> *(Se los pone en la mano.)*

ROSA.—*(Casi llorando.)* Trini, no..., no puede ser.
TRINI.—Sí puede ser... Padre te quiere...
ROSA.—No me engañes, Trini. Ese dinero es tuyo.
TRINI.—¿Mío? No sé cómo. ¡Me lo dio él! ¡Ahora mismo me lo ha dado! *(ROSA llora.)* Escucha cómo fue. *(La empuja para adentro.)* Él te nombró primero. Dijo que...

> *(Entran y cierran. Pausa. ELVIRA y FERNAN-DO suben. FERNANDO lleva ahora al niño. Discuten.)*

FERNANDO.—Ahora entramos un minuto y les damos el pésame.
ELVIRA.—Ya te he dicho que no.
FERNANDO.—Pues antes querías.
ELVIRA.—Y tú no querías.
FERNANDO.—Sin embargo, es lo mejor. Compréndelo, mujer.
ELVIRA.—Prefiero no entrar.
FERNANDO.—Entraré yo solo entonces.
ELVIRA.—¡Tampoco! Eso es lo que tú quieres: ver a Carmina y decirle cositas y tonterías.
FERNANDO.—Elvira, no te alteres. Entre Carmina y yo terminó todo hace mucho tiempo.
ELVIRA.—No te molestes en fingir. ¿Crees que no me doy cuenta de las miraditas que le echas encima y de cómo procuras hacerte el encontradizo con ella?
FERNANDO.—Fantasías.
ELVIRA.—¿Fantasías? La querías y la sigues queriendo.
FERNANDO.—Elvira, sabes que yo te he...
ELVIRA.—¡A mí nunca me has querido! Te casaste por el dinero de papá.
FERNANDO.—¡Elvira!

ELVIRA.—Y, sin embargo, valgo mucho más que ella.

FERNANDO.—¡Por favor! ¡Pueden escucharnos los vecinos!

ELVIRA.—No me importa.

(Llegan al descansillo.)

FERNANDO.—Te juro que Carmina y yo no...

ELVIRA.—*(Dando pataditas en el suelo.)* ¡No me lo creo! ¡Y eso se tiene que acabar! *(Se dirige a su casa, mas él se queda junto al I.)* ¡Abre!

FERNANDO.—Vamos a dar el pésame; no seas terca.

ELVIRA.—Que no, te digo.

(Pausa. Él se aproxima.)

FERNANDO.—Toma a Fernandito.

(Se lo da y se dispone a abrir.)

ELVIRA.—*(En voz baja y violenta.)* ¡Tú tampoco vas! ¿Me has oído? *(Él abre la puerta sin contestar.)* ¿Me has oído?

FERNANDO.—¡Entra!

ELVIRA.—¡Tú antes! *(Se abre el I y aparecen CARMINA y URBANO. Están con las manos enlazadas, en una actitud clara. Ante la sorpresa de FERNANDO, ELVIRA vuelve a cerrar la puerta y se dirige a ellos, sonriente.)* ¡Qué casualidad, Carmina! Salíamos precisamente para ir a casa de ustedes.

CARMINA.—Muchas gracias.

(Ha intentado desprenderse, pero URBANO la retiene.)

ELVIRA.—*(Con cara de circunstancias.)* Sí, hija... Ha sido muy lamentable... Muy sensible.

FERNANDO.—*(Reportado.)* Mi mujer y yo les acompañamos, sinceramente, en el sentimiento.

CARMINA.—*(Sin mirarle.)* Gracias.

> *(La tensión aumenta, inconteniblemente, entre los cuatro.)*

ELVIRA.—¿Su madre está dentro?

CARMINA.—Sí; háganme el favor de pasar. Yo entro en seguida. *(Con vivacidad.)* En cuanto me despida de Urbano.

ELVIRA.—¿Vamos, Fernando? *(Ante el silencio de él.)* No te preocupes, hombre. *(A* CARMINA.*)* Está preocupado porque al nene le toca ahora la teta. *(Con una tierna mirada para* FERNANDO.*)* Se desvive por su familia. *(A* CARMINA.*)* Le daré el pecho en su casa. No le importa, ¿verdad?

CARMINA.—Claro que no.

ELVIRA.—Mire qué rico está mi Fernandito. *(*CARMINA *se acerca después de lograr desprenderse de* URBANO.*)* Dormidito. No tardará en chillar y pedir lo suyo.

CARMINA.—Es una monada.

ELVIRA.—Tiene toda la cara de su padre. *(A* FERNANDO.*)* Sí, sí; aunque te empeñes en que no. *(A* CARMINA.*)* Él asegura que es igual a mí. Le agrada mucho que se parezca a mí. Es a él a quien se parece, ¿no cree?

CARMINA.—Pues... no sé. ¿Tú qué crees, Urbano?

URBANO.—No entiendo mucho de eso. Yo creo que todos los niños pequeños se parecen.

FERNANDO.—*(A* URBANO.*)* Claro que sí. Elvira exagera. Lo mismo puede parecerse a ella, que... a Carmina, por ejemplo.

ELVIRA.—*(Violenta.)* ¡Ahora dices eso! ¡Pues siempre estás afirmando que es mi vivo retrato!

CARMINA.—Por lo menos, tendrá el aire de familia. ¡Decir que se parece a mí! ¡Qué disparate!

URBANO.—¡Completo!

CARMINA.—*(Al borde del llanto.)* Me va usted a hacer reír, Fernando, en un día como éste.

URBANO.—*(Con ostensible solicitud.)* Carmina, por favor, no te afectes. *(A* FERNANDO.*)* ¡Es muy sensible!

*(*FERNANDO *asiente.)*

CARMINA.—*(Con falsa ternura.)* Gracias, Urbano.

URBANO.—*(Con intención.)* Repórtate. Piensa en cosas más alegres... Puedes hacerlo...

FERNANDO.—*(Con la insolencia de un antiguo novio.)* Carmina fue siempre muy sensible.

ELVIRA.—*(Que lee en el corazón de la otra.)* Pero hoy tiene motivo para entristecerse. ¿Entramos, Fernando?

FERNANDO.—*(Tierno.)* Cuando quieras, nena.

URBANO.—Déjalos pasar, nena.

> *(Y aparta a* CARMINA, *con triunfal solicitud que brinda a* FERNANDO, *para dejar pasar al matrimonio.)*

TELÓN

ACTO TERCERO

Pasaron velozmente veinte años más. Es ya nuestra época. La escalera sigue siendo una humilde escalera de vecinos. El casero ha pretendido, sin éxito, disfrazar su pobreza con algunos nuevos detalles concedidos despaciosamente a lo largo del tiempo: la ventana tiene ahora cristales romboidales coloreados, y en la pared del segundo rellano, frente al tramo, puede leerse la palabra QUINTO en una placa de metal. Las puertas han sido dotadas de timbre eléctrico, y las paredes, blanqueadas.

> *(Una viejecita consumida y arrugada, de obesidad malsana y cabellos completamente blancos, desemboca, fatigada, en el primer rellano. Es* PACA. *Camina lentamente, apoyándose en la barandilla, y lleva en la otra mano un capacho lleno de bultos.)*

PACA.—*(Entrecortadamente.)* ¡Qué vieja estoy! *(Acaricia la barandilla.)* ¡Tan vieja como tú! ¡Uf! *(Pausa.)* ¡Y qué sola! Ya no soy nada para mis hijos ni para mi nieta. ¡Un estorbo! *(Pausa.)* ¡Pues no me da la gana de serlo, demontre! *(Pausa. Resollando.)* ¡Hoj! ¡Qué escalerita! Ya podía poner ascensor el ladrón del casero. Hueco no falta. Lo que falta son ganas de rascarse el bolsillo. *(Pausa.)* En cambio, mi Juan la subía de dos en dos... hasta el día mismo de morirse. Y yo, que no puedo con ella..., no me muero ni con polvorones. *(Pausa.)* Bueno, y ahora que no me oye nadie. ¿Yo quiero o no quiero morirme? *(Pausa.)* Yo no quiero morirme. *(Pausa.)* Lo que quiero *(Ha llegado al segundo rellano y dedica una ojeada al I)* es poder charlar con Generosa, y con Juan... *(Pausa. Se encamina a la puerta.)* ¡Pobre Generosa! ¡Ni los huesos quedarán! *(Pausa. Abre con su llave. Al entrar.)* ¡Y que me haga un poco más de caso mi nieta, demontre!

(Cierra. Pausa. Del IV sale un SEÑOR BIEN VESTIDO. *Al pasar frente al I sale de éste un* JOVEN BIEN VESTIDO.*)*

JOVEN.—Buenos días.

SEÑOR.—Buenos días. ¿A la oficina?

JOVEN.—Sí, señor. ¿Usted también?

SEÑOR.—Lo mismo. *(Bajan emparejados.)* ¿Y esos asuntos?

JOVEN.—Bastante bien. Saco casi otro sueldo. No me puedo quejar. ¿Y usted?

SEÑOR.—Marchando. Sólo necesitaría que alguno de estos vecinos antiguos se mudase, para ocupar un exterior. Después de desinfectarlo y pintarlo, podría recibir gente.

JOVEN.—Sí, señor. Lo mismo queremos nosotros.

SEÑOR.—Además, que no hay derecho a pagar tantísimo por un interior, mientras ellos tienen los exteriores casi de balde.

JOVEN.—Como son vecinos tan antiguos...

SEÑOR.—Pues no hay derecho. ¿Es que mi dinero vale menos que el de ellos?

JOVEN.—Además, que son unos indeseables.

SEÑOR.—No me hable. Si no fuera por ellos... Porque la casa, aunque muy vieja, no está mal.

JOVEN.—No. Los pisos son amplios.

SEÑOR.—Únicamente, la falta de ascensor.

JOVEN.—Ya lo pondrán. *(Pausa breve.)* ¿Ha visto los nuevos modelos de automóvil?

SEÑOR.—Son magníficos.

JOVEN.—¡Magníficos! Se habrá fijado en que la carrocería es completamente...

> *(Se van charlando. Pausa. Salen del III* URBANO *y* CARMINA. *Son ya casi viejos. Ella se prende familiarmente de su brazo y bajan. Cuando están a la mitad del tramo, suben por la izquierda* ELVIRA *y* FERNANDO, *también del brazo y con las huellas de la edad. Socialmente, su aspecto no ha cambiado: son dos viejos matrimonios, de obrero uno y el otro de empleado. Al cruzarse, se saludan secamente.* CARMINA *y* URBANO *bajan.* ELVIRA *y* FERNANDO *llegan en silencio al II y él llama al timbre.)*

ELVIRA.—¿Por qué no abres con el llavín?
FERNANDO.—Manolín nos abrirá.

> *(La puerta es abierta por* MANOLÍN, *un chico de unos doce años.)*

MANOLÍN.—*(Besando a su padre.)* Hola, papá.
FERNANDO.—Hola, hijo.
MANOLÍN.—*(Besando a su madre.)* Hola, mamá.
ELVIRA.—Hola.

> *(*MANOLÍN *se mueve a su alrededor por ver si traen algo.)*

FERNANDO.—¿Qué buscas?
MANOLÍN.—¿No traéis nada?
FERNANDO.—Ya ves que no.
MANOLÍN.—¿Los traerán ahora?
ELVIRA.—¿El qué?
MANOLÍN.—¡Los pasteles!
FERNANDO.—¿Pasteles? No, hijo. Están muy caros.

MANOLÍN.—¡Pero, papá! ¡Hoy es mi cumpleaños!

FERNANDO.—Sí, hijo. Ya lo sé.

ELVIRA.—Y te guardamos una sorpresa.

FERNANDO.—Pero pasteles no pueden ser.

MANOLÍN.—Pues yo quiero pasteles.

FERNANDO.—No puede ser.

MANOLÍN.—¿Cuál es la sorpresa?

ELVIRA.—Ya la verás luego. Anda adentro.

MANOLÍN.—*(Camino de la escalera.)* No.

FERNANDO.—¿Dónde vas tú?

MANOLÍN.—A jugar.

ELVIRA.—No tardes.

MANOLÍN.—No. Hasta luego. *(Los padres cierran. Él baja los peldaños y se detiene en el «casinillo». Comenta.)* ¡Qué roñosos!

> *(Se encoge de hombros y, con cara de satisfacción, saca un cigarrillo. Tras una furtiva ojeada hacia arriba, saca una cerilla y la enciende en la pared. Se pone a fumar muy complacido. Pausa. Salen del III* ROSA *y* TRINI: *una pareja notablemente igualada por las arrugas y tristeza que la desilusión y las penas han puesto en sus rostros.* ROSA *lleva un capacho.)*

TRINI.—¿Para qué vienes, mujer? ¡Si es un momento!

ROSA.—Por respirar un poco el aire de la calle. Me ahogo en casa. *(Levantando el capacho.)* Además, te ayudaré.

TRINI.—Ya ves: yo prefiero, en cambio, estarme en casa.

ROSA.—Es que... no me gusta quedarme sola con madre. No me quiere bien.

TRINI.—¡Qué disparate!

ROSA.—Sí, sí... Desde aquello.

TRINI.—¿Quién se acuerda ya de eso?

ROSA.—¡Todos! Siempre lo recordamos y nunca hablamos de ello.

TRINI.—*(Con un suspiro).* Déjalo. No te preocupes.

> (MANOLÍN, *que las ve bajar, se interpone en su camino y las saluda con alegría. Ellas se paran.)*

MANOLÍN.—¡Hola, Trini!

TRINI.—*(Cariñosa.)* ¡Mala pieza! *(Él lanza al aire, con orgullo, una bocanada de humo.)* ¡Madre mía! ¿Pues no está fumando? ¡Tira eso en seguida, cochino!

> *(Intenta tirarle el cigarrillo de un manotazo y él se zafa.)*

MANOLÍN.—¡Es que hoy es mi cumpleaños!

TRINI.—¡Caramba! ¿Y cuántos cumples?

MANOLÍN.—Doce. ¡Ya soy un hombre!

TRINI.—Si te hago un regalo, ¿me lo aceptarás?

MANOLÍN.—¿Qué me vas a dar?

TRINI.—Te daré dinero para que te compres un pastel.

MANOLÍN.—Yo no quiero pasteles.

TRINI.—¿No te gustan?

MANOLÍN.—No. Prefiero que me regales una cajetilla de tabaco.

TRINI.—¡Ni lo sueñes! Y tira ya eso.

MANOLÍN.—No quiero. *(Pero ella consigue tirarle el cigarrillo.)* Oye, Trini... Tú me quieres mucho, ¿verdad?

TRINI.—Naturalmente.

MANOLÍN.—Oye..., quiero preguntarte una cosa.

> *(Mira de reojo a* ROSA *y trata de arrastrar a* TRINI *hacia el «casinillo».)*

TRINI.—¿Dónde me llevas?

MANOLÍN.—Ven. No quiero que me oiga Rosa.

Rosa.—¿Por qué? Yo también te quiero mucho. ¿Es que no me quieres tú?

Manolín.—No.

Rosa.—¿Por qué?

Manolín.—Porque eres vieja y gruñona.

> (Rosa *se muerde los labios y se separa hacia la barandilla.*)

Trini.—*(Enfadada.)* ¡Manolín!

Manolín.—*(Tirando de* Trini.*)* Ven... *(Ella le sigue, sonriente. Él la detiene con mucho misterio.)* ¿Te casarás conmigo cuando sea mayor?

> (Trini *rompe a reír.* Rosa, *con cara triste, los mira desde la barandilla.*)

Trini.—*(Risueña, a su hermana.)* ¡Una declaración!

Manolín.—*(Colorado.)* No te rías y contéstame.

Trini.—¡Qué tontería! ¿No ves que ya soy vieja?

Manolín.—No.

Trini.—*(Conmovida.)* Sí, hijo, sí. Y cuando tú seas mayor, yo seré una ancianita.

Manolín.—No me importa. Yo te quiero mucho.

Trini.—*(Muy emocionada y sonriente, le coge la cara entre las manos y le besa.)* ¡Hijo¡ ¡Qué tonto eres! ¡Tonto! *(Besándole.)* No digas simplezas. ¡Hijo! *(Besándole.)* ¡Hijo!

> (Se separa y va ligera a emparejar con Rosa.)

Manolín.—Oye...

Trini.—*(Conduciendo a* Rosa, *que sigue seria.)* ¡Calla, simple! Y ya veré lo que te regalo: si un pastel... o una cajetilla.

> (Se van rápidas. Manolín *las ve bajar y luego, dándose mucha importancia, saca otro cigarrillo y otra cerilla. Se sienta en el suelo del «casinillo» y fuma despacio, perdido en sus*

imaginaciones de niño. Se abre el III y sale
CARMINA, *hija de* CARMINA *y de* URBANO.
Es una atolondrada chiquilla de unos diecio-
cho años. PACA *la despide desde la puerta.)*

CARMINA, HIJA.—Hasta luego, abuela. *(Avanza dando*
fuertes golpes en la barandilla, mientras tararea.) La, ra,
ra..., la, ra, ra...

PACA.—¡Niña!

CARMINA, HIJA.—*(Volviéndose.)* ¿Qué?

PACA.—No des así en la barandilla. ¡La vas a romper!
¿No ves que está muy vieja?

CARMINA, HIJA.—Que pongan otra.

PACA.—Que pongan otra... Los jóvenes, en cuanto una
cosa está vieja, sólo sabéis tirarla. ¡Pues las cosas viejas
hay que conservarlas! ¿Te enteras?

CARMINA, HIJA.—A ti, como eres vieja, te gustan las
vejeces.

PACA.—Lo que quiero es que tengas más respeto para...
la vejez.

CARMINA, HIJA.—*(Que se vuelve rápidamente y la*
abruma a besos.) ¡Boba! ¡Vieja guapa!

PACA.—*(Ganada, pretende desasirse.)* ¡Quita, quita, hipócrita! ¡Ahora vienes con cariñitos!

CARMINA, HIJA.—Anda para dentro.

PACA.—¡Qué falta de vergüenza! ¿Crees que vas a man-
dar en mí? *(Forcejean.)* ¡Déjame!

CARMINA, HIJA.—Entra...

> *(La resistencia de* PACA *acaba en una débil ri-*
> *silla de anciana.)*

PACA.—*(Vencida.)* ¡No te olvides de comprar ajos!

> *(CARMINA cierra la puerta en sus narices.*
> *Vuelve a bajar, rápida, sin dejar sus golpes al*
> *pasamanos ni su tarareo. La puerta del II se*
> *abre por* FERNANDO, *hijo de* FERNANDO *y*

ELVIRA. *Sale en mangas de camisa. Es arro-*
gante y pueril. Tiene veintiún años.)

FERNANDO, HIJO.—Carmina.

(Ella, en los primeros escalones aún, se inmo-
viliza y calla, temblorosa, sin volver la cabe-
za. Él baja en seguida a su altura. MANOLÍN
se disimula y escucha con infantil picardía.)

CARMINA, HIJA.—¡Déjame, Fernando! Aquí, no. Nos
pueden ver.
FERNANDO, HIJO.—¡Qué nos importa!
CARMINA, HIJA.—Déjame.

(Intenta seguir. Él la detiene con brusquedad.)

FERNANDO, HIJO.—¡Escúchame, te digo! ¡Te estoy hablando!
CARMINA, HIJA.—*(Asustada.)* Por favor, Fernando.
FERNANDO, HIJO.—No. Tiene que ser ahora. Tienes
que decirme en seguida por qué me has esquivado estos
días. *(Ella mira, angustiada, por el hueco de la escalera.)*
¡Vamos, contesta! ¿Por qué? *(Ella mira a la puerta de su*
casa.) ¡No mires más! No hay nadie.
CARMINA, HIJA.—Fernando, déjame ahora. Esta tarde
podremos vernos donde el último día.
FERNANDO, HIJO.—De acuerdo. Pero ahora me vas a
decir por qué no has venido estos días.

(Ella consigue bajar unos peldaños más. Él la
retiene y la sujeta contra la barandilla.)

CARMINA, HIJA.—¡Fernando!
FERNANDO, HIJO.—¡Dímelo! ¿Es que ya no me quieres?
(Pausa.) No me has querido nunca, ¿verdad? Ésa es la ra-
zón. ¡Has querido coquetear conmigo, divertirte conmigo!
CARMINA, HIJA.—No, no...

FERNANDO, HIJO.—Sí. Eso es. *(Pausa.)* ¡Pues no te saldrás con la tuya!

CARMINA, HIJA.—Fernando, yo te quiero. ¡Pero déjame! ¡Lo nuestro no puede ser!

FERNANDO, HIJO.—¿Por qué no puede ser?

CARMINA, HIJA.—Mis padres no quieren.

FERNANDO, HIJO.—¿Y qué? Eso es un pretexto. ¡Un mal pretexto!

CARMINA, HIJA.—No, no..., de verdad. Te lo juro.

FERNANDO, HIJO.—Si me quisieras de verdad no te importaría.

CARMINA, HIJA.—*(Sollozando.)* Es que... me han amenazado y... me han pegado...

FERNANDO, HIJO.—¡Cómo!

CARMINA, HIJA.—Sí. Y hablan mal de ti... y de tus padres... ¡Déjame, Fernando! *(Se desprende. Él está paralizado.)* Olvida lo nuestro. No puede ser... Tengo miedo...

(Se va rápidamente, llorosa. FERNANDO llega hasta el rellano y la mira bajar, abstraído. Después se vuelve y ve a MANOLÍN. Su expresión se endurece.)

FERNANDO, HIJO.—¿Qué haces aquí?

MANOLÍN.—*(Muy divertido.)* Nada.

FERNANDO, HIJO.—Anda para casa.

MANOLÍN.—No quiero.

FERNANDO, HIJO.—¡Arriba, te digo!

MANOLÍN.—Es mi cumpleaños y hago lo que quiero. ¡Y tú no tienes derecho a mandarme!

(Pausa.)

FERNANDO, HIJO.—Si no fueras el favorito... ya te daría yo cumpleaños.

(Pausa. Comienza a subir mirando a MANO-

LÍN *con suspicacia. Éste contiene con trabajo la risa.)*

MANOLÍN.—*(Envalentonado.)* ¡Qué entusiasmado estás con Carmina!

FERNANDO, HIJO.—*(Bajando al instante.)* ¡Te voy a cortar la lengua!

MANOLÍN.—*(Con regocijo.)* ¡Parecíais dos novios de película! *(En tono cómico.)* «¡No me abandones, Nelly! ¡Te quiero, Bob!» (FERNANDO *le da una bofetada. A* MANOLÍN *se le saltan las lágrimas y se esfuerza, rabioso, en patear las espinillas y los pies de su hermano.)* ¡Bruto!

FERNANDO, HIJO.—*(Sujetándole.)* ¿Qué hacías en el «casinillo»?

MANOLÍN.—¡No te importa! ¡Bruto! ¡Idiota!... ¡¡Romántico!!

FERNANDO, HIJO.—Fumando, ¿eh? *(Señala las colillas en el suelo.)* Ya verás cuando se entere papá.

MANOLÍN.—¡Y yo le diré que sigues siendo novio de Carmina!

FERNANDO, HIJO.—*(Apretándole un brazo.)* ¡Qué bien trasteas a los padres, marrano, hipócrita! ¡Pero los pitillos te van a costar caros!

MANOLÍN.—*(Que se desase y sube presuroso el tramo.)* ¡No te tengo miedo! Y diré lo de Carmina. ¡Lo diré ahora mismo!

(Llama con apremio al timbre de su casa.)

FERNANDO, HIJO.—*(Desde la barandilla del primer rellano.)* ¡Baja, chivato!

MANOLÍN.—No. Además, esos pitillos no son míos.

FERNANDO, HIJO.—¡Baja!

*(*FERNANDO, *el padre, abre la puerta.)*

MANOLÍN.—¡Papá, Fernando estaba besándose con Carmina en la escalera!

FERNANDO, HIJO.—¡Embustero!

MANOLÍN.—Sí, papá. Yo no los veía porque estaba en el «casinillo»; pero...

FERNANDO.—*(A* MANOLÍN.*)* Pasa para adentro.

MANOLÍN.—Papá, te aseguro que es verdad.

FERNANDO.—Adentro. *(Con un gesto de burla a su hermano,* MANOLÍN *entra.)* Y tú, sube.

FERNADO, HIJO.—Papá, no es cierto que me estuviera besando con Carmina.

(Empieza a subir.)

FERNANDO.—¿Estabas con ella?

FERNANDO, HIJO.—Sí.

FERNANDO.—¿Recuerdas que te hemos dicho muchas veces que no tontearas con ella?

FERNANDO, HIJO.—*(Que ha llegado al rellano.)* Sí.

FERNANDO.—Y has desobedecido...

FERNANDO, HIJO.—Papá... Yo...

FERNANDO.—Entra. *(Pausa.)* ¿Has oído?

FERNANDO, HIJO.—*(Rebelándose.)* ¡No quiero! ¡Se acabó!

FERNANDO.—¿Qué dices?

FERNANDO, HIJO.—¡No quiero entrar! ¡Ya estoy harto de vuestras estúpidas prohibiciones!

FERNANDO.—*(Conteniéndose.)* Supongo que no querrás escandalizar para los vecinos...

FERNANDO, HIJO.—¡No me importa! ¡También estoy harto de esos miedos! *(*ELVIRA, *avisada sin duda por* MANOLÍN*, sale a la puerta.)* ¿Por qué no puedo hablar con Carmina, vamos a ver? ¡Ya soy un hombre!

ELVIRA.—*(Que interviene con acritud.)* ¡No para Carmina!

FERNANDO.—*(A* ELVIRA.*)* ¡Calla! *(A su hijo.)* Y tú, entra. Aquí no podemos dar voces.

FERNANDO, HIJO.—¿Qué tengo yo que ver con vuestros rencores y vuestros viejos prejuicios? ¿Por qué no vamos a poder querernos Carmina y yo?

ELVIRA.—¡Nunca!

FERNANDO.—No puede ser, hijo.

FERNANDO, HIJO.—Pero ¿por qué?

FERNANDO.—Tú no lo entiendes. Pero entre esa familia y nosotros no puede haber noviazgos.

FERNANDO, HIJO.—Pues os tratáis.

FERNANDO.—Nos saludamos, nada más. *(Pausa.)* A mí, realmente, no me importaría demasiado. Es tu madre...

ELVIRA.—Claro que no. ¡Ni hablar de la cosa!

FERNANDO.—Los padres de ella tampoco lo consentirían. Puedes estar seguro.

ELVIRA.—Y tú debías ser el primero en prohibírselo, en vez de halagarle con esas blanduras improcedentes.

FERNANDO.—¡Elvira!

ELVIRA.—¡Improcedentes! *(A su hijo.)* Entra, hijo.

FERNANDO, HIJO.—Pero mamá... Papá... ¡Cada vez lo entiendo menos! Os empeñáis en no comprender que yo... ¡no puedo vivir sin Carmina!

FERNANDO.—Eres tú el que no nos comprendes. Yo te lo explicaré todo, hijo.

ELVIRA.—¡No tienes que explicar nada! *(A su hijo.)* Entra.

FERNANDO.—Hay que explicarle, mujer... *(A su hijo.)* Entra, hijo.

FERNANDO, HIJO.—*(Entrando, vencido.)* No os comprendo... No os comprendo.

(Cierran. Pausa. TRINI *y* ROSA *vuelven de la compra.)*

TRINI.—¿Y no le has vuelto a ver?

ROSA.—¡Muchas veces! Al principio no me saludaba, me evitaba. Y yo, como una tonta, le buscaba. Ahora es al revés.

TRINI.—¿Te busca él?

ROSA.—Ahora me saluda, y yo a él no. ¡Canalla! Me ha entretenido durante años para dejarme cuando ya no me mira a la cara nadie.

TRINI.—Estará ya viejo...

ROSA.—¡Muy viejo! Y muy gastado. Porque sigue bebiendo y trasnochando.

TRINI.—¡Qué vida!

ROSA.—Casi me alegro de no haber tenido hijos con él. No habrían salido sanos. *(Pausa.)* ¡Pero yo hubiera querido tener un niño, Trini! Y hubiera querido que él no fuese como era... y que el niño se le hubiese parecido.

TRINI.—Las cosas nunca suceden a nuestro gusto.

ROSA.—No. *(Pausa.)* ¡Pero, al menos, un niño! ¡Mi vida se habría llenado con un niño!

(Pausa.)

TRINI.—... La mía también.

ROSA.—¿Eh? *(Pausa breve.)* Claro. ¡Pobre Trini! ¡Qué lástima que no te hayas casado!

TRINI.—*(Deteniéndose, sonríe con pena.)* ¡Qué iguales somos en el fondo tú y yo!

ROSA.—Todas las mujeres somos iguales en el fondo.

TRINI.—Sí... Tú has sido el escándalo de la familia y yo la víctima. Tú quisiste vivir tu vida y yo me dediqué a la de los demás. Te juntaste con un hombre y yo sólo conozco el olor de los de la casa... Ya ves: al final hemos venido a fracasar de igual manera.

(ROSA la enlaza y aprieta suavemente el talle. TRINI la imita. Llegan enlazadas a la puerta.)

ROSA.—*(Suspirando.)* Abre...

TRINI.—*(Suspirando.)* Sí... Ahora mismo.

(Abre con el llavín y entran. Pausa. Suben URBANO, CARMINA y su hija. El padre viene riñendo a la muchacha, que atiende tristemente sumisa. La madre se muestra jadeante y muy cansada.)

URBANO.—¡Y no quiero que vuelvas a pensar en Fernando! Es como su padre: un inútil.

CARMINA.—¡Eso!

URBANO.—Más de un pitillo nos hemos fumado el padre y yo ahí mismo *(Señala al «casinillo»)*, cuando éramos jóvenes. Me acuerdo muy bien. Tenía muchos pajaritos en la cabeza. Y su hijo es como él: un gandul. Así es que no quiero ni oírte su nombre. ¿Entendido?

CARMINA, HIJA.—Sí, padre.

> *(La madre se apoya, agotada, en el pasamanos.)*

URBANO.—¿Te cansas?

CARMINA.—Un poco.

URBANO.—Un esfuerzo. Ya no queda nada. *(A la hija, dándole la llave.)* Toma, ve abriendo. *(Mientras la muchacha sube y entra, dejando la puerta entornada.)* ¿Te duele el corazón?

CARMINA.—Un poquillo...

URBANO.—¡Dichoso corazón!

CARMINA.—No es nada. Ahora se pasará.

> *(Pausa.)*

URBANO.—¿Por qué no quieres que vayamos a otro médico?

CARMINA.—*(Seca.)* Porque no.

URBANO.—¡Una testarudez tuya! Puede que otro médico consiguiese...

CARMINA.—Nada. Esto no tiene arreglo; es de la edad... y de las desilusiones.

URBANO.—¡Tonterías¡ Podríamos probar...

CARMINA.—¡Que no! ¡Y déjame en paz!

> *(Pausa.)*

URBANO.—¿Cuándo estaremos de acuerdo tú y yo en algo?

CARMINA.—*(Con amargura.)* Nunca.

URBANO.—Cuando pienso lo que pudiste haber sido para mí... ¿Por qué te casaste conmigo si no me querías?

CARMINA.—*(Seca.)* No te engañé. Tú te empeñaste.

URBANO.—Sí. Supuse que podría hacerte olvidar otras cosas... Y esperaba más correspondencia, más...

CARMINA.—Más agradecimiento.

URBANO.—No es eso. *(Suspira.)* En fin, paciencia.

CARMINA.—Paciencia.

> *(*PACA *se asoma y los mira. Con voz débil, que contrasta con la fuerza de una pregunta igual hecha veinte años antes:)*

PACA.—¿No subís?

URBANO.—Sí.

CARMINA.—Sí. Ahora mismo.

> *(*PACA *se mete.)*

URBANO.—¿Puedes ya?

CARMINA.—Sí.

> *(*URBANO *le da el brazo. Suben lentamente, silenciosos. De peldaño en peldaño se oye la dificultosa respiración de ella. Llegan finalmente y entran. A punto de cerrar,* URBANO *ve a* FERNANDO, *el padre, que sale del II y emboca la escalera. Vacila un poco y al fin se decide a llamarle cuando ya ha bajado unos peldaños.)*

URBANO.—Fernando.

FERNANDO.—*(Volviéndose.)* Hola. ¿Qué quieres?

URBANO.—Un momento. Haz el favor.

FERNANDO.—Tengo prisa.

URBANO.—Es sólo un minuto.

FERNANDO.—¿Qué quieres?

URBANO.—Quiero hablarte de tu hijo.

FERNANDO.—¿De cuál de los dos?

URBANO.—De Fernando.

FERNANDO.—¿Y qué tienes que decir de Fernando?

URBANO.—Que harías bien impidiéndole que sonsacase a mi Carmina.

FERNANDO.—¿Acaso crees que me gusta la cosa? Ya le hemos dicho todo lo necesario. No podemos hacer más.

URBANO.—¿Luego lo sabías?

FERNANDO.—Claro que lo sé. Haría falta estar ciego...

URBANO.—Lo sabías y te alegrabas, ¿no?

FERNANDO.—¿Que me alegraba?

URBANO.—¡Sí! Te alegrabas. Te alegrabas de ver a tu hijo tan parecido a ti mismo... De encontrarle tan irresistible como lo eras tú hace treinta años.

(Pausa.)

FERNANDO.—No quiero escucharte. Adiós.

(Va a marcharse.)

URBANO.—¡Espera! Antes hay que dejar terminada esta cuestión. Tu hijo...

FERNANDO.—*(Sube y se enfrenta con él.)* Mi hijo es una víctima, como lo fui yo. A mi hijo le gusta Carmina porque ella se le ha puesto delante. Ella es quien le saca de sus casillas. Con mucha mayor razón podría yo decirte que la vigilases.

URBANO.—¡Ah, en cuanto a ella puedes estar seguro! Antes la deslomo que permitir que se entienda con tu Fernandito. Es a él a quien tienes que sujetar y encarrilar. Porque es como tú eras: un tenorio y un vago.

FERNANDO.—¿Yo un vago?

URBANO.—Sí. ¿Dónde han ido a parar tus proyectos de trabajo? No has sabido hacer más que mirar por encima del hombro a los demás. ¡Pero no te has emancipado, no te has libertado! *(Pegando en el pasamanos.)* ¡Sigues amarrado a esta escalera, como yo, como todos!

FERNANDO.—Sí; como tú. También tú ibas a llegar muy lejos con el sindicato y la solidaridad. *(Irónico.)* Ibais a arreglar las cosas para todos... Hasta para mí.

URBANO.—¡Sí! ¡Hasta para los zánganos y cobardes como tú!

> *(*CARMINA, *la madre, sale al descansillo después de escuchar un segundo e interviene. El altercado crece en violencia hasta su final.)*

CARMINA.—¡Eso! ¡Un cobarde! ¡Eso es lo que has sido siempre! ¡Un gandul y un cobarde!

URBANO.—¡Tú cállate!

CARMINA.—¡No quiero! Tenía que decírselo. *(A* FERNANDO.*)* ¡Has sido un cobarde toda tu vida! Lo has sido para las cosas más insignificantes... y para las más importantes. *(Lacrimosa.)* ¡Te asustaste como una gallina cuando hacía falta ser un gallo con cresta y espolones!

URBANO.—*(Furioso.)* ¡Métete para adentro!

CARMINA.—¡No quiero! *(A* FERNANDO.*)* Y tu hijo es como tú: un cobarde, un vago y un embustero. Nunca se casará con mi hija, ¿entiendes?

> *(Se detiene, jadeante.)*

FERNANDO.—Ya procuraré yo que no haga esa tontería.

URBANO.—Para vosotros no sería una tontería, porque ella vale mil veces más que él.

FERNANDO.—Es tu opinión de padre. Muy respetable. *(Se abre el II y aparece* ELVIRA, *que escucha y los contempla.)* Pero Carmina es de la pasta de su familia. Es como Rosita...

URBANO.—*(Que se acerca a él rojo de rabia.)* Te voy a...

> *(Su mujer le sujeta.)*

FERNANDO.—¡Sí! ¡A tirar por el hueco de la escalera! Es tu amenaza favorita. Otra de las cosas que no has sido capaz de hacer con nadie.

ELVIRA.—*(Avanzando.)* ¿Por qué te avienes a discutir con semejante gentuza? *(FERNANDO, HIJO, y MANOLÍN, ocupan la puerta y presencian la escena con disgustado asombro.)* Vete a lo tuyo.

CARMINA.—¡Una gentuza a la que no tiene usted derecho a hablar!

ELVIRA.—Y no la hablo.

CARMINA.—¡Debería darle vergüenza! ¡Porque usted tiene la culpa de todo esto!

ELVIRA.—¿Yo?

CARMINA.—Sí, usted, que ha sido siempre una zalamera y una entrometida...

ELVIRA.—¿Y usted qué ha sido? ¡Una mosquita muerta! Pero le salió mal la combinación.

FERNANDO.—*(A su mujer.)* Estáis diciendo muchas tonterías...

(CARMINA, HIJA; PACA, ROSA y TRINI se agolpan en su puerta.)

ELVIRA.—¡Tú te callas! *(A CARMINA, por FERNANDO.)* ¿Cree usted que se lo quité? ¡Se lo regalaría de buena gana!

FERNANDO.—¡Elvira, cállate! ¡Es vergonzoso!

URBANO.—*(A su mujer.)* ¡Carmina, no discutas eso!

ELVIRA.—*(Sin atender a su marido.)* Fue usted, que nunca supo retener a nadie, que no ha sido capaz de conmover a nadie..., ni de conmoverse.

CARMINA.—¡Usted, en cambio, se conmovió a tiempo! ¡Por eso se lo llevó!

ELVIRA.—¡Cállese! ¡No tiene derecho a hablar! Ni usted ni nadie de su familia puede rozarse con personas decentes. Paca ha sido toda su vida una murmuradora... y una consentidora. *(A URBANO)* ¡Como usted! Consentidores de los caprichos de Rosita... ¡Una cualquiera!

ROSA.—¡Deslenguada! ¡Víbora!

(Se abalanza y la agarra del pelo. Todos vocean. CARMINA *pretende pegar a* ELVIRA. URBANO *trata de separarlas.* FERNANDO *sujeta a su mujer. Entre los dos consiguen separarlas a medias.* FERNANDO, HIJO, *con el asco y la amargura pintados en su faz, avanza despacio por detrás del grupo y baja los escalones, sin dejar de mirar, tanteando la pared a sus espaldas. Con desesperada actitud sigue escuchando desde el «casinillo» la disputa de los mayores.)*

FERNANDO.—¡Basta! ¡Basta ya!

URBANO.—*(A los suyos.)* ¡Adentro todos!

ROSA.—*(A* ELVIRA.*)* ¡Si yo me junté con Pepe y me salió mal, usted cazó a Fernando!

ELVIRA.—¡Yo no he cazado a nadie!

ROSA.—¡A Fernando!

CARMINA.—¡Sí! ¡A Fernando!

ROSA.—Y le ha durado. Pero es tan chulo como Pepe.

FERNANDO.—¿Cómo?

URBANO.—*(Enfrentándose con él.)* ¡Claro que sí! ¡En eso llevan razón! Has sido un cazador de dotes. En el fondo, igual que Pepe. ¡Peor! ¡Porque tú has sabido nadar y guardar la ropa!

FERNANDO.—¡No te parto la cabeza porque...!

(Las mujeres los sujetan ahora.)

URBANO.—¡Porque no puedes! ¡Porque no te atreves! ¡Pero a tu niño se la partiré yo como le vea rondar a Carmina!

PACA.—¡Eso! ¡A limpiarse de mi nieta!

URBANO.—*(Con grandes voces.)* ¡Y se acabó! ¡Adentro todos!

(Los empuja rudamente.)

Rosa.—*(Antes de entrar, a* Elvira.*)* ¡Pécora!

Carmina.—*(Lo mismo.)* ¡Enredadora!

Elvira.—¡Escandalosas! ¡Ordinarias!

> *(*Urbano *logra hacer entrar a los suyos y cierra con un tremendo portazo.)*

Fernando.—*(A* Elvira *y* Manolín.*)*   ¡Vosotros, para dentro también!

Elvira.—*(Después de considerarle un momento con desprecio.)* ¡Y tú a lo tuyo, que ni para eso vales!

> *(Su marido la mira violento. Ella mete a* Ma-nolín *de un empujón y cierra también con un portazo.* Fernando *baja tembloroso la escalera, con la lentitud de un vencido. Su hijo,* Fernando, *le ve cruzar y desaparecer con una mirada de espanto. La escalera queda en silencio.* Fernando, hijo, *oculta la cabeza entre las manos. Pausa larga.* Carmina, hija, *sale con mucho sigilo de su casa y cierra la puerta sin ruido. Su cara no está menos descompuesta que la de* Fernando. *Mira por el hueco y después fija la vista, con ansiedad, en la esquina del «casinillo». Baja tímidamente unos peldaños, sin dejar de mirar.* Fernando *la siente y se asoma.)*

Fernando, hijo.—¡Carmina! *(Aunque esperaba su presencia, ella no puede reprimir un suspiro de susto. Se miran un momento y en seguida ella baja corriendo y se arroja en sus brazos.)* ¡Carmina!...

Carmina, hija.—¡Fernando! Ya ves... Ya ves que no puede ser.

Fernando, hijo.—¡Sí puede ser! No te dejes vencer por su sordidez. ¿Qué puede haber de común entre ellos y nosotros? ¡Nada! Ellos son viejos y torpes. No comprenden... Yo lucharé para vencer. Lucharé por ti y por mí.

Pero tienes que ayudarme, Carmina. Tienes que confiar en mí y en nuestro cariño.

CARMINA, HIJA.—¡No podré!

FERNANDO, HIJO.—Podrás. Podrás... porque yo te lo pido. Tenemos que ser más fuertes que nuestros padres. Ellos se han dejado vencer por la vida. Han pasado treinta años subiendo y bajando esta escalera... Haciéndose cada día más mezquinos y más vulgares. Pero nosotros no nos dejaremos vencer por este ambiente. ¡No! Porque nos marcharemos de aquí. Nos apoyaremos el uno en el otro. Me ayudarás a subir, a dejar para siempre esta casa miserable, estas broncas constantes, estas estrecheces. Me ayudarás, ¿verdad? Dime que sí, por favor. ¡Dímelo!

CARMINA, HIJA.—¡Te necesito, Fernando! ¡No me dejes!

FERNANDO, HIJO.—¡Pequeña! *(Quedan un momento abrazados. Después, él la lleva al primer escalón y la sienta junto a la pared, sentándose a su lado. Se cogen las manos y se miran arrobados.)* Carmina, voy a empezar en seguida a trabajar por ti. ¡Tengo muchos proyectos! (CARMINA, *la madre, sale de su casa con expresión inquieta y los divisa, entre disgustada y angustiada. Ellos no se dan cuenta.)* Saldré de aquí. Dejaré a mis padres. No los quiero. Y te salvaré a ti. Vendrás conmigo. Abandonaremos este nido de rencores y de brutalidad.

CARMINA, HIJA.—¡Fernando!

(FERNANDO, el padre, que sube la escalera, se detiene, estupefacto, al entrar en escena.)

FERNANDO, HIJO.—Sí, Carmina. Aquí sólo hay brutalidad e incomprensión para nosotros. Escúchame. Si tu cariño no me falta, emprenderé muchas cosas. Primero me haré aparejador. ¡No es difícil! En unos años me haré un buen aparejador. Ganaré mucho dinero y me solicitarán todas las empresas constructoras. Para entonces ya estaremos casados... Tendremos nuestro hogar, alegre y limpio..., lejos de aquí. Pero no dejaré de estudiar por eso. ¡No, no, Carmina! Entonces me haré ingeniero. Seré el mejor ingeniero del país y tú serás mi adorada mujercita...

CARMINA, HIJA.—¡Fernando! ¡Qué felicidad!... ¡Qué felicidad!

FERNANDO, HIJO.—¡Carmina!

> *(Se contemplan extasiados, próximos a besarse. Los padres se miran y vuelven a observarlos. Se miran de nuevo, largamente. Sus miradas, cargadas de una infinita melancolía, se cruzan sobre el hueco de la escalera sin rozar el grupo ilusionado de los hijos.)*

TELÓN

LAS MENINAS

FANTASÍA VELAZQUEÑA EN DOS PARTES

Esta obra se estrenó el 9 de diciembre de 1960
en el Teatro Español, de Madrid, con el siguiente

REPARTO

(Por orden de intervención)

MARTÍN	*José Bruguera.*
PEDRO BRIONES	*José Sepúlveda.*
UN DOMINICO	*Avelino Cánovas.*
D.ª MARÍA AGUSTINA SARMIENTO.	*Mari Carmen Andrés.*
D.ª ISABEL DE VELASCO	*Asunción Pascual.*
D.ª MARCELA DE ULLOA	*María Rus.*
D. DIEGO RUIZ DE AZCONA	*Manuel Ceinos.*
UN GUARDIA BORGOÑÓN	*Rafael Guerrero.*
JUANA PACHECO	*Luisa Sala.*
JUAN BAUTISTA DEL MAZO	*Carlos Ballesteros.*
JUAN DE PAREJA	*Anastasio Alemán.*
DIEGO VELÁZQUEZ	*Carlos Lemos.*
LA INFANTA MARÍA TERESA	*Victoria Rodríguez.*
JOSÉ NIETO VELÁZQUEZ	*Fernando Guillén.*
ANGELO NARDI	*Manuel Arbó.*
EL MARQUÉS	*Gabriel Llopart.*
NICOLASILLO PERTUSATO	*Luis Rico Sáez.*
MARI BÁRBOLA	*Lina de Hebia.*
EL REY FELIPE IV	*Javier Loyola.*
UN UJIER	*José Guijarro.*
UN ALCALDE DE CORTE	*Francisco Carrasco.*
ALGUACIL 1.º	*Simón Cabido.*
ALGUACIL 2.º	*José Luis San Juan.*
LA INFANTA MARGARITA	*Pepita Amaya.*

En Madrid, durante el otoño de 1656

Derecha e izquierda, las del espectador

Decorado y figurines: EMILIO BURGOS.
Dirección: JOSÉ TAMAYO.

NOTA

Al publicar la presente obra me ha parecido oportuno devolver al texto, encerrándolos entre corchetes, algunos de los cortes que hubo de sufrir a efectos de su representación. Con ello no pretendo sugerir que el drama gane conservándolos; es incluso seguro que algunas de esas supresiones lo mejoran si se trata de representarlo. Pero creo hace tiempo en la necesidad de dar a nuestras obras mayor duración que la muy escueta a que el régimen de doble representación diaria las fuerza, y que viene a ser hoy ya, en el mundo, una deplorable anomalía. Los cortes restituidos representan un paso en el acercamiento a la duración del espectáculo en los teatros del mundo, que añado al que, premeditadamente, doy ya prolongando un tanto la medida habitual del texto representado. Ambas licencias expresan la necesidad, por mí sentida en esta y otras obras, de un mayor desarrollo del relato escénico; y, al restablecer pasajes suprimidos, pretendo afirmar de otro modo mi posición ante la cuestión candente de las dos sesiones y abogar por un teatro que, entre otras trabas, logre desprenderse un día asimismo entre nosotros de las trabas horarias que empobrecen sus contenidos y frenan su desenvolvimiento.

A. B. V.

EL DECORADO

Velázquez gozó de aposento desde 1655 en la llamada «Casa del Tesoro», prolongación oriental del viejo Alcázar madrileño. Acaso desde sus balcones podrían divisarse algunos de los que en Palacio correspondieran a las infantas españolas. En la presente disposición escénica veremos por ello en los dos laterales dos estrechas zonas de las fachadas de la Casa del Tesoro y del Alcázar, flanqueando una zona central donde el interior del Palacio y el de la casa del pintor serán fingidos alternativamente. Ante la totalidad de estas estructuras, una faja con salida por ambos laterales representa —salvo algún momento— un sector de la plazuela de Palacio.

Las dos fachadas laterales se encuentran en disposición inversa a la que tuvieron realmente y levemente oblicuas al proscenio. La de la izquierda pertenece a la Casa del Tesoro y corresponde a una parte de la vivienda del pintor del rey: éntrase a ella por el portal que vemos en su planta baja, sobre el que descansa un balcón de hierro, abierto al buen tiempo. La fachada de la derecha pertenece al Alcázar y en su planta baja muestra una amplia ventana enrejada. Sobre ella, un balcón monumental de doble hoja con montante de maderas. Aunque las dos fachadas coinciden en el común estilo arquitectónico del hoy desaparecido conjunto palatino, no son simétricas, y la de la izquierda es un poco más baja y angosta que la otra, como edificio subordinado que fue. Dos chapiteles de pizarra coronan las fachadas.

El espacio central que las separa avanza algo sobre la calle y tiene unos seis metros y medio de ancho; se eleva sobre el piso de la escena mediante dos peldaños que mueren por sus extremos en las fachadas. Ligeramente abocinado por conveniencia escénica, puede tener de fondo hasta once metros, que deberán fingirse en lo posible con la perspectiva del decorado según las posibilidades del escenario. Salvo la ausencia de techo, reproduce fielmente la galería del llamado Cuarto del Príncipe que, fallecido Baltasar Carlos, se destinó a obrador de pintores. Sus paredes tienen 4,42 metros de alto. Vemos en la de la derecha cinco balcones de doble hoja y montantes, del primero de los cuales basta una mitad, con la madera de su batiente y su montante. Del que le sigue, se abren alguna vez las maderas, aunque nunca las del montante; los dos siguientes siempre están cerrados y, del último de la hilera, se abren a veces batientes y montantes. En los paneles de separación, confusas copias en marcos negros que Mazo sacó de Rubens y Jordaens: *Heráclito, Demócrito, Saturno, Diana.* Sobre ellas, otros lienzos más pequeños de animales y países apenas se distinguen al contraluz. En la pared del fondo, las dos puertas de cuarterones, de dos metros o poco menos de altura, que flanquean el gran espejo de marco negro, y a las que flanquean a su vez las lisas portezuelas de dos alacenillas. Bajo el espejo, una consola, y en la parte alta, las dos copias sabidas —*Palas y Aragne* a la izquierda, *Apolo y Pan* a la derecha—, que miden 1,81 metros por 2,23 metros y se distinguen bien cuando los balcones se abren e iluminan su mediocre colorido de copista sin nervio. La puerta de la izquierda del foro da a otro cuarto poco iluminado donde los pintores guardan sus trebejos y que tiene salida a otras dependencias del Alcázar. La puerta de la derecha da a un descansillo del que arrancan seis escalones frontales que conducen a otro rellano, para pasar al cual precisa abrirse otra puerta de madera lisa dispuesta al terminar los escalones, que gira sobre ellos hacia la izquierda y que permite ver, cuando se abre, una breve cortina recogida.

El muro de la izquierda, que el cuadro velazqueño no nos revela, carece de huecos salvo en su primer término, donde otra puerta de cuarterones similar a las del fondo da a una amplia sala que también utilizan los pintores. Algunas copias más de los flamencos completan allí el adorno pictórico de la galería. Vemos también diversos lienzos sin enmarcar vueltos contra la pared, propios del trabajo del obrador, y entre ellos, un gran bastidor con doble travesaño. En el primer término y a continuación de la puerta un bufetillo con servicio de agua y búcaros de Extremoz de diversos colores: rojo, violeta, pardo. La salvadera de plata con peana que vemos en *Las Meninas,* al lado. Otro bufete mayor donde descansan los pinceles, la paleta, el tiento, las vejigas y tarros del oficio, más lejos.

A la distancia aproximada del segundo panel, un caballete de tres patas de algo más de dos metros de alto, situado en el centro de la escena y hacia la izquierda, sostiene de espaldas al espectador un lienzo de tamaño mediano. Alguna silla y dos asientos de tijera con cojín, en las paredes. A la distancia de la esquina más lejana del segundo balcón, en los momentos en que la acción lo requiere, el decorado se transforma para sugerir un aposento de la casa de Velázquez y entonces la puerta de la izquierda finge dar al resto de sus habitaciones. Dos simples cortinas que se corren desde ambos lados bastan para ello. Otra doble cortina permanece descorrida en las dos aristas que la estancia forma con ambas fachadas y compone la separación de las tres zonas. Un sillón y una silla en el primer término de la derecha sirven indistintamente en la acción del Alcázar y de la casa de Velázquez.

Al fondo se divisa una alta galería abierta, flanqueada por dos torres con chapiteles, que sugiere los patios del Alcázar. Sobre ella, el azul de Madrid.

PARTE PRIMERA

(Se oye el lejano doblar de una campana, que cesa poco después de alzarse el telón. La escena se encuentra en borrosa penumbra, donde sólo se distinguen dos figuras vigorosamente iluminadas, de pie e inmóviles en el primer término de ambos laterales. Son los dos mendigos que, unos dieciséis años antes, sirvieron de modelos a Velázquez para sus irónicas versiones de Menipo y Esopo. La semejanza es completa, mas el tiempo no ha pasado en balde. MARTÍN, que así se llama en esta historia el truhán que prestó su gesto a Menipo, tiene ahora los cabellos mucho más grises. Embozado en su capa raída y tocado con mugriento sombrero, mantiene a la izquierda la postura en que un día fuera pintado. Lo mismo hace a la derecha PEDRO, que fue pintado como Esopo, y el sayo que le malcubre, aunque no sea el mismo y tal vez tenga otro color, recuerda inconfundiblemente al que vistió cuando lo retrataron. No lleva ahora libro alguno bajo su brazo derecho, pero sostiene en su lugar un rollo de soga. Era ya viejo cuando conoció a Velázquez: dieciséis años más han hecho de él un anciano casi ochentón, de cabellos totalmente blancos, aunque apenas hayan modifi-

cado su poderosa y repelente cara. Vencido
por la edad y casi ciego, se ha recostado con-
tra el lateral y aguarda entre suspiros de can-
sancio a que su compañero quiera ocuparse de
él nuevamente.)

MARTÍN.—*(Al público.)* No, no somos pinturas. Escu-
pimos, hablamos o callamos según va el viento. Todavía
estamos vivos. *(Mira a* PEDRO.*)* Bueno: yo más que él, porque se me está muriendo sin remedio. Lo que sucede es
que «el sevillano» nos pintó a nuestro aire natural y ya se
sabe: genio y figura...

PEDRO.—¿A quién hablas, loco?

MARTÍN.—*(Ríe. Confidencial.)* Está casi ciego, pero
sabe que no hablo a nadie. [Me dice loco por mi manía de
hablar a los cantos de la calle... Bueno, ¿y qué? Cada cual
lo pasa como puede y él ha dado en mayor locura que yo,
ya lo verán.]

PEDRO.—¡Me hartas!

MARTÍN.—*(Guiña el ojo. Da unos paseítos y gesticula*
como un charlatán de feria, hablando para un imaginario
auditorio, que ya no es el público.) Esto de hablar al aire
es una manera de ayudarse. Se cuentan las cosas como si
ya hubieran pasado y así se soportan mejor. *(Al público.)*
Conque me vuelvo a vuesas mercedes y digo: aquel año
del Señor de 1656 doblaban en San Juan cuando mi compadre y yo llegamos ante la casa del «sevillano». *(La luz*
crece. Es día claro. En la zona central, corridas las corti-
nas del primer término.) ¿No conocen la historia? *(Ríe.)*
Yo finjo muchas, pero ésta pudo ser verdadera. ¿Quién
dice que no? ¿Usarcé?... ¿Usarcé?... Nadie abre la boca, claro. *(Mira hacia la izquierda y baja la voz.)* Y yo cierro la
mía también. *(Se pone un dedo en los labios.)* ¡Chist! *(Por*
la izquierda entra un dominico y cruza. MARTÍN *lo*
aborda con humildes zalemas mientras PEDRO *intenta dis-*
tinguir a quién habla.) ¡Nuestro Señor dé larga vida a su
paternidad reverendísima! *(El dominico le ofrece el rosa-*
rio, que MARTÍN *besa mientras el fraile lo bendice. Des-*
pués, y tras una rápida mirada a PEDRO, *que no se ha mo-*

vido, sale por la derecha.) [¡Nuestro Señor premie su gran caridad y le siente a su diestra en la eterna gloria!...] *(MAR-TÍN se vuelve al público.)* A quien da bendiciones no hay que pedirle maravedís. Es dominico: podría pertenecer al Santo Tribunal. Y ya se sabe:

«Con la Inquisición, chitón.»

Por eso cerré la boca cuando lo vi. Quedamos en que traje a mi compadre a casa del «sevillano». Nos habíamos amistado cuando él nos pintó fingiendo dos filósofos antiguos. Yo le preguntaba: señor don Diego, ¿también eran pobres aquellos dos filósofos? Y él me decía que sí. Y yo le decía: pero sus andrajos no serían como los nuestros. Y él respondía: los andrajos siempre se parecen. Y le daba risa, y el tunante de mi compadre también reía. El diablo que los entendiese; pero ellos, bien se entendían. Y después mi compadre se fue de Madrid y no lo volví a ver en muchos años. Tres meses llevábamos juntos de nuevo y no nos iba mal. [Ayudábamos en las puertas a los mercaderes a burlar el fielato; y yo... *(Abre su capa y muestra, guiñando un ojo, un zurrón del que entresaca unos chapines)*, solía encontrarme bujerías que sabía vender. Otras veces] ganábamos el condumio llevando bultos o de mozos de silla. [Y aunque el tiempo era bueno, yo siempre llevaba mi capa, que todo lo tapa, y que nos servía para abrigarnos cuando dormíamos en cualquier rincón.] Pero él ya estaba viejo y le tomaban calenturas, y dio en la manía de venir a ver al «sevillano»... *(Calla al ver que* PEDRO *se encamina a los peldaños y se sienta en ellos.)* ¿Qué tienes?

PEDRO.—Estoy cansado.

*(*MARTÍN *se sienta junto a él.)*

MARTÍN.—*(Triste.)* Y yo.

PEDRO.—Puedes irte. Sé dónde estoy. [*(Señala a la derecha.)* Esta es la Casa del Tesoro.

MARTÍN.—No puedes valerte sin mí: ese es el Alcázar.

PEDRO.—No.

MARTÍN.—¡Terco! La Casa del Tesoro es la de allá. Aquel es el portal de don Diego.

PEDRO.—Ya recuerdo. Déjame en él.

MARTÍN.—Hay tiempo... Oye, ¿por qué la llamarán la Casa del Tesoro?

PEDRO.—Guardará los caudales del rey.

MARTÍN.—Ya no le quedan.

PEDRO.—Queda el nombre.

(Ríen. Una pausa.)

MARTÍN.—] ¿Por qué te empeñas en ver al «sevillano»? Por la comida no es: te conozco.

PEDRO.—Eso es cuenta mía.

MARTÍN.—Ni siquiera sabes si te acogerá.

PEDRO.—*(Lo empuja con violencia.)* ¡Vete!

*(*MARTÍN *se levanta y retrocede.)*

[MARTÍN.—Ni te recordará. *(*PEDRO *baja la cabeza.* MARTÍN *se dirige a su auditorio imaginario.)* Ilustre senado: en aquel día del Señor el muy terco se empeñó en abandonarme. Pero el «sevillano» ni le recordó siquiera y se tuvo que volver con Martín, todo corrido....

PEDRO.—¿Acabarás tus bufonerías?

MARTÍN.—*(Corre a su lado y se apoya en los escalones.)* Las mías se las lleva el viento de la calle. Tú acabarás haciéndolas en Palacio.

PEDRO.—¿Yo?

MARTÍN.—Pide al cielo que Velázquez te eche de mal modo. Si te protege será peor: te hará otro criado como él. Saltarás como un perrillo y dirás simplezas para ganar tu pan.

PEDRO.—¡Eso no sucederá!

MARTÍN.—*(Se sienta a su lado y baja la voz.)* Pues sucederá algo peor.

PEDRO.—*(Lo mira.)* No te entiendo.]

MARTÍN.—[Sí que me entiendes...] Tú viniste hace tres meses de La Rioja y traías barba. Y otro nombre: no el que yo te conocí hace dieciséis años, cuando te las rapabas. Para ti no es bueno el aire de Palacio.

PEDRO.—¡Cállate! *(Se levanta y da unos pasos hacia la izquierda.* MARTÍN *va tras él y le toma de un brazo.)*

MARTÍN.—Aguarda... [Si te toman de bufón será lo menos malo que pueda sucederte. Mira: aquel balcón pertenece a los aposentos de la infantita. Por veces he visto yo a Nicolasillo, o a la cabezota alemana esa, asomados con ella. Tú estarías muy galán con ropas nuevas, presumiendo de oidor en la cámara de su majestad para sacarle una sonrisa...] Creo que salen los enanos. Hay alguien tras los vidrios. *(No son los enanos quienes salen al balcón de la derecha, sino dos de las meninas de la* INFANTA MARGARITA.*)* No: son las meninas de la infanta. Algún real de a ocho me tienen dado. Puede que hoy caiga otro. *(Abandona a* PEDRO, *que se vuelve a mirar con gesto desdeñoso, y se acerca al balcón.* D.ª MARÍA AGUSTINA SARMIENTO *y* D.ª ISABEL DE VELASCO *lo han abierto y salieron a él con cierto sigilo. Son dos damiselas muy jóvenes:* D.ª AGUSTINA *tal vez no pase de los dieciséis años, y* D.ª ISABEL, *de los diecinueve. Visten los trajes con que serán retratadas en el cuadro famoso.)* ¡Que la Santa Virgen premie la gran caridad de tan nobles damas!

D.ª AGUSTINA.—¡Chist! ¡Alejaos presto!

MARTÍN.—*(Se acerca más.)* Puedo también ofrecer alguna linda bujería digna de tan altas señoras...

> *(Introduce la mano en el zurrón que lleva bajo la capa.)*

D.ª ISABEL.—¡Otra vez será! ¡Idos!

[MARTÍN.—¡Miren qué lindeza!]

D.ª AGUSTINA.—*(Se busca en el corpiño.)* Si no le damos, no se irá. ¿No tendríais vos algún maravedí?

> *(*D.ª ISABEL *deniega y se registra a su vez. Ambas miran hacia el interior con sobresalto.)*

MARTÍN.—Vean qué chapines de cuatro pisos. No los hay más lucidos...

[D.ª AGUSTINA.—¡Id enhoramala, seor pícaro!

D.ª ISABEL.—¡Y no traigáis chapines a meninas!

MARTÍN.—No se enojen vuesas mercedes. Para cuando sean damas de la reina los podrían mercar...]

D.ª AGUSTINA.—¡Doña Marcela!

(*D.ª MARCELA DE ULLOA aparece tras ellas en el balcón. Es una dueña, viuda a juzgar por el monjil negro y las blancas tocas que enmarcan su rostro fresco y lleno, atractivo aún pese a los cuarenta años largos que cuenta. Guarda-mujer al servicio de las infantas, tiene a su cargo rigurosas vigilancias.*)

D.ª MARCELA.—(*Con voz clara y fría.*) Mi señor don Diego Ruiz de Azcona, hágame la merced de asistirme con estas señoras. (*A las meninas.*) Sepamos quién les dio licencia para salir al balcón.

(*D. DIEGO RUIZ DE AZCONA, guardadamas de las infantas, aparece tras ellas. Usa golilla blanca y viste jubón negro con largas mangas bobas. Pasa de los cincuenta años y su marchito rostro ofrece siempre una expresión distante y aburrida.*)

D.ª AGUSTINA.—Vimos a este hombre, que suele vender randas y vueltas...

D.ª MARCELA.—Otras veces es porque cruza un perro... o un galán. [Vos, doña Isabel, que sois mayor en juicio y en años, debierais dar mejor ejemplo.]

RUIZ DE AZCONA.—(*Con una voz blanda e indiferente.*) Se comportarán mejor en adelante... Háganme la merced de entrar, señoras. Dentro de Palacio es donde mejor se pasa... Cuando lleguen a mi edad lo comprenderán.

(Se aparta, y las dos meninas pasan al interior.)

MARTÍN.—*(Exhibe los chapines.)* Noble señora: mirad estos lindos chapines con virillas de oro...

D.ª MARCELA.—*(Alza la voz.)* ¿Es que ya no hay guardia en Palacio?

MARTÍN.—Pero, señora...

D.ª MARCELA.—*(A D. DIEGO.)* ¡No se puede dar un paso en los patios o la plazuela sin toparse esta lepra de pedigüeños! *(D. DIEGO asiente con gesto cansado.)* ¡Aquí esa guardia! (MARTÍN *retrocede, alarmado.* PEDRO *vuelve la cabeza, expectante. Por la derecha entra un guardia borgoñón con pica.)* ¡Alejad a esos fulleros!

PEDRO.—*(Yergue soberbiamente su crespa cabeza.)* ¿Cómo ha dicho?

MARTÍN.—*(Retrocede y lo toma de un brazo.)* No es menester, señora. Ya nos vamos, seor soldado.

> *(Camina unos pasos hacia la izquierda bajo la mirada del soldado, que se paró y descansa la pica en el suelo.)*

PEDRO.—*(Se resiste.)* ¡Déjame en el portal de don Diego!

MARTÍN.—Luego, hermano. Ahora no conviene.

> *(Lo conduce al lateral. Entretanto las cortinas del centro se descorren y dejan ver un aposento de la casa de VELÁZQUEZ, que se va iluminando por el balcón de la derecha. MARTÍN y PEDRO salen por la izquierda. Apoyada en el sillón y mirando a la puerta de la izquierda, que está abierta, D.ª JUANA PACHECO, con la cabeza alta y expectante, escucha. Su vestido es discreto, sin guardainfante; lo mismo el peinado de sus cabellos naturales, que son morenos aunque pasa con creces de los cincuenta años. Embarnecida por la edad, su rostro conserva el agrado de una mujer que, sin ser be-*

lla, fue encantadora. A su lado, su yerno JUAN
BAUTISTA DEL MAZO *la mira en silencio. Es
hombre magro, de unos cuarenta y cuatro
años, y viste de negro con golilla. El guardia
borgoñón alza su pica y prosigue su ronda hasta salir a su vez por la izquierda.)*

[RUIZ DE AZCONA.—La señora infanta podría echarnos
de menos...]

D.ª MARCELA.—*(Con una furtiva ojeada a la Casa del
Tesoro.)* [Id vos, mi señor don Diego. Y] hacedme la merced de mandarme acá a doña Isabel de Velasco.

RUIZ DE AZCONA.—Sed benigna con ella. No son más
que unas niñas.

D.ª MARCELA.—*(Le sonríe.)* Confiad en mí.

*(*RUIZ DE AZCONA *pasa al interior.* D.ª MAR-
CELA *mira hacia la Casa del Tesoro.)*

D.ª JUANA.—*(Con ligero acento sevillano.)* ¿Oís? Ha
dejado el tiento y los pinceles.

MAZO.—¿Creéis que me permitirá verlo?

D.ª JUANA.—¿Tanto os importa esa pintura?

MAZO.—*(Sorprendido.)* ¿A vos no, señora?

D.ª JUANA.—*(Con un mohín equívoco.)* He visto ya
muchas de sus manos.

(Sigue escuchando. D.ª ISABEL *reaparece en
el balcón.)*

D.ª MARCELA.—Venid acá, doña Isabel. [Tranquili-
zaos: quiero justamente haceros ver que no soy tan seve-
ra como pensáis...] No está prohibido asomarse al balcón
si se sale a él con persona de respeto... Disfrutad de él conmigo un ratico.

D.ª ISABEL.—Gracias, señora.

D.ª MARCELA.—*(Mira a la derecha.)* ¿No es aquél el esclavo moro del «sevillano»?

D.ª ISABEL.—Sí, señora. Pero ya no es esclavo.

D.ª MARCELA.—Cierto, que lo ha libertado el rey.

(D.ª JUANA *se pone a pasear de improviso.*)

D.ª JUANA.—Estáis vos en extremo pendiente de las pinturas... A mí me importan más mis nietos.

MAZO.—Si es un reproche, señora...

D.ª JUANA.—Cuidad del pequeñito... Ayer se lo dije a la dueña: no engorda.

MAZO.—Así lo hacemos, señora.

D.ª JUANA.—¡Callad! Ahora sale al balcón.

> (*Se detiene y escucha. En el balcón de la izquierda aparece* DIEGO VELÁZQUEZ *y se apoya con un suspiro de descanso en los hierros. Viste el traje negro, de abiertas mangas de raso y breve golilla, con que se retratará en el cuadro famoso. En el cinto, la negra llave de furriera. Sus cincuenta y siete años han respetado la conjunción única de arrogancia y sencillez que adornó siempre a su figura. El rostro se conserva terso; el mostacho, negro. La gran melena le grisea un tanto. Abstraído, mira al frente.*)

D.ª MARCELA.—Mirad. Don Diego sale al balcón.

> (JUAN DE PAREJA *entra por la derecha, cruza y se detiene bajo el balcón de su señor.* PAREJA *frisa en los cuarenta y seis años. Es hombre de rasgos negroides y cutis oliváceo, con el cabello, el bigote y la barba negrísimos. Usa traje oscuro y valona.* VELÁZQUEZ *no repara en él; le ha puesto pantalla a los ojos con la mano y mira ahora hacia la izquierda.*)

PAREJA.—Amo...

VELÁZQUEZ.—*(Lo mira y sonríe con sorna.)* ¿Amo? No olvides que el rey te ha libertado.

> *(Su dicción es cálida y suave. Apenas pronuncia las eses finales de las palabras, mas ha perdido casi del todo su acento de origen.)*

PAREJA.—Perdonad, señor. He de hablaros.

VELÁZQUEZ.—Luego. *(Vuelve a mirar a la izquierda, con la mano de visera.* PAREJA *va a entrar en el portal.)* Aguarda... Mira hacia los Caños del Peral. ¿No ves algo nuevo?

[PAREJA.—No veo nada.]

D.ª MARCELA.—*(Con sigilo.)* ¿Qué mirarán?

[D.ª ISABEL.—Dicen que estos días se han visto en el cielo de Madrid dos ejércitos en lucha... Que es señal cierta de alguna victoria contra el francés. ¿Si sabrá él ver esos prodigios?

D.ª MARCELA.—Es hombre extraño.]

VELÁZQUEZ.—¿No ves una sombra nueva?

PAREJA.—¿A la derecha?

VELÁZQUEZ.—Sí. ¿Qué es?

PAREJA.—Oí decir que cavaban en los Caños para edificar.

D.ª JUANA.—¿Qué hará?

MAZO.—Me ha parecido oír su voz.

> *(D.ª* JUANA *se sienta, impaciente, en el sillón.)*

VELÁZQUEZ.—*(Mirando.)* Es curioso lo poco que nos dicen de las cosas sus tintas... Se llega a pensar si no nos estarán diciendo algo más verdadero de ellas.

PAREJA.—¿Qué, señor?

VELÁZQUEZ.—*(Lo mira y sonríe.)* Que no son cosas, aunque nos lo parezcan.

[PAREJA.—No entiendo, señor.

VELÁZQUEZ.—*(Con una breve risa.)*] ¿Querrías ver lo que he terminado?

PAREJA.—*(Con exaltación.)* ¿Me dará licencia?

VELÁZQUEZ.—A mi yerno y a ti, sí. Subid los dos.

(PAREJA *se apresura a entrar en el portal.* VE-
LÁZQUEZ *deja de mirar y va a salir del balcón;
intrigado, vuelve a observar la lejanía.*)

D.ª MARCELA.—*(Que no lo pierde de vista.)* Finge no
vernos.

D.ª ISABEL.—¿Creéis?

D.ª MARCELA.—Es orgulloso. [¿Habéis vuelto a servirle de modelo para el bosquejo del cuadro que prepara?

D.ª ISABEL.—No. ¿Y vos, señora?

D.ª MARCELA.—Tampoco. La señora infanta doña
María Teresa sí frecuenta ahora el obrador.

D.ª ISABEL.—¿La pinta al fin en mi lugar?

D.ª MARCELA.—Eso es lo curioso... Que no la pinta.

D.ª ISABEL.—Pues, ¿qué hacen?

D.ª MARCELA.—Hablan. Ya sabéis que a la señora infanta le place hablar... y pensar... No parece que tenga
vuestra edad. Su majestad no sabe si alegrarse o sentirlo.

D.ª ISABEL.—¿Es eso cierto?

D.ª MARCELA.—¿Qué diríais vos en su lugar? Una hija
que no gusta de las fiestas palatinas, que va y viene sin séquito, que se complace en raros caprichos... Y eso que podría ser un día reina de España... Es para cavilar si no su-
frirá alguna pasión de ánimo. Mas esto no es censura, doña
Isabel: una infanta puede hacer cosas que le están veda-
das a una menina... Don Diego no se mueve.

D.ª ISABEL.—No... Me holgaría de que don Diego hubiese terminado ya su pintura.

D.ª MARCELA.—¿Por qué?

D.ª ISABEL.—Cuando la termine volverán a poner el estrado para nosotras. Se pasaban muy lindos ratos en el
obrador.]

D.ª JUANA.—¿No han llamado?

MAZO.—Sí, señora.

(D. Diego Ruiz de Azcona reaparece tras D.ª Marcela.)

Ruiz de Azcona.—La señora infanta doña María Teresa viene a ver a su augusta hermana. [La vi llegar por el pasadizo.]

D.ª Marcela.—¡Jesús nos valga! Y nosotras cometiendo un feísimo pecado.

D.ª Isabel.—¿Qué pecado?

D.ª Marcela.—El de mirar a un hombre tan de continuo. Ya veis el peligro de los balcones. Tomad vuestra vihuela, doña Isabel; sabéis que ella gusta de oíros. Vamos.

> *(Salen las dos del balcón y desaparecen, seguidas del guardadamas, al tiempo que entra Pareja por el centro de las dos cortinas y llega a besar la mano de D.ª Juana.)*

Pareja.—Dios guarde a mi señora. ¡Mi señor don Diego nos da licencia a don Juan Bautista y a este humilde criado para ver su pintura!

Mazo.—¿La terminó ya?

Pareja.—*(Asiente con alegría.)* Me lo ha dicho desde el balcón.

> *(Mazo se dirige presuroso a la puerta de la izquierda.)*

Mazo.—Maestro, ¿podemos subir?

> *(Velázquez oye algo y se mete para escuchar desde el batiente.)*

Velázquez.—*(Sonríe.)* ¿No estás hoy de semana en Palacio?

Mazo.—Quería ver el cuadro.

Velázquez.—Subid.

(Se retira del balcón y ya no se le ve. MAZO *sale por la puerta.)*

PAREJA.—Con vuestra licencia, señora.

(Sale tras él. D.ª JUANA *los ve partir con gesto frío; poco después se levanta y se acerca a la puerta para escuchar.)*

VELÁZQUEZ.—*(Voz de.)* Ahora hay buena luz.

(Se le ve cruzar tras el balcón hacia la izquierda. Aparecen siguiéndole MAZO *y* PAREJA, *que se detienen asombrados. La vihuela de* D.ª ISABEL *modula dentro la segunda* Pavana *de Milán.* PAREJA *va a adelantar a* MAZO, *pero se da cuenta a tiempo y retrocede.)*

PAREJA.—Perdonad...

MAZO.—No, no... Podéis acercaros. *(Y lo hace él, desapareciendo.* PAREJA *da también unos pasos y desaparece a su vez. Una larga pausa. Retrocediendo,* MAZO *reaparece y se apoya contra el batiente del balcón.)* Es... increíble.

PAREJA.—*(Voz de.)* Ni el Ticiano habría acertado a pintar algo semejante.

VELÁZQUEZ.—*(Voz de.)* ¿No será que te quita el juicio la belleza del modelo?

(D.ª JUANA, con un mal gesto, se aparta bruscamente y sale por el centro de las cortinas.)

MAZO.—[*(Grave.)* Los del Ticiano no eran menos bellos, don Diego.] *(Sale al balcón y se reclina sobre los hierros, pensativo.* VELÁZQUEZ *reaparece, sonriente.)* Gustaría de copiarlo algún día.

VELÁZQUEZ.—Sería peligroso. Ea, Juan, ¿qué haces ahí como un papamoscas? Tiempo tendrás de verlo. Bajemos. *(Desaparece por la derecha del balcón.* MAZO *se entra y mira de nuevo el cuadro invisible.* PAREJA *reaparece andando de espaldas. Se oye la voz de* DON DIEGO.*)* ¿Vamos, hijos míos? *(Tras una última ojeada al cuadro, ambos desaparecen. Se siguen oyendo sus voces por la escalera. El soldado borgoñón vuelve a entrar por la izquierda y cruza, lento, para salir por la derecha.)* ¿Qué venías tú a decirme, Juan?

PAREJA.—*(Voz de.)* Excusadme, señor. Vuestra pintura me lo hizo olvidar. El barrendero mayor os buscaba porque los mozos no querían limpiar la Galería del Cierzo.

> *(La vihuela calla.* VELÁZQUEZ *entra por la puerta de la izquierda seguido de* MAZO, *que, abstraído, va a apoyarse en la silla.* PAREJA *entra después y sigue hablando con* DON DIEGO.*)*

VELÁZQUEZ.—¿Y eso?

> *(D.ª* JUANA *vuelve a entrar por el fondo.)*

PAREJA.—Piden sus atrasos. Querían acudir al señor marqués. Conviene que os adelantéis.

VELÁZQUEZ.—Ni pensarlo: [Deja] que [se irriten y] protesten ante el marqués. [A ver si así...

D.ª JUANA.—¿Sucede algo?

VELÁZQUEZ.—] Toma asiento, Juana. Platicaremos un rato. [Estoy cansado.] *(La conduce al sillón.)* [¿Dispusiste mi paleta en el obrador, Juan?

PAREJA.—También quería hablaros de eso, señor.

VELÁZQUEZ.—¡Cuánta novedad!

PAREJA.—El señor marqués ha preguntado que quién había dispuesto mantenerlo cerrado, no estando vos. Dije que vos... Y se rió de un modo... que no me agradó nada.

VELÁZQUEZ.—No suena a música, no, cuando se ríe.

PAREJA.—Luego se puso a mirar el bosquejo que pintáis...

VELÁZQUEZ.—*(Atento.)* Hola...

PAREJA.—Se sonreía, y gruñó: ¿creéis que ese cuadro llegará a pintarse?

D.ª JUANA.—¿No te sucederá nada malo?

VELÁZQUEZ.—Claro que no, Juana.]

(Se sienta junto a ella.)

[D.ª JUANA.—Quizá no debiste cerrar el obrador. A todos les ha sentado mal.

VELÁZQUEZ.—Me fastidia el pintar rodeado de mirones... Y más una pintura como ésa.

D.ª JUANA.—¿Qué intentas con esa pintura?

VELÁZQUEZ.—*(Sonríe.)* Díselo tú, Bautista. *(MAZO, ensimismado, no responde.)*] Bautista, hijo, ¿en qué piensas?

MAZO.—*(Con media sonrisa, señalando hacia arriba.)* ¿Os percatáis de que es la primera vez que un pintor español se atreve a hacerlo?

(D.ª JUANA baja los ojos.)

VELÁZQUEZ.—Esperemos que no sea la última.

D.ª JUANA.—¡Ojalá sea la última!

VELÁZQUEZ.—¿Otra vez, Juana?

D.ª JUANA.—Perdona.

VELÁZQUEZ.—Toma la llave. *(Se la da.)* Ya no es menester que limpies tú; dentro de unos días lo guardaré y podrás volver a dejar abierto. *(Se levanta.)* Cuento con vuestro silencio.

MAZO.—Por supuesto, don Diego.

VELÁZQUEZ.— *(A su yerno.)* Vete ya a Palacio. Y tú, Juan, espérame fuera; saldremos juntos.

(PAREJA se inclina y sale por el fondo.)

MAZO.—Dios os guarde.

(Sale por el fondo bajo la mirada de DON
DIEGO.*)*

D.ª JUANA.—Id con Dios, Bautista.

VELÁZQUEZ.—En ti puedo fiar. ¿Y en ellos?

D.ª JUANA.—¿Cómo puedes decir eso?

VELÁZQUEZ.—Son pintores.

D.ª JUANA.—Te son adictos...

VELÁZQUEZ.—Es triste no saberse pasar sin enseñar lo
que uno pinta. No es vanidad: es que siempre se pinta para
alguien... a quien no se encuentra.

*(Se toma lentamente la mano izquierda con la
derecha y se la oprime, en un gesto que
D.ª* JUANA *no deja de captar. Solícita, se levanta y acude a su lado.)*

D.ª JUANA.—*(Tomándole con afecto por un brazo.)* No
estás solo, Diego.

VELÁZQUEZ.—Ya lo sé, Juana. *(Se desprende y va al sillón.)* Te tengo a ti, tengo a nuestros nietos, la casa se llena todos los días de discípulos que me respetan y el rey
me honra con su amistad. *(Sonríe.)* ¡Soy el hombre más
acompañado de la Tierra!

(Se sienta.)

[D.ª JUANA.—Entonces, ¿por qué te sientes solo?

VELÁZQUEZ.—*(Ríe.)* Es mi pintura la que se siente sola.

D.ª JUANA.—El rey la admira.

VELÁZQUEZ.—No la entiende.

D.ª JUANA.—*(Va a su lado.)* Tampoco yo la entiendo... y la amo, Diego. Porque te amo a ti.

VELÁZQUEZ.—No quise ofenderte, Juana.]

D.ª JUANA.—*(Deniega, triste.)* Sé que a tus ojos no soy
más que una pobre mujer que no entiende de pintura. Ni
a ti; porque tú eres tu pintura.

(Está tras el sillón; le acaricia suavemente la melena.)

VELÁZQUEZ.—¿Qué ideas son ésas?

D.ª JUANA.—¡Déjame hablar! A tu espalda, para que no veas... lo vieja que soy ya.

VELÁZQUEZ.—Contamos casi los mismos años...

D.ª JUANA.—Por eso soy más vieja. Las damas aún te miran en la Corte; me consta. Y yo soy... una abuela pendiente de sus nietos.

VELÁZQUEZ.—No para mí, Juana.

(Oprime de nuevo su izquierda con su derecha.)

D.ª JUANA.—Entonces, ¿por qué te sientes solo... conmigo?

[VELÁZQUEZ.—Eso no es cierto.

D.ª JUANA.—*(Se enfrenta con él.)* ¡Sí lo es! ¡Y desde hace años!]

VELÁZQUEZ.—¿Lo dices porque hablamos poco? Yo siempre he sido parco en palabras.

D.ª JUANA.—Nunca como desde entonces. Antes me confiabas tus alegrías, tus tristezas. Después...

VELÁZQUEZ.—¿Después de qué?

D.ª JUANA.—De tu segundo viaje a Italia. *(Se aparta, dolida.)* Tardaste mucho en volver. Y viniste... muy distinto. [Era como si te hubieras olvidado de nosotros.]

VELÁZQUEZ.—*(Después de un momento.)* Cuando respiras el aire y la luz de Italia, Juana, comprendes que hasta entonces eras un prisionero... Los italianos tienen fama de sinuosos; pero no son, como nosotros, unos tristes hipócritas. Volver a España es una idea insoportable y el tiempo pasa... Al segundo viaje ya no podía resistirla: llegué a pensar en quedarme.

D.ª JUANA.—¿Lo ves?

VELÁZQUEZ.—Y en llevaros a vosotros después. Mas eso hubiera traído dificultades... Y a España se vuelve

siempre, pese a todo. No es tan fácil librarse de
ella.

(Se vuelve a oprimir las manos.)

D.ª JUANA.—Pero antes, Diego, yo era tu confidente.
Me sentaba a tu lado como ahora *(lo hace)* y tú buscabas
mi mano con la tuya... Míralas. Desde tu vuelta, se buscan solas...

VELÁZQUEZ.—*(Se sobresalta y separa sus manos.)* ¿Qué
dices?

D.ª JUANA.—¿A quién busca esa mano [desde enton-
ces], Diego? *(Desliza su brazo y se la toma.)* ¿A... otra
mujer?

VELÁZQUEZ.—*(Después de un momento.)* No hubo
otra mujer, Juana.

[D.ª JUANA.—Y... ¿la hay aquí?

VELÁZQUEZ.—No.]

(Se levanta bruscamente y da unos pasos.)

D.ª JUANA.—*(Con súbito desgarro.)* ¿Qué ha ocurrido
ahí arriba estos días?

VELÁZQUEZ.—He pintado. *(Ella rompe a llorar.)* ¡He
pintado, Juana! ¡Quítate de la cabeza esos fantasmas!

D.ª JUANA.—¡Pues habrá otra en Palacio!

VELÁZQUEZ.—*(Oprimiéndose con furia las manos.)* ¡Estás enloqueciendo!

D.ª JUANA.—*(Las señala, llorando.)* ¡Esas manos!...

VELÁZQUEZ.—*(Las separa bruscamente, disgustado.)*
Acaso busquen a alguien sin yo saberlo. No a otra, como
tú piensas. A alguien que me ayude a soportar el tormento de ver claro en este país de ciegos y de locos. Tienes razón: estoy solo. Y sin embargo... Conocí hace años a alguien que hubiese podido ser como un hermano. *(Con una
amarga sonrisa.)* Él sí sabía lo que era la vida. Por eso le
fue mal. Era un mendigo.

D.ª JUANA.—¿De quién hablas?

VELÁZQUEZ.—Ni recuerdo su nombre. Ya habrá

muerto. *(Sonríe.)* Perdóname, Juana. Estoy solo pero te tengo a ti. [¿No hemos quedado en que el cariño es lo principal?] *(Ha ido a su lado y le levanta la barbilla.)* No debí levantarte la voz. Es que estoy inquieto por el cuadro que quiero pintar. El rey ha de autorizarlo y no sé si lo hará.

D.ª JUANA.—¿Tú me juras por la Santa Cruz que no hay... otra mujer?

VELÁZQUEZ.—No te empeñes en esas niñerías.

(Se aleja.)

D.ª JUANA.—¡No has jurado!

VELÁZQUEZ.—Calla. ¿No llaman?

(Por el fondo aparece JUAN DE PAREJA. *Trae la espada, la capa y el sombrero de* D. DIEGO.*)*

PAREJA.—Vuestro primo don José Nieto Velázquez ruega ser recibido por mi señora.

[VELÁZQUEZ.—¿Sabe que estoy aquí?

PAREJA.—Yo no se lo he dicho.

VELÁZQUEZ.—Sigue callándotelo y pásalo al estrado.

PAREJA.—] Os traje vuestras prendas por si no queríais...

VELÁZQUEZ.—*(Sonríe.)* Bien pensado. Aguárdame tú en la puerta: saldré por el corredor.

PAREJA.—Sí, mi señor.

(D.ª JUANA *le recoge las cosas y las deja en la silla.* PAREJA *sale por el fondo.* D.ª JUANA *ayuda en silencio a su marido a ceñirse la espada y el ferreruelo. Entretanto* D.ª MARCELA *sale al balcón de la derecha y otea la calle, mirando con disimulo a la Casa del Tesoro.* D. DIEGO RUIZ DE AZCONA *asoma poco después.)*

D.ª MARCELA.—El día está templado. La señora infanta puede dar su paseo.

RUIZ DE AZCONA.—¿Vamos, pues?

D.ª MARCELA.—Hacedme la merced de salir sin mí, don Diego. He de dar un recado en la Casa del Tesoro sin demora...

RUIZ DE AZCONA.—Si preferís que nos acompañe otra dueña...

D.ª MARCELA.—Es cosa de poco. Yo iré luego: descuidad.

RUIZ DE AZCONA.—En el Jardín de la Priora estaremos.

(Se retiran ambos del balcón.)

D.ª JUANA.—¿Por qué huyes de tu primo?

VELÁZQUEZ.—No dice más que niñerías.

D.ª JUANA.—Para ti todos somos niños...

VELÁZQUEZ.—Puede ser.

D.ª JUANA.—Es el mejor amigo que tienes en Palacio, Diego.

VELÁZQUEZ.—¿Por qué solicitó el puesto de aposentador mayor cuando yo lo pedí?

D.ª JUANA.—Lo ha aclarado muchas veces: se presentaban otros y era preferible que lo alcanzase él si a ti no te lo daban... Te quiere bien, Diego.

VELÁZQUEZ.—Y a ti más que a mí. No me opongo, pues que gustas de su plática. Yo, con tu licencia, me escabullo. *(Le besa la frente.)* Deséame suerte, Juana. Puede que el rey decida hoy.

D.ª JUANA.—¡Que Dios te ayude!

> *(Le estrecha las manos. Él toma su sombrero y sale por la izquierda. D.ª JUANA lo ve partir, suspira y sale luego por el fondo. Entretanto la infanta MARÍA TERESA asoma al balcón de la derecha y mira con ternura hacia ese lado. Sólo cuenta dieciocho años, pero hay algo en sus rasgos que la hace parecer mayor. Ha heredado de su padre el rubio ceniciento de los cabellos, el grueso labio inferior, la mandíbula un tanto pesada; pero su mirada es dulce y penetrante, vivos sus ademanes. Viste un*

*lujoso jubón de color claro y lleva guardain-
fante. El pesado peinado de corte resulta airo-
so en su graciosa cabeza. Está mirando a su
hermanita, que va al paseo, y le dedica cari-
ñosos adioses con la mano. Luego se retira.
VELÁZQUEZ y PAREJA salen del portal.
D.ª MARCELA entra por la derecha y se enfrenta con ellos, que avanzan. Reverencias.)*

VELÁZQUEZ.—*(Se descubre.)* Señora...

D.ª MARCELA.—Dios os guarde, señor don Diego. He
de daros un recado.

VELÁZQUEZ.—¿Aquí?

D.ª MARCELA.—Es cosa de poco.

VELÁZQUEZ.—Prosigue, Juan. *(PAREJA saluda y sale
por la derecha. Un corto silencio.)* Vos diréis.

D.ª MARCELA.—*(Que no acierta a hablar.)* No así, don
Diego. No me lo hagáis más difícil.

VELÁZQUEZ.—No os entiendo.

D.ª MARCELA.—Sí que me entendéis. Y aunque sólo
fuese por eso no debierais hablarme con tanta frialdad...
Nos conocemos desde que os protegía el señor conde-duque y yo servía en su casa. Entonces era casi una niña...
Una niña requerida por muchos galanes, pero que sólo
quería encontrar... una verdadera amistad.

VELÁZQUEZ.—¿Os referís a cuando aún vivía vuestro
señor esposo?

D.ª MARCELA.—¡No lo nombréis! Sabéis bien [que me
casaron contra mi voluntad y] que mi matrimonio fue una
cruz.

*(La infanta MARÍA TERESA reaparece en el
balcón y sin salir a los hierros los·observa con
recato desde el batiente.)*

VELÁZQUEZ.—Recuerdo en efecto que me honrasteis
con esa confidencia.

D.ª MARCELA.—Llegué a creer que la habíais olvidado. Parecíais tan ocupado a la sazón en amar a vuestra esposa...

VELÁZQUEZ.—Así era.

D.ª MARCELA.—*(Se le enternece la mirada.)* Pero lo recordáis.

VELÁZQUEZ.—*(Suspira.)* Recordar viejas historias es lo que nos queda a los viejos, señora.

D.ª MARCELA.—Un hombre como vos nunca es viejo, don Diego.

VELÁZQUEZ.—*(Sonríe.)* Ni mozo.

D.ª MARCELA.—La madurez sabe guardar secretos deleitosos que la mocedad no sospecha.

VELÁZQUEZ.—¿Lo decís por mí, señora?

D.ª MARCELA.—*(Baja los ojos.)* Lo digo por los dos.

VELÁZQUEZ.—Disculpadme; me aguardan en Palacio. A vuestros pies, doña Marcela.

(Saluda y da unos pasos hacia la derecha.)

D.ª MARCELA.—¡No os vayáis aún!

VELÁZQUEZ.—Señora...

D.ª MARCELA.—Chist. *(El centinela cruza de derecha a izquierda.* D.ª MARCELA *se acerca.)* ¿Por qué no queréis entender? ¿Es que el sufrimiento de una mujer no os causa, por lo menos, un poco de piedad? ¿Sois de hielo o de carne?

VELÁZQUEZ.—Señora: vuestra severidad es proverbial en Palacio. [De todas las dueñas de la reina nuestra señora, la más intransigente con las conciencias ajenas sois vos.] ¿Cómo podríais vos, tan impecable, abandonaros al mayor de los pecados? No puedo creerlo.

D.ª MARCELA.—*(Sin voz.)* Es el más humano de todos.

VELÁZQUEZ.—Hablo, señora, del pecado de la doblez. Sin duda, os queréis chanchear a mi costa. [Id a vigilar a vuestras meninas, y no me sometáis a la dura prueba de vuestras burlas.]

D.ª MARCELA.—*(Con los ojos bajos.)* No hagáis que me desprecie a mí misma.

VELÁZQUEZ.—Quiero advertiros de que nos están mirando. *(D.ª* MARCELA *mira hacia la izquierda.)* No es el centinela, señora. Es la infanta doña María Teresa.

D.ª MARCELA.—Ah... *(Compone su fisonomía.)* Se dice que frecuenta vuestro obrador. ¿La retratáis?

VELÁZQUEZ.—Aún no. *(Reverencia.)* A vuestros pies, doña Marcela.

D.ª MARCELA.—*(Sonríe y le devuelve la reverencia.)* Guardaos de una mujer despechada, don Diego.

> *(Sale por la izquierda.* VELÁZQUEZ *se cala el sombrero y sale por la derecha. Ninguno de los dos mira al balcón, donde asoma ahora la infanta para verlos partir y de donde desaparece poco después. Entretanto* D.ª JUANA *reaparece por el fondo seguida de* D. JOSÉ NIETO VELÁZQUEZ. *Es éste un hombre de cuarenta y cinco años largos, bajito y seco, de gran nariz y ojos huidizos, que sufre prematura calvicie atemperada por un mechón central. Viene vestido de negro de pies a cabeza, con golilla y capa, tal como lo vemos en el cuadro de* Las Meninas.*)*

D.ª JUANA.—Aquí estaremos más tranquilos.

[NIETO.—Es una bendición de Dios cómo se crían vuestros nietecicos.

D.ª JUANA.—¿Por qué no os casasteis, primo? Habríais sido buen esposo.

NIETO.—Eran otras mis inclinaciones...

D.ª JUANA.—¿Y por qué no las seguisteis?

NIETO.—Azares... Pero Dios Nuestro Señor sabe que no las olvido. ¡Que Él me ilumine siempre para encontrar sus caminos!

D.ª JUANA.—*(Se santigua.)* Amén.]

NIETO.—[No quiero entreteneros...] Es con mi señor don Diego con quien debiera hablar; mas vos me escucháis siempre con más bondad que él...

D.ª JUANA.—Es que él siempre está pensando en sus obras. Pero os quiere bien... ¿Es cosa grave?

(Se sienta e indica la silla al visitante.)

NIETO.—No creo... Aunque no conviene descuidarse. Los pintores de su majestad andan murmurando. No me sorprendería que intentasen indisponer a don Diego con el rey.

D.ª JUANA.—Siempre le digo a mi esposo que sois nuestro mejor amigo.

NIETO.—Lo intento humildemente.

(Se sienta a su lado.)

D.ª JUANA.—*(Con repentino desgarro en la voz.)* ¡Ayudadle cuanto podáis, primo! Lo ha menester.

NIETO.—¿Lo decís por algo determinado?

D.ª JUANA.—No, no...

NIETO.—Por vuestro tono, me pareció...

(D.ª JUANA deniega con una triste sonrisa y se levanta, turbada. Él va a hacerlo también.)

D.ª JUANA.—Permaneced sentado... *(Pasea.)* No me sucede nada... Ea, contadme novedades... ¿Qué se sabe de Balchín del Hoyo?

NIETO.—El señor canónigo Barrionuevo me decía ayer después de la novena que han descubierto un castillo enterrado y han llegado a unas puertas de hierro tras las que podría estar el tesoro.

D.ª JUANA.—¿Y cómo se sabe que hay un tesoro?

NIETO.—*(Alegre.)* Un labrador soñó con él durante quince días y señaló el lugar. *(Triste.)* Pero al tiempo tocaron las campanas de Velilla a muchas leguas de distancia. Por eso no conviene confiarse. Satanás sabe que España es predilecta de Nuestra Señora y urde cuanto puede contra nosotros...

D.ª JUANA.—¡Que Nuestro Señor nos libre siempre de su poder! *(Se santigua.)*

NIETO.—Cierto que necesitamos de toda su gracia para no caer en las tretas del enemigo... *(*D.ª JUANA *vuelve a sentarse.)* Él sabe siempre el modo de atacar. Un pensamiento soberbio, la codicia de los bienes ajenos, una mujer lozana...

D.ª JUANA.—*(Se sobresalta.)* ¿Una mujer?

NIETO.—Sabéis bien que es uno de sus más viejos ardides. Y más funesto de lo que se piensa, porque por veces la tal mujer no es sino el diablo mismo, que toma su apariencia para embrujar al hombre y destruir su hogar.

D.ª JUANA.—¿Y... cómo se sabe si es el diablo o una simple mujer?

NIETO.—Hay procedimientos, exorcismos... Se aplican según los indicios.

D.ª JUANA.—Sí, claro.

(Una pausa. De improviso, rompe a llorar.)

NIETO.—¡Señora!

*(*D.ª JUANA *trata de enjugar sus lágrimas.* NIETO *se levanta.)*

D.ª JUANA.—Dispensadme. No me encuentro bien.

NIETO.—Ya no dudo de que algo os sucede... Sabéis que podéis confiar en mí.

D.ª JUANA.—Lo sé, pero...

NIETO.—¿Qué os detiene? Os consta que estoy lleno de buena voluntad hacia vos...

D.ª JUANA.—*(Después de un momento, sin mirarle.)* Juradme que a nadie diréis lo que os voy a confiar.

NIETO.—¿Tan grave es?

D.ª JUANA.—*(Asiente.)* Jurádmelo.

NIETO.—En todo lo que no vaya contra mi conciencia, juro callar.

D.ª JUANA.—Ni sé cómo empezar...

NIETO.—¿Es cosa que atañe a don Diego? *(*D.ª JUANA

asiente.) ¿Y a vos? *(Ella vuelve a asentir.)* ¿Acaso... una mujer?

D.ª JUANA.—*(Se levanta.)* ¿Sabéis vos algo? ¿Alguna dama de Palacio?

NIETO.—No creo...

D.ª JUANA.—¡Entonces es la que viene aquí!

NIETO.—¿Qué decís?

D.ª JUANA.—Él me ha prometido que no vuelve. Pero hace años que no le importo nada, lo sé... Se encerraban ahí arriba. Él dice que a pintar solamente...

NIETO.—¿Una mujer... de la calle?

D.ª JUANA.—Sí.

> *(Por la izquierda entran* MARTÍN *y* PEDRO, *que van a sentarse a los peldaños.* MARTÍN *saca del zurrón un mendrugo de pan, lo parte y le da a* PEDRO. *Comen.)*

[NIETO.—¿Y teméis... alguna influencia diabólica?

D.ª JUANA.—No sé lo que temo.]

NIETO.—[En principio no debéis pensar eso... Mas también cuesta creer que os haya ofendido en vuestra propia casa.] ¿Podría ver yo esa pintura?

D.ª JUANA.—¡No! No... puedo enseñárosla. Está cerrado.

NIETO.—¿Cerrado? ¿La habéis visto vos?

D.ª JUANA.—¡No puedo enseñarla! ¡Me lo han prohibido!

> *(Se derrumba en el sillón con un gemido.* NIETO *titubea. Se enfrenta con ella y le toma una mano.)*

NIETO.—Mal podré ayudaros si no veo la pintura...

D.ª JUANA.—No debo desobedecerle... No debo traicionarle.

NIETO.—Describídmela.

D.ª JUANA.—*(Después de un momento, con tremendo pudor y repugnancia.)* No me atrevo.

(Un silencio. NIETO frunce las cejas: sospecha la verdad. Se incorpora y va al fondo.)

NIETO.—Pensaré en el caso, señora. Permitid que me retire. Dios os guarde.

(Va a salir.)

D.ª JUANA.—*(Asustada ante tan repentino abandono.)* ¡No os vayáis!... *(NIETO aguarda. En medio de una gran lucha interior, D.ª JUANA se levanta y va a la izquierda. Con la mano en el pomo de la puerta dice sin mirarle.)* Subid conmigo.

NIETO.—*(Se acerca.)* Yo os fío que no os arrepentiréis.

D.ª JUANA.—¡Habéis prometido ayudarle!

NIETO.—Y lo mantengo.

(D.ª JUANA abre la puerta y sale por ella seguida de NIETO.)

MARTÍN.—¡Vete de aquí, perro! Tiene malas pulgas y te las va a pegar.

PEDRO.—¡No ha pasado ningún perro!

MARTÍN.—¿Lo ven, damas y soldados? Loco y burriciego. *(PEDRO se va a levantar. MARTÍN lo detiene y le habla con afecto.)* ¿Te has comido ya el pan?

PEDRO.—No.

MARTÍN.—En el zurrón no queda nada. Puedes registrarlo.

PEDRO.—No es menester. [Ven todos los días cuando toquen en San Juan a misa mayor. Y por la tarde, al ángelus. Acaso pueda darte algo.]

MARTÍN.—¿No quieres que te aguarde?

PEDRO.—*(Se levanta.)* No. Llévame.

(MARTÍN se levanta y lo lleva al portal.)

MARTÍN.—Piénsalo. Estás a tiempo...

PEDRO.—*(Lo abraza.)* Buena suerte, Martín.

MARTÍN.—Buena suerte.

> *(*PEDRO *entra en el portal.* MARTÍN *lo mira marchar y luego, suspirando, sale por la izquierda. Tras el balcón de la izquierda aparece D.ª* JUANA, *que se hace a un lado para dejar pasar a* NIETO. *Éste se detiene, mirando al cuadro invisible.)*

NIETO.—¡Dios santo!

> *(Desaparece para acercarse al cuadro.* DOÑA JUANA, *atribulada, lo sigue y desaparece asimismo. Al tiempo, la luz general decrece y aumenta en la zona central, donde desaparecen las cortinas para mostrarnos el obrador del cuarto del príncipe. A la derecha del fondo, la puerta abierta.* PAREJA *abre las maderas del último balcón y luego viene al primer término y abre las del segundo. El aposento se llena de luz. Entretanto el maestro* ANGELO NARDI *entra por la puerta entornada de la izquierda y mira a* PAREJA. *Es un anciano de setenta y dos años, calvo y de perilla plateada, que causa extraña impresión por sus galas juveniles, de brillantes y desusados colores y bordados. Tal vez se advierte en sus palabras, muy atemperado, un resto de su natal acento florentino.)*

NARDI.—¿Os estorbo?

PAREJA.—De ningún modo, maestro Nardi.

NARDI.—Como estaba abierto, vine a estirar un poco las piernas. ¡Je! Aquello es más chico.

PAREJA.—*(Mientras va al bufete y empieza a elegir pinceles.)* Vuesa merced me manda, maestro.

(Nardi se dirige al caballete. Pareja no lo pierde de vista.)

Nardi.—¿Habéis visto ya el San Jerónimo que pinto para Alcalá?

Pareja.—Aún no tuve ocasión...

Nardi.—Me importa vuestra opinión, porque soy viejo. Yo creo que se debe aprender de los pintores mozos... [Ayer se lo decía a Francisco de Herrera, el Mozo, que ha heredado las grandísimas dotes de su padre y que me honró con un elogio muy encendido de mi San Jerónimo...]

Pareja.—Yo no soy más que un aprendiz, maestro.

Nardi.—¿Cómo? Yo os digo que pintáis muy bien, hijo mío... Y si mi venerado amigo y maestro Carducho viviera, os diría lo mismo. ¡Ah, qué grandísimo y docto pintor perdió en él su majestad! Ninguno de nosotros puede comparársele.

(Mira el boceto.)

Pareja.—¿Me permite vuesa merced?

(Va a poner ante el lienzo un asiento de tijera.)

Nardi.—*(Retrocede aprisa.)* Claro, hijo mío. *(Pareja dispone otro asiento al lado, donde coloca la paleta con los pinceles y el tiento, además de un paño. Nardi señala al lienzo.)* Extraño capricho, ¿eh?

Pareja.—Así es, maestro.

Nardi.—Nadie pensaría en trasladar cosa tan trivial a un tamaño tan grande. *(Señala al gran bastidor que descansa contra la pared.)* Pero él... lo ha pensado. Habrá que aceptárselo, como se le aceptan otras cosas... ¡Es tan bondadoso!

Pareja.—El mejor hombre del mundo, maestro.

Nardi.—Sí que lo es. Los envidiosos dicen que su bondad no es más que falsía, pero nosotros conocemos su gran corazón y todo se lo toleramos. ¿Que quiere quedarse solo en esta galería? Pues los pintores nos vamos al aposento contiguo muy satisfechos de darle ese gusto...

PAREJA.—Esto me recuerda que debo cerrar ya... Vuesa merced sabrá dispensarme...

> (NARDI *decide no oír y da unos paseítos para husmear en el bufete de los colores.)*

[NARDI.—Mucho debe de hacerse querer don Diego cuando no le tenéis en cuenta los años enteros en que habéis aprendido a escondidas para que él no se enfureciera... Eso prueba lo bueno que es.

PAREJA.—*(Impaciente.)* Así es, maestro.] Cerraré entretanto las otras puertas.

> (*Va al fondo para echar la llave a la puerta de la derecha.*)

NARDI.—Hacedlo, hijo. Yo me retiro ya.

> (*Cuando* PAREJA *va a cerrar, aparece en la puerta* EL MARQUÉS. *Es un caballero cincuentón, con los cabellos cortos a la moda del reinado anterior y grandes mostachos. Lleva al cinto la llave dorada de gentilhombre y al pecho la espadilla de Santiago. Su gesto es arrogante; su voz, la de un hombre con mando.)*

PAREJA.—*(Se inclina.)* Beso a vuecelencia las manos.

EL MARQUÉS.—¿Otra vez vais a cerrar?

PAREJA.—Si vuecelencia no dispone otra cosa...

EL MARQUÉS.—¿Vais a impedir el paso al mayordomo mayor de su majestad? ¿Se os ha subido la libertad a la cabeza?

PAREJA.—*(Se aparta.)* Pido perdón a vuecelencia.

EL MARQUÉS.—Retiraos. *(*PAREJA *vacila.)* ¡Sin cerrar! *(*PAREJA *se inclina y sale.* EL MARQUÉS *avanza.)* Tan soberbio como su señor. Dios os guarde, maestro. *(*NARDI *se inclina.)* ¿Habéis burlado la contraseña?

NARDI.—*(Cerrando prudentemente la puerta de la izquierda.)* Cierran lo menos que pueden, señor marqués.

EL MARQUÉS.—Pero cierran. Por lo visto ya nadie manda en los aposentos sino el señor aposentador mayor. *(*NARDI *se acerca.)* Todavía no sabe quién soy yo, y por Dios que lo va a aprender.

NARDI.—*(Con sigilo.)* ¿Antes o después de que pinte el cuadro?

EL MARQUÉS.—Aún no lo sé, maestro. Hay que esperar la ocasión de hablar al rey.

NARDI.—Preguntaba porque, con todo respeto, no sé si vuecelencia se ha percatado de lo que don Diego quiere pintar.

EL MARQUÉS.—*(Ante el caballete.)* ¿Esto?

NARDI.—Entiendo yo en mi pobre criterio que esa pintura va a ser espantosamente escandalosa. Y, en bien del propio Velázquez..., sería mejor, tal vez, que no se llegara a pintar.

[EL MARQUÉS.—¿Sabéis que el rey vendrá esta tarde a dar su aprobación?

NARDI.—Entonces la cosa apremia.]

EL MARQUÉS.—Aclarad eso.

NARDI.—No ahora, excelencia... Es para hablar despacio.

> *(Le indica que son observados. En efecto,* VE-LÁZQUEZ *ha aparecido en la puerta del fondo y se detiene. Deja su sombrero, su capa y su espada sobre la consola, avanza y llega junto a ellos.* PAREJA *aparece a su vez en el fondo y se desliza en el aposento.)*

VELÁZQUEZ.—*(Se inclina.)* Dios guarde a vuesas mercedes.

> *(Dos breves inclinaciones le responden.)*

NARDI.—Guárdeos Dios, señor aposentador.

VELÁZQUEZ.—¿Podrá vuecelencia concederme su atención ahora?

EL MARQUÉS.—Estoy de prisa.

VELÁZQUEZ.—El caso la requiere también. Los barrenderos de Palacio están descontentos. He procurado convencerlos, mas no lo consigo.

EL MARQUÉS.—Convencerlos, ¿de qué?

VELÁZQUEZ.—De que barran.

EL MARQUÉS.—¿Cómo?

VELÁZQUEZ.—La Galería del Cierzo aún no se ha barrido a estas horas.

EL MARQUÉS.—¿Esos galopines son o no son barrenderos?

VELÁZQUEZ.—Lo son, excelencia.

EL MARQUÉS.—¡Pues que barran!

VELÁZQUEZ.—Se les debe el salario de tres meses. Y hace cinco días que no se les da ración.

(El dominico aparece en la puerta del fondo y se detiene, mirándolos.)

EL MARQUÉS.—¿Y qué?

VELÁZQUEZ.—Es natural que vuecelencia no comprenda la extrema necesidad en que se hallan, dadas las crecientes riquezas de vuecelencia.

EL MARQUÉS.—*(Se adelanta, rojo.)* ¿A qué os referís?

VELÁZQUEZ.—*(Tranquilo.)* A las crecientes riquezas de vuecelencia.

NARDI.—*(Repara en el dominico.)* Excúsenme vuesas mercedes. *(Cruza rápidamente entre ellos y va al fondo.)* Vuestra reverencia puede pasar por aquí; está abierto. *(El dominico avanza sonriente.)* Espero que mi San Jerónimo sea de su agrado. *(Van al primer término. Todos se han inclinado y el fraile les dispensa, sin detenerse, leves bendiciones.)* Pasad, padre, pasad. *(Le sostiene la puerta. El dominico sale por la izquierda.)* Bésoos las manos, señores míos.

(EL MARQUÉS se inclina y NARDI sale a su vez, cerrando.)

VELÁZQUEZ.—¿Qué decide vuecelencia?

EL MARQUÉS.—Aprended, don Diego, que tal descontento no puede existir en Palacio; luego no existe.

VELÁZQUEZ.—*(Tranquilo.)* Pero existe.

EL MARQUÉS.—Esos bergantes barrerán en cuanto vos ejerzáis la autoridad que parece faltaros. ¡Resolved vos!

(Va a irse.)

VELÁZQUEZ.—Ya está resuelto, señor marqués.

EL MARQUÉS.—¿Os burláis?

VELÁZQUEZ.—¡No! Mas no hay que apurarse. Esos mozos figuran como barrenderos en la nómina de Palacio. Luego barren.

EL MARQUÉS.—¡Voto a Dios, señor aposentador, que yo os enseñaré a hablar como debéis a un noble que lleva en su pecho la cruz de Santiago!

VELÁZQUEZ.—*(Herido, mira su jubón, donde no hay cruz alguna.)* Sólo puedo responder una cosa: hay pechos que se honran llevando esa cruz y pechos que la honran si la llevan.

(EL MARQUÉS da un paso hacia él con torva mirada, pero VELÁZQUEZ se la aguanta. Bruscamente EL MARQUÉS le vuelve la espalda y se encamina al fondo. A los pocos pasos se detiene y se vuelve.)

EL MARQUÉS.—Su majestad ordena que le esperéis aquí durante la tarde. Vendrá a ver vuestro bosquejo.

(Sale por el fondo sin dignarse responder a la apresurada reverencia de PAREJA. VELÁZQUEZ suspira y, de cara al proscenio, se oprime las manos.)

PAREJA.—*(Se acerca.)* La paleta está dispuesta, maestro.

VELÁZQUEZ.—Hay días en que me admiro de lo necio que puedo llegar a ser.

(Separa sus manos y va al caballete, pensativo.)

PAREJA.—¿Cierro?

VELÁZQUEZ.—Pero no eches la llave. *(*PAREJA *va al fondo y cierra la puerta.)* El cuadro grande no puede ser tan duro. Quizá al rey no le plazca este borrón... Da grima verlo. ¡Oh! *(Con un suspiro de disgusto se sienta, empuña la paleta y ataca con decisión el lienzo.* PAREJA *va a abrir maderas.)* ¿Estuviste en el mentidero de San Felipe? *(*PAREJA *se vuelve, sorprendido.)* Cuéntame.

PAREJA.—Maestro... ¡Si nunca queréis que os cuente!

VELÁZQUEZ.—Porque siempre estamos en peligro y es preferible no llegar a saberlo... Salvo algunas veces. Como ésta. Ahora peligra este cuadro y eso sí me importa. Cuenta y no te calles lo peor.

PAREJA.—*(Carraspea.)* Herrera el Mozo apostaba diez ducados a los demás pintores a que el rey os prohibiría pintarlo. *(*VELÁZQUEZ *lo mira.)* [Lo describió muy bien, para no haberlo visto. Y dijo... que era el disparate mayor que la soberbia humana podía concebir.] Se reían a gusto...

VELÁZQUEZ.—Todo viene del viejo Nardi y de ese avispero. *(Señala a la puerta de la izquierda.)* [Los más mozos se unen a los más viejos contra mí. He de tener cuidado.] Sigue.

(Pinta.)

PAREJA.—Me vieron, y Herrera dijo que si alguien os venía a decir lo soberbio que erais para lo mal que pintabais, haría un favor a vuestra alma.

VELÁZQUEZ.—¡Qué pena de muchacho! Como si tuviera noventa años: dice lo mismo que el viejo Carducho.

PAREJA.—Alguien terció para afirmar que yo no diría nada, dado lo mal que me habíais tratado hasta que el rey me libertó. [Me compadecieron por sufrir amo tan duro] y me dieron la razón por seguir a vuestro lado. Así podría medrar, decían.

VELÁZQUEZ.—Vamos, que te ofendieron con la mayor piedad. ¿Cómo contaron la historia?

PAREJA.—Como todos. Que aprendí a escondidas durante años, porque vos nunca consentiríais que un esclavo pintase, que dejé un lienzo mío para que su majestad lo volviese y que su majestad os forzó a libertarme después de verlo.

(Ríen los dos.)

VELÁZQUEZ.—*(Riendo.)* Creo que la gente seguirá diciendo esa necedad aunque pasen siglos. Es muy claro que no habrías podido aprender tanto viviendo toda tu vida en mi casa sin que yo lo supiera; pero con tal de achacarte alguna mezquindad, los hombres creerán a gusto la mayor sandez.

PAREJA.—*(Baja la voz.)* Hasta su majestad lo creyó, señor.

VELÁZQUEZ.—*(Baja la voz.)* La argucia salió bien. Juan, hijo mío: un hombre no debe ser esclavo de otro hombre.

PAREJA.—Nunca me tratasteis como tal, señor.

VELÁZQUEZ.—Porque así lo creía desde que te recibí de mi suegro. Pero si te liberto yo, el marqués y todos los que se le parecen no me lo habrían perdonado. ¿Dijeron algo más?

PAREJA.—Yo no podía defenderos bien... Ellos eran hidalgos y cristianos viejos, y yo no. De modo que resolví alejarme...

(VELÁZQUEZ se levanta para comprobar algo, de espaldas en el primer término.)

VELÁZQUEZ.—Juan, creo que voy a poder pintar ese cuadro.

PAREJA.—No lo dudéis, señor.

VELÁZQUEZ.—Si el rey da su venia, claro. Toma la paleta.

(PAREJA se la recoge con los pinceles y la deja en la silla.)

PAREJA.—No sé si deciros, señor...

VELÁZQUEZ.—¿Aún queda algo?

[PAREJA.—No ha sido en San Felipe, sino en vuestra casa.

VELÁZQUEZ.—*(Lo mira fijamente.)* Dime.]

PAREJA.—*(Sin mirarlo.)* Doña Juana me preguntó ayer si había alguna mujer que... os agradase. Y si hubo alguna otra mujer... en Italia. Yo dije que no.

(Un silencio.)

VELÁZQUEZ.—Está bien, Juan. Recoge todo. *(PAREJA lo hace. La puerta de la derecha del fondo se abre y entra la infanta MARÍA TERESA, que cierra en seguida. VELÁZQUEZ y PAREJA se inclinan profundamente.)* Alteza.

MARÍA TERESA.—*(Sonríe, con un dedo en los labios.)* ¡Chist! Me he vuelto a escapar de la etiqueta.

(Avanza.)

VELÁZQUEZ.—Vuestra alteza es muy bondadosa prefiriendo platicar con un pobre pintor.

(Mira a PAREJA, que se inclina en silencio y va a salir por el fondo. La infanta, ante el caballete, mira a VELÁZQUEZ con sorna.)

MARÍA TERESA.—Sois muy modesto. No salgáis, Pareja. ¿Cuándo empezáis el cuadro grande, don Diego?

VELÁZQUEZ.—Cuando su majestad dé su venia.

[MARÍA TERESA.—¿Sabéis que ya se habla mucho de él?

VELÁZQUEZ.—Lo presumía, alteza.]

MARÍA TERESA.—*(Señala al boceto.)* ¿Decíais que ésta seré yo?

VELÁZQUEZ.—Su majestad indicó que, de pintarse el

cuadro, vuestra alteza debiera figurar en lugar de doña Isabel de Velasco.

MARÍA TERESA.—¿Y lo haréis?

VELÁZQUEZ.—Si a vuestra alteza le place...

MARÍA TERESA.—*(Va al primer balcón. Un silencio.)* Me place. Decidme, Pareja: ¿cómo habéis logrado pintar durante años sin que don Diego lo supiese? *(Los dos hombres se miran alarmados a sus espaldas. Ella se vuelve.)* Lo juzgo imposible...

PAREJA.—Yo... le quitaba horas al sueño, alteza.

MARÍA TERESA.—*(Los mira a los dos.)* Ya. *(Va al caballete y toma la paleta y los pinceles. Ríe.)* ¿Me dejáis?

VELÁZQUEZ.—Por supuesto, alteza.

MARÍA TERESA.—*(Da una pincelada.)* [¿Se hace así?

VELÁZQUEZ.—Puede hacerse así.]

MARÍA TERESA.—Ahora sí me haréis la merced de dejarnos, Pareja. *(*PAREJA *se inclina y sale por el fondo, cerrando.* MARÍA TERESA *mira a* VELÁZQUEZ *y deja la paleta.)* ¿Sois vos mi amigo, don Diego?

VELÁZQUEZ.—Soy vuestro más leal servidor.

MARÍA TERESA.—*(Seca.)* Dejaos de cumplidos. Estamos solos.

(Pasea.)

VELÁZQUEZ.—Aun así, yo no puedo...

MARÍA TERESA.—Ya lo creo que podéis. ¿O no os acordáis?

VELÁZQUEZ.—¿Acordarme?

MARÍA TERESA.—Yo sí me acuerdo. Creo que tendría unos seis años. ¿Lo recordáis vos?

VELÁZQUEZ.—*(Asombrado.)* Alteza...

MARÍA TERESA.—Me dejaron un momento sola con vos. Y me tomasteis en brazos.

VELÁZQUEZ.—*(Confundido.)* Nunca pensé que pudierais recordarlo.

MARÍA TERESA.—*(Sin perderlo de vista.)* Cometisteis con una persona real la más grave falta. Sabéis que no se nos puede ni tocar... He pensado a veces si no lo haríais como una protesta de hombre que no se tiene por inferior de nadie.

VELÁZQUEZ.—Lo hice porque amo a los niños.

MARÍA TERESA.—*(Con dulzura.)* Olvidad también ahora quién soy: sigo siendo una niña que no sabe de nada. A los niños se les miente siempre en Palacio. Pero yo quiero saber. ¡Yo quiero saber! Y recurro a vos.

VELÁZQUEZ.—Vuestra alteza me ha honrado a menudo con sus preguntas...

MARÍA TERESA.—Hoy le haré otra a mi amigo de entonces. Porque sé que es el hombre más discreto de Palacio. Y estoy por decir que el más bueno también. Pareja podría jurarlo.

VELÁZQUEZ.—Vuestra penetración, alteza, sorprende en vuestra edad.

MARÍA TERESA.—*(Suspira.)* No soy muy feliz con ella, creedme. ¿Contestaríais sin mentir a lo que os pregunte?

VELÁZQUEZ.—*(Titubea.)* Ignoro si podré hacerlo...

MARÍA TERESA.—*(Agitada.)* ¡Sin mentir, don Diego! ¡Ya hay bastantes mentiras en la Corte!... Tratad de comprenderme.

VELÁZQUEZ.—*(Turbado.)* Creo comprender... Responderé sin mentir.

MARÍA TERESA.—Sabéis que ando sola a menudo por Palacio. Mi padre me riñe, pero algo me dice que debo hacerlo... [La verdad de la vida no puede estar en el protocolo... A veces, creo entreverla en la ternura sencilla de una lavandera, o en el aire cansado de un centinela... Sorprendo unas palabras que hablan de que el niño está con calentura o de que este año la cosecha vendrá buena, y se me abre un mundo... que no es el mío. Pero me ven, y callan.] Ayer... escuché a dos veteranos de la guardia. Yo ya sospechaba algo, mas no sé si serán infundios que corren... Vos no me engañaréis.

VELÁZQUEZ.—Decid.

MARÍA TERESA.—*(Turbada.)* ¿Es cierto que mi padre ha tenido más de treinta hijos naturales?

VELÁZQUEZ.—Todo esto puede ser muy peligroso... para los dos.

[MARÍA TERESA.—Yo soy valiente. ¿Y vos?

VELÁZQUEZ.—No siempre.]

(Recoge la paleta y el tiento y va a dejarlos al bufete.)

MARÍA TERESA.—*(Con ansiedad.)* ¿Os negáis a responder?

VELÁZQUEZ.—*(Se vuelve.)* [¿Cómo hablarle de estas cosas a una niña?

MARÍA TERESA.—Voy a ser la reina de Francia.

VELÁZQUEZ.—] Tenéis dieciocho años. Yo, cincuenta y siete. Si se supiese que os decía la verdad, nadie comprendería... [La verdad es una carga terrible: cuesta quedarse solo. Y en la Corte, nadie, ¿lo oís?, nadie pregunta para que le digan la verdad.]

MARÍA TERESA.—Yo quiero la verdad.

VELÁZQUEZ.—[Quizá elegís lo peor.] Vuestro linaje no os permitirá encontrarla casi nunca [aunque tengáis los ojos abiertos. Os los volverán a cerrar...] Terminaréis por adormeceros de nuevo, fatigada de buscar... Acaso entonces me maldigáis, si tenéis el valor de recordarme.

MARÍA TERESA.—¡Ayudadme, don Diego! ¡Me ahogo en la Corte y sólo confío en vos! Mi padre siempre me dice: id con vuestras meninas, id con la reina... Por veces pienso si estoy enferma... Soy tan moza o más que ellas y me parecen niñas... Y mi padre... un niño también. Sólo vos me parecéis... un hombre. ¿No me hablaréis con verdad?

VELÁZQUEZ.—*(Después de un momento.)* Lo que me preguntáis es cierto.

(La infanta respira hondamente. Luego se sienta en un sillón. Un silencio.)

MARÍA TERESA.—¿No es posible la fidelidad?

VELÁZQUEZ.—Pocas veces.

MARÍA TERESA.—¿Tan despreciable es el hombre?

VELÁZQUEZ.—Es... imperfecto.

MARÍA TERESA.—Vos sois fiel.

VELÁZQUEZ.—¿Eso creéis?

MARÍA TERESA.—Se sabe. Estoy segura.

VELÁZQUEZ.—*(Se acerca.)* Hay que aprender a perdonar flaquezas... Todos las tenemos.

MARÍA TERESA.—Sé que vivo en un mundo de pecadores. ¡Es la mentira lo que me cuesta perdonar! Cuando paso ante el retrato del rey Luis, suelo chancearme. «Saludo a mi prometido», digo, y mis damas ríen... Pero yo pienso: ¿Qué me espera? Dicen que es un gran monarca. Quizá sea otro saco repleto de engaños y de infidelidad. Acercaos más. También yo quiero romper la etiqueta, ahora que estamos solos. *(Le toma una mano.* VELÁZQUEZ *se estremece.)* Os doy las gracias. *(Retira su mano y habla muy quedo.)* Ojalá el rey Luis... se os parezca.

(Golpes en la puerta del fondo, que se repiten.)

NICOLASILLO.—*(Voz de.)* Don Diego, ¿estáis ahí?

MARI BÁRBOLA.—*(Voz de.)* ¿Podemos entrar, don Diego?

VELÁZQUEZ.—Son los enanos.

MARÍA TERESA.—*(Que sufre.)* ¡Abrid! ¡Abrid!

*(*VELÁZQUEZ *se encamina al fondo.)*

NICOLASILLO.—*(Voz de.)* ¡Quieto, León! ¡Don Diego, mirad cómo me obedece! ¡Échate, León! ¡Yo te lo mando!

*(*VELÁZQUEZ *abre.* MARI BÁRBOLA *le hace una reverencia y entra sobre el balanceo de sus pernezuelas.* NICOLASILLO, *en la puerta, sigue atento al perro invisible. A la mitad de la galería, la enana se inclina ante la infanta.)*

VELÁZQUEZ.—¿No saludas a su alteza, Nicolasillo?

NICOLASILLO.—¿Eh? *(Ve a la infanta y entra, haciendo una gran reverencia, tras la que corre de nuevo a la puerta y dice.)* ¡León, vete! *(Un temible ladrido le contesta y él, asustado, se refugia en las piernas de* VELÁZQUEZ. *Desde allí repite.)* ¡Vete!... ¿Lo veis? Me obedece.

> *(Y avanza muy ufano.* MARI BÁRBOLA *es una enana de edad indefinida, rubia, de disforme cabeza y hablar gangoso, donde tal vez se rastrea un leve acento alemán.* NICOLASILLO PERTUSATO *nació en Italia, pero habla como un español. Es enano, mas también es un niño: no cuenta más de catorce años, ni aparenta más de doce. Son muy diferentes: ella padece lo que la medicina llama hoy una acondroplasia, según denuncian los grandes huesos de su cara, sus dedos achatados y el andar renqueante de sus piernas sin desarrollo. Su compañero propende al tipo mixedematoso y, por su corta edad, se le confundiría, a veces, con un niño. Sus miembros son finos y proporcionados; su cabeza, graciosa y redonda, aunque en ella se perciba ya excesivo tamaño y cierta indefinible desarmonía de rasgos. Vienen lindamente vestidos, tal como los vemos en El Prado.* NICOLASILLO *continúa su vanidosa perorata, mientras* VELÁZQUEZ *lo toma por los hombros y lo conduce hacia la infanta.)*

... Y es que comprende que seré gentilhombre. ¿Verdad, señora infanta?

> *(La infanta, abstraída, le dedica una sonrisa ausente.)*

MARI BÁRBOLA.—No se debe interrogar a las infantas, Nicolasillo.

NICOLASILLO.—*(Irritado.)* ¡A mí se me permite! *(Corre al caballete.)* ¿Cuándo nos pintáis?

MARI BÁRBOLA.—No se deben hacer tantas preguntas. No está bien en criados.

NICOLASILLO.—¡Somos más que criados! Don Diego nos va a pintar junto a la señora infanta Margarita porque somos muy importantes. *(Ríe.)* Mira, Mari Bárbola: ¡mira qué fea te ha pintado! Igual que eres.

VELÁZQUEZ.—¡Nicolasillo!

(La infanta atiende.)

MARI BÁRBOLA.—No importa. Estoy acostumbrada.

(Pero se muerde los labios y se retira hacia los balcones.)

VELÁZQUEZ.—Pide perdón a Mari Bárbola.

NICOLASILLO.—No quiero.

VELÁZQUEZ.—Entonces te diré una cosa: también voy a pintar al perro y es menos que un criado.

NICOLASILLO.—*(Después de pensarlo.)* ¡Malo! ¡Los dos malos!

(Corre hacia el fondo.)

VELÁZQUEZ.—Ven aquí.

NICOLASILLO.—¡No quiero! Y cuando crezca, el rey os obligará a que me pintéis de gentilhombre, con unos bigotes muy grandes. *(Vuelve hacia él, indignado.)* Y además el perro se llama León, ¡y a mí me llamarán Sansón, porque me obedece!

VELÁZQUEZ.—*(Sonríe.)* ¿Eso más? ¿Pues no te llaman ya Vista de Lince?

NICOLASILLO.—¡Porque la tengo! Mejor que la vuestra, señor pintor. ¿Qué veis en el larguero de aquella puerta?

VELÁZQUEZ.—Colores.

NICOLASILLO.—¡Bah! Colores. Hay una mosca.

VELÁZQUEZ.—*(Sonríe.)* Te nombraremos entonces pintor de moscas.

(MARI BÁRBOLA ríe. NICOLASILLO la mira iracundo y se vuelve a VELÁZQUEZ.)

NICOLASILLO.—No queréis reconocer que tenéis cansados los ojos. Por eso sois un pintor de nubecitas.
VELÁZQUEZ.—¿Quién dice eso?
NICOLASILLO.—Yo no lo sé. Lo he oído.

(Pero mira a la puerta de la izquierda y VELÁZQUEZ lo advierte. La infanta se levanta. NICOLASILLO corre a enredar en el bufete de los colores, y MARI BÁRBOLA se le reúne para amonestarle en voz baja.)

MARÍA TERESA.—¿Y esto, don Diego? Hay más de cincuenta como ellos en Palacio.
VELÁZQUEZ.—*(Suave.)* Les dejan ganar su vida...
MARÍA TERESA.—Mas no por caridad. ¿Verdad? *(Un silencio.)* ¿Verdad?
VELÁZQUEZ.—¿La verdad otra vez?
MARÍA TERESA.—Siempre.
VELÁZQUEZ.—No creo que sea por caridad.

(MARI BÁRBOLA ha oído. Los mira, turbada.)

MARÍA TERESA.—Gracias, don Diego. Perdonad mis caprichos...
VELÁZQUEZ.—Perdonadme vos mi tristeza.

(La infanta se encamina al fondo. VELÁZQUEZ y los enanos le hacen la reverencia. Sale.)

NICOLASILLO.—*(Intrigado, vuelve junto a don Diego.)* ¿De qué hablabais?
MARI BÁRBOLA.—¡Nicolasillo!
VELÁZQUEZ.—*(Le pone con afecto una mano en la cabeza.)* De ti. De que eres un niño y como un niño te pintaré.
NICOLASILLO.—¿Verdad que sí?

VELÁZQUEZ.—Sí. Para que cuando seas gentilhombre y yo haya muerto ya, digas: [don Diego me pintó muy lindamente]. Yo era entonces un niño muy hermoso.

(MARI BÁRBOLA *se aparta hacia el balcón, afectada.*)

NICOLASILLO.—También me podéis pintar escuchando. Yo sé escuchar de lejos. Ahora mismo viene alguien por aquella puerta. *(Señala a la derecha del fondo.* PAREJA *entra.)* ¿Lo veis?

(*Y salta de alegría.*)

PAREJA.—Perdonad, señor. Doña Juana reclamaba vuestra presencia.

VELÁZQUEZ.—¿Qué sucede?

PAREJA.—Está muy asustada con un mendigo que os busca y que no quiere irse. La he dicho que esperabais a su majestad y que tardaríais.

VELÁZQUEZ.—¿No han socorrido a ese mendigo?

PAREJA.—Sí, pero se ha desmayado. *(Sonríe.)* Yo diría que es un antiguo conocido, señor.

VELÁZQUEZ.—¿Quién?

PAREJA.—Aquel truhán que os sirvió de modelo para el *Esopo.*

VELÁZQUEZ.—*(Grita.)* ¿Qué?

PAREJA.—Juraría que es él.

VELÁZQUEZ.—*(Para sí.)* ¡Dios bendito! *(Camina presuroso hacia la puerta y toma aprisa su sombrero, capa y espada.)*

PAREJA.—¡Su majestad va a venir, señor!

(*Pero* VELÁZQUEZ *lo mira sin detenerse y sale, seguido de su criado.*)

NICOLASILLO.—¡Ni que fuera el Preste Juan de las Indias!

MARI BÁRBOLA.—Has sido muy descortés con don Diego.

NICOLASILLO.—Me ha llamado perro.

MARI BÁRBOLA.—Pero es el único que no nos trata como a perros.

[NICOLASILLO.—No te quejes. Tú, de no estar aquí, irías por las ferias.

MARI BÁRBOLA.—También aquí somos gente de feria.]

NICOLASILLO.—¡Yo no soy de tu raza! ¡Y ya soy casi un hombre! ¿Qué te crees? *(Se golpea el pecho.)* Vista de Lince ha intervenido ya en cosas de mucha discreción porque ve y oye de lejos. [Si yo te dijera...

MARI BÁRBOLA.—¡Mal oficio!

NICOLASILLO.—¡Oficio de hombres, boba! Y yo lo desempeño como pocos porque aún soy menudo y me escondo en cualquier sitio.] *(Ríe.)* Me oculto tras las maderas de un balcón, o me acurruco debajo de una mesa, o bajo la escalera, y escucho cosas muy sabrosas. Cuando me haga tan alto como don Diego y me case con la menina más linda de la Corte, tú verás quién soy yo.

MARI BÁRBOLA.—*(Tras él, con ternura.)* Tú nunca serás tan alto como don Diego, Nicolasillo.

NICOLASILLO.—¡Mala, embustera!

MARI BÁRBOLA.—Tú nunca te casarás.

NICOLASILLO.—*(Iracundo.)* Eso tú, tú... Con esa cara...

MARI BÁRBOLA.—Es cierto. Tampoco tendré yo nunca un hijo a quien besar. Tú no comprendes lo que es eso. Tienes pocos años y aún no sabes que nosotros... sólo podemos besar a los perros del rey.

NICOLASILLO.—*(Casi gritando.)* ¡Yo beso cuando quiero a doña Isabel, y a doña Agustina! [Y una vez... ¡a la misma reina besé! ¡Sí! Y dijo que... que nunca había visto a un niño más lindo y que... y que...]

MARI BÁRBOLA.—Sólo a los perros del rey, hijo mío. Porque tú no eres un niño...

NICOLASILLO.—¡Yo soy un niño, un niño!

(Estalla en sollozos.)

MARI BÁRBOLA.—*(Muy turbada.)* Nicolasillo, hijo, perdóname... Tú eres un lindo niño que se hará un mancebo gallardo...

NICOLASILLO.—¡Mala!

MARI BÁRBOLA.—Sí, soy mala... Pero a ti te quiero bien. [Eres pequeño y necesitas que te guarden de ti mismo...] Yo te cuidaré, yo velaré. Tú no debes esconderte para espiar a nadie... Sigue siendo un niño sin mañas toda tu vida... aunque crezcas. *(Lo abraza con ternura por la espalda.)* Serás como un hijo mío, si tú quieres..., mientras yo viva. *(Va a besarlo en la mejilla.* NICOLASILLO *se aparta y se revuelve.)* ¡Hijo!...

NICOLASILLO.—Vete a besar a los perros del rey! *(*MARI BÁRBOLA *se encoge en un sollozo mudo. Una pausa.)* ¡Y no llores! *(Baja la voz.)* No llores... *(*MARI BÁRBOLA *ahoga un sollozo.)* No llores...

> *(Las cortinas se corren lentamente ante ellos y nos presentan de nuevo la casa de* VELÁZQUEZ. D. DIEGO *entra por el fondo y, casi al tiempo,* D.ª JUANA *por la izquierda.)*

D.ª JUANA.—¿Viste ya al rey?

VELÁZQUEZ.—Deja eso ahora. ¡Dónde está ese hombre!

D.ª JUANA.—En la cocina.

VELÁZQUEZ.—¿Puede andar?

D.ª JUANA.—Ahora está de pie. ¿Quién es, Diego?

VELÁZQUEZ.—Tráelo acá.

D.ª JUANA.—*(Va a la puerta y se vuelve.)* Huele mal, está sucio. Parece loco... ¡Que se vaya cuanto antes, Diego! Los niños...

VELÁZQUEZ.—Tráelo. *(*D.ª JUANA *sale.* VELÁZQUEZ *se oprime las manos con tensa expectación.* D.ª JUANA *vuelve con* PEDRO *y se retira al fondo.* PEDRO *mira con dificultad al hombre que tiene delante.* VELÁZQUEZ *le mira fijamente.)* Dios os guarde, amigo mío.

PEDRO.—¿Sois vos don Diego? No veo bien.

VELÁZQUEZ.—El mismo.

PEDRO.—¿Me recordáis?

VELÁZQUEZ.—Es claro. [¿No te acuerdas, Juana? Me sirvió de modelo para un *Esopo*.

D.ª JUANA.—¿Es... aquel?

PEDRO.—Más de quince años hará que lo pintasteis.

VELÁZQUEZ.—] ¿Qué edad contáis ahora?

PEDRO.—Ya no me acuerdo.

D.ª JUANA.—*(Musita.)* ¡Jesús!...

VELÁZQUEZ.—Sentaos.

(Lo conduce.)

D.ª JUANA.—*(Deniega con la cabeza.)* Diego...

VELÁZQUEZ.—Déjanos, Juana.

(Sienta a PEDRO *en el sillón.)*

PEDRO.—Gracias, don Diego.

*(*D.ª JUANA *va a hablar;* VELÁZQUEZ *la mira y ella sale por la izquierda, desconcertada.)*

VELÁZQUEZ.—*(Cierra la puerta y se vuelve.)* Al fin recuerdo cómo os llamáis: Pedro.

PEDRO.—*(Después de un momento.)* Os falla la memoria... Mi nombre es Pablo.

VELÁZQUEZ.—*(Su fisonomía se apaga súbitamente.)* ¿Pablo?

PEDRO.—Pablo, sí.

VELÁZQUEZ.—*(No duda que ha mentido; desconfía.)* Quizá os recuerdo a vos tan mal como a vuestro nombre...

[PEDRO.—¿Recordáis nuestras pláticas?...

VELÁZQUEZ.—*(Frío.)* A menudo. Mas no sé ya si los recuerdos son verdaderos.] Decidme qué deseáis.

PEDRO.—Ni lo sé... Durante estos años pensé con frecuencia en vos. Quizá no debí venir.

VELÁZQUEZ.—¿Qué ha sido de vos?

PEDRO.—Vida andariega. ¿Y de vos?

VELÁZQUEZ.—Me ascendieron a aposentador del rey. Y he pintado.

PEDRO.—*(Suspira.)* Habéis pintado... *(Un corto silencio.)* Debo irme ya.

(Se levanta. Los dos intentan disimular su turbación.)

VELÁZQUEZ.—¿Me admitiréis un socorro?

PEDRO.—Vuestra esposa me dio ya vianda. Gracias. *(Una pausa.* VELÁZQUEZ *se oprime las manos.)* Una curiosidad me queda antes de partir... Me la satisfacéis si os place y os dejo.

VELÁZQUEZ.—Decid.

PEDRO.—¿Recordáis que me hablabais de vuestra pintura?

VELÁZQUEZ.—*(Sorprendido.)* Sí.

PEDRO.—Un día dijisteis: las cosas cambian... Quizá su verdad esté en su apariencia, que también cambia.

VELÁZQUEZ.—*(Cuyo asombro crece.)* ¿Os acordáis de eso?

PEDRO.—Creo que dijisteis: si acertáramos a mirarlas de otro modo que los antiguos, podríamos pintar hasta la sensación del hueco...

VELÁZQUEZ.—¿Será posible que lo hayáis retenido?

PEDRO.—Dijisteis también que los colores se armonizan con arreglo a leyes que aún no comprendíais bien. ¿Sabéis ya algo de esas leyes?

VELÁZQUEZ.—Creo que sí, mas... ¡me confunde vuestra memoria! ¿Cómo os importa tanto la pintura sin ser pintor?

(Un silencio.)

PEDRO.—*(Con una triste sonrisa.)* Es que yo, don Diego..., quise pintar.

VELÁZQUEZ.—*(En el colmo del asombro.)* ¿Qué?

PEDRO.—Nada os dije entonces porque quería olvidarme de la pintura. No me ha sido posible. Ahora, ya veis..., vuelvo a ella..., cuando sé que ya nunca pintaré.

VELÁZQUEZ.—¡Qué poco sé de vos! ¿Por qué no habéis pintado?

PEDRO.—Ya os lo diré.

VELÁZQUEZ.—Sentaos. *(Lo empuja suavemente y se sienta a su lado.)* Sabed que me dispongo justamente a pintar un cuadro donde se resume cuanto sé. Nada de lo que pinté podrá parecérsele. Ahora sé que los colores dialogan entre sí: ese es el comienzo del secreto.

PEDRO.—¿Dialogan?

VELÁZQUEZ.—En Palacio tengo ya un bosquejo de ese cuadro. ¿Querríais verlo?

PEDRO.—Apenas veo, don Diego.

VELÁZQUEZ.—Perdonad.

PEDRO.—Pero querría verlo, si me lo permitís, antes de dejaros.

VELÁZQUEZ.—*(Le toca un brazo.)* Pedro...

PEDRO.—¿Cómo?

VELÁZQUEZ.—Entonces me ocultabais muchas cosas; pero no me mentíais. Vuestro nombre es Pedro.

PEDRO.—*(Contento.)* ¡Veo que sois el mismo! Disculpadme. La vida nos obliga a cosas muy extrañas. Yo os lo aclararé.

VELÁZQUEZ.—Durante estos años creí pintar para mí solo. Ahora sé que pintaba para vos.

PEDRO.—Soy viejo, don Diego. Me queda poca vida y me pregunto qué certeza me ha dado el mundo... Ya sólo sé que soy un poco de carne enferma llena de miedo y en espera de la muerte. Un hombre fatigado en busca de un poco de cordura que le haga descansar de la locura ajena antes de morir.

VELÁZQUEZ.—Viviréis aquí.

PEDRO.—*(Después de un momento.)* No lo decidáis todavía.

VELÁZQUEZ.—¿Por qué?

PEDRO.—Hemos de hablar.

VELÁZQUEZ.—¡Hablaremos, mas ya está decidido! Ahora os dejo, porque el rey ha de ver mi borrón. *(Ríe.)* Quizá le hice esperar y eso sería gravísimo... De él depende que pueda o no pintar el cuadro. Pero me importa más lo que vos me digáis de él. ¿Queréis verlo esta tarde? Si no estáis muy cansado...

PEDRO.—Puedo caminar.

VELÁZQUEZ.—Pues mi criado Pareja os conducirá dentro de media hora.

PEDRO.—¿Aquel esclavo vuestro?

VELÁZQUEZ.—El rey le ha dado la libertad porque también pinta. Mas a vos no quiero mentiros: lo logramos Pareja y yo mediante una treta.

PEDRO.—¿Y eso?

VELÁZQUEZ.—¿Habéis olvidado vuestras propias palabras?

PEDRO.—¿Cuáles?

VELÁZQUEZ.—Ningún hombre debe ser esclavo de otro hombre.

PEDRO.—Me remozáis, don Diego.

VELÁZQUEZ.—Tampoco habéis vos olvidado mi pintura..., Pedro.

PEDRO.—¡Chist! Seguid llamándome Pablo ante los demás.

VELÁZQUEZ.—Como queráis. *(Se acerca a la izquierda y abre la puerta.)* ¡Juana!... ¡Juana! *(Entra* D.ª JUANA. PEDRO *va a levantarse trabajosamente.)* No os levantéis: estáis enfermo. *(*D.ª JUANA *frunce las cejas ante esa inesperada deferencia.)* Vuelvo a Palacio. Este hombre quedará aquí ahora. Dile a Pareja que lo lleve al obrador dentro de media hora.

D.ª JUANA.—¿Le socorro cuando se vaya?

VELÁZQUEZ.—No es menester, Juana. Queda con Dios. Os aguardo en Palacio..., Pablo.

> *(Sale por el fondo.* D.ª JUANA *se acerca a* PEDRO *y lo mira fijamente en silencio.* PEDRO *la mira con sus cansados ojos, vacila y al fin se levanta con trabajo y queda de pie ante ella con la cabeza baja. Las cortinas del primer término se corren lentamente ante las dos figuras inmóviles mientras la sombra las envuelve y crece una luz alta y fría que deja las estruc-*

turas palatinas en la penumbra e ilumina las cortinas centrales. El maestro ANGELO NARDI *entra por el primer término de la izquierda y aguarda. Por las cortinas del centro aparece* EL MARQUÉS *y se aposta en los peldaños.)*

EL MARQUÉS.—El Consejo Real ha terminado. Su majestad se acerca.

NARDI.—¿No sería preferible que le hablaseis vos solo?

EL MARQUÉS.—Maestro Nardi, vos entendéis de pintura más que yo. ¡Chist!

(Señala a las cortinas. Manos invisibles las apartan para dar paso al rey FELIPE IV *y las dejan caer luego.* EL REY *fue siempre hombre de salud precaria, aunque sus ejercicios cinegéticos fueron conservándole, a lo largo de su vida, la apariencia de una magra robustez. Pese a ellos, su sangre débil y la continua actividad erótica a que le arrastran su innata propensión y sus deberes matrimoniales, le han hecho llegar a los cincuenta y un años que ahora cuenta fatigado y marchito. El tupé cuidadosamente peinado, el bigote de largas guías elevadas a fuerza de cosmético, muestran que se obstina en conservar su galana compostura; pero contrastan con su rostro demacrado, de cansada mirada y blando belfo, bajo el que se aplasta la leve perilla. Quizá tiñe sus cabellos, que conservan un rubio ceniciento. Hay algo inexpresivo que repele en su blanda fisonomía y en su muerta mirada. Sobriamente vestido de negra seda, lleva golilla y la cadena con el dorado vellocino al pecho. Trae ferreruelo, espada y sombrero. Cuando aparece,* EL MARQUÉS *y* NARDI *se arrodillan.)*

EL REY.—Alzaos.

(Lo hacen.)

EL MARQUÉS.—¡Ujier! ¡Disponed asiento para su majestad!

> *(Entra un ujier por el primer término de la derecha llevando un sillón que deposita en el primer término, cerca del lateral. Luego se inclina y vuelve a salir por donde entró, retrocediendo entre reverencias.)*

EL REY.—*(Sorprendido.)* ¿No íbamos al obrador de Velázquez?

EL MARQUÉS.—Me atreví a pensar que vuestra majestad desearía reposar antes un momento.

EL REY.—*(Desciende los peldaños y va a sentarse.)* Cierto que estoy fatigado.

EL MARQUÉS.—*(Se acerca.)* El grande y sereno ánimo de vuestra majestad no debe sufrir por las malas nuevas del Consejo. [Otras veces las hubo peores y Dios no dejó de ayudarnos.]

EL REY.—[En Él confío. Mas] sabéis que pocas veces nos fue tan necesario el dinero... Esperé durante mucho tiempo que llegara la saca de la plata: esos seis galeones cargados de riqueza son nuestra sangre desde hace años... ¡Seis galeones, marqués! Y el inglés los ha hundido. Entretanto nuestros tercios carecen de alimentos.

(Se descubre.)

EL MARQUÉS.—Vivirán sobre el terreno, señor, [como siempre hicieron.]

EL REY.—Puede ser. Mas su marcialidad decrece. Hemos perdido Portugal y casi hemos perdido Cataluña. La paz sería preferible.

EL MARQUÉS.—La plata no se ha terminado en las Indias, señor.

EL REY.—No. Mas ¿cómo hacer frente a nuestros gastos hasta una nueva saca? [Admito que los tercios vivan... como puedan. ¿Y España?

EL MARQUÉS.—También vive de sí misma, señor.

EL REY.—No muy bien ya. Mas ¿y el sostenimiento del trono y de la nobleza?

EL MARQUÉS.—La palabra real vale oro. Extended libramientos y el dinero llegará después. Así se viene haciendo.

EL REY.—*(Menea la cabeza.)*] Los mercaderes son gente baja y soez. Mi palabra ya no les vale.

EL MARQUÉS.—Subid los impuestos.

EL REY.—¿Más?

EL MARQUÉS.—¡Cuanto fuera menester, señor! ¿Qué mayor obligación para el país que ayudar a su rey a seguir siendo el más grande monarca de la Tierra? Debo daros además, señor, nuevas que no he querido exponer en el Consejo [por no estar aún confirmadas,] pero que sin duda satisfarán a vuestra majestad.

EL REY.—¿Qué nuevas son esas?

EL MARQUÉS.—En Balchín del Hoyo, señor, se han descubierto dos poternas llenas de cerrojos y candados, que aún no se han abierto... Vuestra majestad verá cómo también allí nos asiste la Providencia.

EL REY.—Dios lo haga. Mas si entretanto volvemos a subir los impuestos, quizá promoveríamos más disturbios...

EL MARQUÉS.—Los revoltosos nunca pueden tener razón frente a su rey. El descontento es un humor pernicioso, una mala hierba que hay que arrancar sin piedad. [Y en eso sí que necesitamos ojos de Argos y ejemplar severidad.] Por fortuna, vuestra majestad tiene vasallos capaces de advertir el aliento pestilente de la rebeldía..., aunque sople en el mismo Palacio.

EL REY.—¿Qué queréis decir?

EL MARQUÉS.—No es la primera vez que mi lealtad me fuerza a insistir acerca de ello ante vuestra majestad. Nunca es más peligrosa la rebeldía que cuando se disfraza con un rostro sumiso.

EL REY.—*(Se levanta.)* ¿Habláis de Velázquez?

EL MARQUÉS.—Así es, señor.

(EL REY pasea. Una pausa.)

EL REY.—Velázquez no es un rebelde.

EL MARQUÉS.—Ante vos, no, señor: no es tan necio. Ante mí, de quien recibe justas órdenes, sólo muestra desdén y desobediencia.

EL REY.—Es un excelente pintor.

EL MARQUÉS.—*(Señala a* NARDI, *que permaneció apartado.)* Si vuestra majestad da su venia al maestro Nardi para que hable en mi lugar, él podrá señalar, como excelente pintor que también es, algunas condiciones extrañas que nos parece advertir en el cuadro que «el sevillano» pretende pintar.

EL REY.—*(Después de un momento.)* Acercaos, maestro Nardi.

NARDI.—*(Se acerca y se inclina.)* Señor...

EL REY.—Ya en otra ocasión Carducho y vos me hablasteis injustamente de Velázquez. ¿Qué tenéis que decirme ahora de la pintura que se dispone a ejecutar? [Medid vuestras palabras.

NARDI.—Señor, si volviera a errar, a vuestra benignidad me acojo. Sólo me mueve el deseo de servir lealmente a vuestra majestad.

EL REY.—Hablad.

NARDI.—Si no me constara el amor que don Diego profesa al trono, diría que se mofaba con esa pintura de su misión de pintor de cámara.

EL REY.—] Es una pintura de las infantas.

NARDI.—Pero... nada respetuosa... La falta de solemnidad en sus actitudes las hace parecer simples damas de la Corte; los servidores, los enanos y hasta el mismo perro parecen no menos importantes que ellas... *(EL REY vuelve a sentarse.* NARDI *titubea, mas sigue hablando.)* Tampoco se escoge el adecuado país para el fondo, o [al menos] el lugar palatino que corresponda a la grandeza de vuestras reales hijas, sino un destartalado obrador de pintura con un gran bastidor bien visible porque..., porque....

EL REY.—Continuad.

EL MARQUÉS.—Con la venia de vuestra majestad lo haré yo, pues sé lo que la prudencia del maestro vacila en decir. [Un gan bastidor en el que el propio «sevillano» se pinta.] Lo más intolerable de esa pintura es que representa la glorificación de Velázquez pintada por el propio Velázquez. Y sus altezas, y todos los demás, están de visita en el obrador de ese fatuo.

[NARDI.—Más bien resulta por ello un cuadro de criados insolentes que de personas reales, señor.

EL MARQUÉS.—Justo. Y donde el más soberbio de ellos, con los pinceles en la mano, confirma la desmesurada idea que de sí mismo tiene.]

NARDI.—Confío en que don Diego no llegará a pintarlo en tamaño tan solemne; pues sería, si vuestra majestad me consiente un símil literario, como si don Pedro Calderón hubiese escrito una de sus grandes comedias... en prosa.

EL MARQUÉS.—No confío yo tanto en la cordura de un hombre que acaso ha osado en su fuero interno creerse no inferior ni a la suprema grandeza de vuestra majestad.

EL REY.—*(Airado.)* ¿Qué?

EL MARQUÉS.—Parece que él mismo ha dicho, señor, que sus majestades se reflejarían en el espejo. No ha encontrado lugar más mezquino para vuestras majestades en el cuadro, mientras él mismo se retrata en gran tamaño. No me sorprende: yo nunca oí a Velázquez, y dudo que vuestra majestad los haya oído, aquellos justos elogios que el amor del vasallo debe a tan excelso monarca y que le han prodigado ingenios en nada inferiores a Velázquez. *(EL REY los mira a los dos, pensativo. La infanta* MARÍA TERESA *entra por las cortinas del centro.)* Su alteza real, señor.

> *(EL REY se levanta. EL MARQUÉS y NARDI se inclinan y se separan con respeto. La infanta*

*baja los peldaños, se acerca y besa la mano de
su padre.)*

EL REY.—¿Y vuestro séquito?

MARÍA TERESA.—Preferí buscaros sola, señor.

EL REY.—Hija mía, ¿no podríais mostrar más cordura?

MARÍA TERESA.—¿Puedo recordaros que me habíais prometido dejarme asistir a vuestro real Consejo? Mis deseos de cordura son grandes, señor; justamente por ello osé pedíroslo.

[EL REY.— *(Con un suspiro de impaciencia.)* Los tristes negocios del que hoy he celebrado hubieran causado pesadumbre a una niña como vos.

MARÍA TERESA.—Nunca dejaré así de ser niña, padre mío.]

EL REY.—Apartaos, señores. *(EL MARQUÉS y NARDI se sitúan más lejos.)* [La reina y vos sois mis dos niñas, por cuya dicha debo yo soportar la carga del Estado... Volved con ella y disfrutad de vuestra bendita ignorancia. No me disgustéis.]

MARÍA TERESA.—Erráis, señor, si me creéis moza para saber tristezas que, de todos modos, llego a saber. En Palacio todo se sabe: que hemos perdido la saca de la plata, que no hay dinero, que el país tiene hambre, que la guerra va mal...

EL REY.—¿En esas cosas pensáis? Vuestros deberes son el rezo y las honestas diversiones de vuestra alcurnia. ¡No lo olvidéis!

MARÍA TERESA.—¡Padre mío, sólo quiero ayudaros! [¡En Palacio se saben cosas que tal vez nadie osa deciros!

EL REY.—*(Frío.)* ¿Cuáles?

MARÍA TERESA.—] ¿Sabéis que hace tres días nadie comió en Palacio salvo nuestra familia?

EL REY.—¿Qué decís?

MARÍA TERESA.—[No había manjares porque a los mercaderes ya no se les paga.] Y ayer mismo, a la señora reina no pudieron servirle su confitura cuando la pidió.

Hubieron de ir por ella con unos reales que ofreció entre risas un bufón: Manolillo de Gante.

(Un silencio.)

EL REY.—¡Marqués!
EL MARQUÉS.—Señor...

(Se acerca.)

EL REY.—¿Cómo faltó ayer la confitura en la mesa de la señora reina?
EL MARQUÉS.—Perdonad, señor. Fue una negligencia del sumiller. Ya ha sido castigado.
EL REY.—¿Es cierto que hace tres días no hubo de comer en Palacio?
[EL MARQUÉS.—Nada faltó al servicio de vuestra majestad, que yo sepa.
EL REY.—¿Y a los demás?]
EL MARQUÉS.—Hablábamos antes de la sordidez de los mercaderes, señor. Pero yo me tendría en muy poco si no supiese arbitrar los debidos recursos. El abastecimiento está ya asegurado.
EL REY.—¿De qué modo?
EL MARQUÉS.—Medidas de excepción, señor, contra... los mercaderes.

*(*EL REY *baja la cabeza.)*

EL REY.—Retiraos. *(*EL MARQUÉS *se inclina y vuelve con* NARDI.*)* Ya veis que las cosas no van tan mal... Dejad que vuestro padre vaya afrontando dificultades que siempre hubo...
MARÍA TERESA.—¡Padre mío, atreveos! ¡Elegid a otros consejeros!
EL REY.—¡No intentéis enseñarme cómo se elige a los servidores! Si no corregís vuestras rarezas, será mejor que entréis en religión.

MARÍA TERESA.—*(Se yergue.)* Señor: la paz con Francia puede depender de mi enlace con el rey Luis.

EL REY.—Pero acaso no haya paz con Francia.

MARÍA TERESA.—Si Dios no os concede hijo varón, soy yo la heredera de vuestra corona.

EL REY.—*(Iracundo.)* De ahí viene todo, ¿no? ¿Preparáis ya a mis espaldas vuestra pequeña Corte? ¡El convento será con vos si volvéis a incurrir en mi cólera!

MARÍA TERESA.—Quizá desee el convento más de lo que pensáis. Quizá desde él podría deciros con más autoridad que os guardéis de los malos servidores, padre mío... y de todos los placeres que no os dejan atender los negocios del reino.

EL REY.—*(Colérico.)* ¿Qué?... ¡Fuera de mi presencia! *(La infanta, llorosa, hace su genuflexión y sale por la derecha.* EL REY, *turbado, va al centro de la escena, donde permanece pensativo. Al cabo de un momento, dice:)* ¿Dónde teníamos que ir, marqués?

EL MARQUÉS.—*(Se acerca.)* Al obrador de los pintores, señor.

EL REY.—*(Débil.)* Ah, sí. Velázquez. Pues vamos.

(Pero no se mueve.)

EL MARQUÉS.—*(A media voz.)* Ujier... *(El ujier reaparece y, ante una seña del* MARQUÉS, *recoge el sillón y sale.)* Cuando vuestra majestad disponga.

EL REY.—*(Mira hacia donde salió su hija.)* Si volviese a tener hijo varón, otro sería mi ánimo, marqués. La reina ha vuelto a sospechar.

EL MARQUÉS.—La Corte entera lo celebra, señor.

EL REY.—Pero tal vez se malogre, como sucedió con tantos otros...

[EL MARQUÉS.—*(Con maliciosa sonrisa.)* ¿Debo recordar a vuestra majestad los hijos de su sangre que... no se han malogrado?

EL REY.—No me recordéis mis pecados, marqués. *(Pero sonríe, melancólico.)* Sin embargo, sí: debe de estar en ella la causa y no en mí. ¡Es tan niña aún!

EL MARQUÉS.—Vuestro tierno afecto la ha hecho florecer, señor. Tened por cierto que os dará un príncipe que será el asombro de los siglos.

EL REY.—] Mandé traer de la capilla el báculo de Santo Domingo de Silos y la cinta de San Juan de Ortega, que afirman ser infalibles en estos casos.

EL MARQUÉS.—Añadid a esas veneradas reliquias todas las atenciones que la reina nuestra señora apetezca. Creo, señor, que es la hora de hacer en el Buen Retiro el jardín que os pidió: no se la debe contrariar en nada.

EL REY.—Sería hermoso para ella... Cinco fuentes, numerosas estatuas... ¡Pero cuesta cien mil ducados!

EL MARQUÉS.—El dinero llegará mientras se inician los trabajos.

(Las cortinas se descorren.)

EL REY.—*(Lo piensa.)* Sí. Le debo esa alegría. Mañana le diré a don Luis de Haro que extienda los libramientos. Vamos a ver a Velázquez. *(Se vuelve y llega a los peldaños.)* Gracias, Nardi. Podéis retiraros.

> *(*NARDI *se inclina y sale por la izquierda. Descorridas las cortinas, aparece el obrador y en él* VELAZQUEZ, *de espaldas al caballete y de cara al proscenio, aguardando inmóvil. Su sombrero, capa y espada descansan sobre la consola del fondo.* EL REY *sube los peldaños, seguido del* MARQUÉS. VELÁZQUEZ *se arrodilla.* EL REY *llega junto a* VELÁZQUEZ, *que besa su mano.)*

EL REY.—Alzad.

> *(*VELÁZQUEZ *se levanta mirando de reojo al* MARQUÉS. EL REY *mira el boceto. Un silencio.)*

VELÁZQUEZ.—¿Puedo pintar el cuadro, señor?
EL REY.—Aguardadme en el rellano, marqués. *(*EL

MARQUÉS *sale, entre reverencias, por la derecha del fondo, cerrando. Una pausa.* EL REY *avanza mientras habla para sentarse en el sillón.)* Vuestra pintura me complace más que ninguna otra. Mas ese cuadro, en verdad, es extraño. [Yo mismo pinto, don Diego]. ¿Creéis vos que entiendo de pintura?

VELÁZQUEZ.—Vuestra majestad ha sabido amar y proteger como pocos reyes a todas las artes.

EL REY.—¿Con discernimiento?

VELÁZQUEZ.—*(Lo piensa.)* Vuestra majestad gusta de mi pintura. Hay pintores que la aborrecen. Vuestra majestad entiende más que ellos.

EL REY.—Sentaos a mi lado.

VELÁZQUEZ.—Con la venia de vuestra majestad.

(Lo hace.)

EL REY.—Si tuviese que aclarar al marqués la causa de mi afición a vos, apenas podría decirle otra cosa que ésta: mi pintor de cámara me intriga. Hace... ¿cuántos años que estáis a mi lado?

VELÁZQUEZ.—Treinta y tres, señor.

EL REY.—Hace todos esos años que espero de él un elogio rendido. Todos dicen que soy el monarca más grande del orbe: él calla.

VELÁZQUEZ.—No soy hombre de bellas palabras y vuestra majestad tiene ya muchos que cantan sus alabanzas. ¿Por qué había de ser yo uno más en el coro?

EL REY.—Hemos envejecido juntos, don Diego. Os tengo verdadero afecto. [¿Qué intención encierra ese cuadro?

VELÁZQUEZ.—Representa... una de las verdades del Palacio, señor.

EL REY.—¿Cuál?

VELÁZQUEZ.—No sé cómo decir... Yo creo que la verdad... está en esos momentos sencillos más que en la etiqueta... Entonces, todo puede amarse... El perro, los enanos, la niña...

EL REY.—¿Os referís a la infanta Margarita?

VELÁZQUEZ.—Sí, majestad.

EL REY.—¿No es más que una niña para vos?

VELÁZQUEZ.—Es nada menos que una niña. Su alteza es una linda niña.

EL REY.—Siempre me contradecís suavemente.

VELÁZQUEZ.—No, majestad. Es que vuestra majestad me honra permitiéndome el diálogo.

EL REY.—*(Severo.)* Seguís contradiciéndome.

VELÁZQUEZ.—Perdón, señor. Creí que el diálogo continuaba.

EL REY.—] ¿Qué me diríais si os concediese un hábito militar? *(VELÁZQUEZ ríe.)* ¿Os reís? Yo esperaba al fin unas rendidas palabras.

VELÁZQUEZ.—Perdón, señor. Me reía de algunos que lo llevan.

EL REY.—Alguna vez me insinuasteis que deseabais entrar en una Orden militar.

VELÁZQUEZ.—Cierto, señor. Puesto que la verdadera hidalguía no siempre se reconoce y puesto que, para algunos, un pintor no es más que un criado, deseo una cruz para mi pecho.

EL REY.—¿Cuál?

VELÁZQUEZ.—Podría ser Santiago, señor. *(Ríe.)* Y me vería muy honrado si el señor marqués fuese mi padrino.

(EL REY *se levanta y* VELÁZQUEZ *también.* EL REY *da unos paseos.)*

EL REY.—¿Habéis sido infiel alguna vez a vuestra esposa?

VELÁZQUEZ.—*(Perplejo.)* Creo que... no, señor.

EL REY.—¿No os inquietan las mujeres?

VELÁZQUEZ.—Yo... amo a mi esposa, señor.

EL REY.—¿Queréis decir que yo no amo a la mía? *(Un silencio.)* ¡Responded!

VELÁZQUEZ.—El Cielo me libre de juzgar los sentimientos de vuestra majestad.

EL REY.—¿Entonces?

VELÁZQUEZ.—Las mujeres aún me atraen, señor. Pero... me parece tan grave tomar todo eso a juego... El hombre se satisface y acaso deja detrás una madre y un hijo que pueden padecer y llorar por ese momento de deleite... No. No podría.

EL REY.—Somos de barro. Mas si esos niños pueden ser alimentados y esas mujeres atendidas... Es un pecado, ya lo sé; pero al menos...

VELÁZQUEZ.—Es que no sólo han menester el dinero, señor. Hay que darles afecto.

EL REY.—*(Lo mira con ojos sombríos y va luego al boceto, que contempla. Musita.)* Triste vida.

VELÁZQUEZ.—¿Puedo pintar el cuadro, señor?

EL REY.—*(Lo mira con resentida expresión.)* Aún no lo tengo decidido.

> *(Se cala el sombrero y se encamina, brusco, hacia el fondo.* VELÁZQUEZ *se arrodilla.* EL REY *abre la puerta de la derecha y sale.* EL MARQUÉS *lo esperaba en el rellano y se inclina. Desaparecen los dos. Se oye de inmediato un golpe de alabarda y el grito de un centinela: «¡EL REY!»* VELÁZQUEZ *se levanta mirando a la puerta. Un guardia más lejano repite: «¡EL REY!»* VELÁZQUEZ *coge de improviso el boceto y lo alza, en el iracundo ademán de estrellarlo contra el suelo. Un tercer grito, muy lejano ya, de otro centinela, se deja oír. Al tiempo, la puerta de la izquierda del fondo se abre y entra* NIETO.*)*

NIETO.—¿Qué os sucede, primo?

VELÁZQUEZ.—¿Eh?... Nada. Pensaba una postura.

*(Deposita suavemente la tela sobre el caballe-
te. NIETO avanza.)*

NIETO.—¿Cuándo comenzáis el cuadro grande?
VELÁZQUEZ.—No lo sé.
NIETO.—¿Lo aprobó ya su majestad?
VELÁZQUEZ.—No.

*(Cruza para ordenar algunos tarros y pinceles
en el bufete. Miranto a todos lados con pre-
caución, NIETO avanza y baja la voz.)*

NIETO.—Poned cuidado, primo. Tenéis enemigos pode-
rosos. No debo nombrarlos. Pero sé que traman algo contra vos.
VELÁZQUEZ.—*(Le oprime un brazo con afecto.)* Gracias. Sé quiénes son.
NIETO.—*(Suspira.)* Quizá no conocéis al peor de todos...
VELÁZQUEZ.—¿A quién os referís?
[NIETO.—*(Baja los ojos.)* Don Diego: a veces Nuestro
señor elige la más indigna de las voces para hacernos oír
un aviso. Escuchad por una vez mis palabras con humildad. ¡Os lo ruego por la preciosa sangre de Jesús!
VELÁZQUEZ.—No os comprendo.
NIETO.—¿No habéis pensado que tal vez el más temible de los enemigos puede estar jugando con vos para
perderos?
VELÁZQUEZ.—¿Quién?]
NIETO.—No me refiero a ninguno de carne y hueso,
sino... al Enemigo.
VELÁZQUEZ.—¡Ah, ya! *(Sonríe.)* Siempre viendo diable-
jos por los rincones, mi buen primo.
NIETO.—*(Muy serio.)* No sé si reparáis en que él... nos
escucha ahora.
VELÁZQUEZ.—*(Lo considera un momento.)* Pues claro,
primo: el Señor nos valga contra él siempre. Mas no sé
que esté yo en peligro mayor que el habitual...
NIETO.—Veréis: yo no hallo nada reprobable en ese

cuadro que tanto se comenta. Sólo lo encuentro... ¿Cómo diré? Indiferente.

VELÁZQUEZ.—*(Va a sentarse al sillón.)* ¡Hola! ¡Eso es muy agudo! ¿Qué entendéis por una pintura que no sea indiferente?

NIETO.—Una de santos, pongo por caso. Vos habéis pintado algunas muy bellas.

VELÁZQUEZ.—Y pintaré algunas más, no lo dudéis.

NIETO.—*(Exaltado.)* ¡Me alegra eso que decís! ¡Elegid como pintor el buen camino! Pensad bien estos días antes de comenzar otras obras o arrepentíos, si por acaso... acariciasteis ya la idea de ejecutar alguna pintura irreverente, o alguna mitología sobrado profana...

VELÁZQUEZ.—*(Ríe.)* [Calmad vuestros escrúpulos, primo.] Olvidáis que, aunque quisiera, mal podría pintar mitologías sobrado profanas. Está prohibido.

NIETO.—*(Lo mira fijamente).* En efecto: está prohibido.

VELÁZQUEZ.—Por consiguiente, no hay peligro. *(Ve a* PAREJA *que, conduciendo a* PEDRO, *apareció en la derecha del fondo. Se levanta y marcha presuroso hacia los recién llegados.)* Gracias, Juan. *(A* PEDRO.*)* Venid vos acá. *(*PAREJA *saluda y vuelve a salir, cerrando.)* VELÁZQUEZ *conduce a* PEDRO *al primer término.)* ¿Estáis cansado?

PEDRO.—Un poco.

VELÁZQUEZ.—Sentaos. *(Lo sienta en el sillón. A* NIETO.*)* Hará buen modelo. Tiene una cabeza valiente.

NIETO.—Os dejo.

VELÁZQUEZ.—*(Frío.)* No me estorbáis.

(Cruza y busca carbones en el bufete.)

NIETO.—Yo sólo quise haceros una advertencia... por vuestro bien. Confío en que la meditéis.

VELÁZQUEZ.—Por supuesto. Sabré guardarme de todo género de enemigos.

NIETO.—*(Vacila; no acierta a despedirse.)* Creo que nunca vi a este hombre... ¿Acaso es el bufón que iban a traer?

VELÁZQUEZ.—*(Ríe.)* ¿El bufón? Yo lo conozco poco... Preguntádselo a él.

NIETO.—*(Desconcertado, a* PEDRO.*)* ¿Sois vos el nuevo hombre de placer de Palacio?

PEDRO.—Temo no ser lo bastante deforme.

(VELÁZQUEZ *reprime una sonrisa.)*

NIETO.—*(Perplejo.)* No, no es él... Dios os guarde, primo.

VELÁZQUEZ.—Él sea con vos, primo. *(*NIETO *sale por la derecha del fondo y cierra la puerta.* VELÁZQUEZ *suelta en seguida el carboncillo.)* Ya estamos solos. ¿Queréis ver mi borrón?

PEDRO.—Llevadme.

(Se levanta. Apoyado en VELÁZQUEZ, *llega al caballete.)*

VELÁZQUEZ.—Está oscureciendo... Abriré otro balcón.

PEDRO.—No lo hagáis... Mis ojos ven mejor así. *(Una larga pausa.* PEDRO *está contemplando el boceto con gran atención. Tras el balcón exterior de la derecha se sienta, oculta a medias por el batiente, D.ª* ISABEL *con su vihuela y comienza a pulsar la* Fantasía *de Fuenllana. D.ª* AGUSTINA, *con aire soñador, se recuesta en el otro lado.* PEDRO *se aleja para ver mejor.)* Pobre animal... está cansado. Recuerda a un león, pero el león español ya no es más que un perro.

VELÁZQUEZ.—*(Asiente.)* Lo curioso es que le llaman León.

PEDRO.—No es curioso: es fatal. Nos conformamos ya con los nombres. *(Una pausa.)* Sí, creo que comprendo. *(*VELÁZQUEZ *emite un suspiro de gratitud.)* Un cuadro sereno: pero con toda la tristeza de España dentro. Quien vea a estos seres comprenderá lo irremediablemente condenados al dolor que están. Son fantasmas vivos de personas cuya verdad es la muerte. Quien los mire mañana lo advertirá con espanto... Sí, con espanto, pues llegará un momento, como a mí me sucede ahora, en que ya no sabrá si es él el fantasma ante las miradas de estas figuras... Y querrá salvarse con ellas, embarcarse en el navío inmóvil de esta sala, puesto que ellas lo miran, puesto que él está ya en el cuadro cuando lo miran... Y tal vez, mientras busca su propia cara en el espejo del fondo, se salve por un momento de morir. *(Se oprime los ojos con los dedos.)* Perdonad... Debería hablaros de los colores como un pintor, más ya no puedo. Apenas veo... Habré dicho cosas muy torpes de vuestra pintura. He llegado tarde para gozar de ella.

VELÁZQUEZ.—*(Que lo oyó con emoción profunda.)* No, Pedro. Esta tela os esperaba. Vuestros ojos funden la crudeza del bosquejo y ven ya el cuadro grande... tal como yo intentaré pintarlo. Un cuadro de pobres seres salvados por la luz... He llegado a sospechar que la forma misma de Dios, si alguna tiene, sería la luz... Ella me cura de todas las insanias del mundo. De pronto, veo... y me invade la paz.

PEDRO.—¿Veis?

VELÁZQUEZ.—Cualquier cosa: un rincón, el perfil coloreado de una cara... y me posee una emoción terrible y, al tiempo, una calma total. Luego, eso pasa... y no sé cómo he podido gozar de tanta belleza en medio de tanto dolor.

PEDRO.—Porque sois pintor.

VELÁZQUEZ.—¿Por qué no habéis pintado, Pedro? Vuestros ojos apagados sienten la pintura mejor que los míos. Me llenáis de humildad.

> *(La vihuela calla. Las dos meninas departen en voz baja.)*

PEDRO.—Estoy cansado. No veo... *(Mientras* VELÁZQUEZ *lo conduce al sillón.)* Yo fui de criado a Salamanca con un estudiante noble. Su padre pagaba mis estudios y yo le servía... Allí, siempre que podía, me iba al obrador del maestro Espinosa. Un pintor sin fama... ¿Sabéis de él?

VELÁZQUEZ.—No.

PEDRO.—*(Se sienta.)* Mis padres eran unos pobres labriegos... A los tres años de estudiar, el maestro Espinosa logró convencerles de que me pusieran con él de aprendiz... Cuando íbamos a convenirlo, mi señor robó una noche cien ducados para sus caprichos a otro estudiante. Registraron y me los encontraron a mí.

VELÁZQUEZ.—¿A vos?

PEDRO.—Los puso él en mi valija para salvarse. Me dieron tormento: yo no podía acusar al hijo de quien me había favorecido... Sólo podía negar y no me creyeron. Hube de remar seis años en galeras.

VELÁZQUEZ.—Dios santo...

PEDRO.—El mar es muy bello, don Diego; pero el remo no es un pincel. Al salir de galeras, quedan pocas ganas de pintar y hay que ganar el pan como se pueda. Volví a mi pueblo: allí sufrí once años. Hasta mis padres me creían un ladrón. Cuando empezó la guerra en Flandes, me alisté. Me dije: allí me haré otro hombre. Pero la guerra, de cerca... ¡Puaj!... ¿Nadie nos escucha?

VELÁZQUEZ.—No.

(Las meninas desaparecen, hablando, del balcón.)

PEDRO.—*(Sonríe).* Me pareció oír ruido.

VELÁZQUEZ.—*(Se sienta a su lado.)* Proseguid.

PEDRO.—¿Para qué? He vivido como he podido. No tuve tiempo para pintar.

VELÁZQUEZ.—Me siento en deuda con vos.

PEDRO.—Alguien tenía que pintar lo que vos habéis pintado, y yo no lo habría hecho mejor.

VELÁZQUEZ.—Si el pago de ello ha sido el dolor de toda vuestra vida... ya no me place.

PEDRO.—Y ¿quién os dice que lo toméis como un placer? También vos habéis pintado desde vuestro dolor, y vuestra pintura muestra que aun en Palacio se puede abrir los ojos, si se quiere. Pintar es vuestro privilegio: no lo maldigáis. Sólo quien ve la belleza del mundo puede comprender lo intolerable de su dolor.

VELÁZQUEZ.—Entonces... ¿me absolvéis?

PEDRO.—*(Sonríe.)* Sois más grande que yo, don Diego.

(De pronto se dobla sobre sí mismo; su cara se contrae.)

VELÁZQUEZ.—¿Os sentís mal? *(Se levanta y corre al bufetillo, donde llena un búcaro.* PEDRO *gime.* VELÁZQUEZ *vuelve a su lado y le da de beber.)* Hoy llamaré al médico para que os vea. Nada os faltará mientras yo viva.

PEDRO.—*(Sonríe.)* ¿Vais a cobijar a un licenciado de galeras?

VELÁZQUEZ.—*(Vuelve al bufetillo con el búcaro.)* Esa cuenta ya está saldada.

PEDRO.—No decidáis tan presto. *(*VELÁZQUEZ *se vuelve y lo mira.)* Pero... ¿nadie nos escucha?

VELÁZQUEZ.—Desde aquellas puertas no pueden oír. Miraré en ésta. *(Abre la puerta de la izquierda y mira. Cierra.)* Los pintores se han ido.

PEDRO.—Acercaos: he de deciros algo... Erais un mozo cuando sucedió. En Flandes... En una de las banderas españolas. No en la mía, no... En otra. El país aún no estaba agotado y se podía encontrar vianda. Pero los soldados pasaban hambre. Les había caído en suerte un mal capitán; se llamaba... *(Ríe)* ¡Bah! Olvidé el nombre de aquel pobre diablo. No pagaba a los soldados y robaba en el abastecimiento. Si alguno se quejaba, lo mandaba apalear sin piedad. Se hablaba en la bandera de elevar una queja al maestre de campo, pero no se atrevían. Quejarse suele dar mal resultado... Un día dieron de palos a tres piqueros que merodeaban por la cocina y uno de ellos murió. Entonces el alférez de la bandera se apostó en el camino del capitán... y lo mató. *(*VELÁZQUEZ *retrocede, espantado.)* ¡Lo mató en duelo leal, don Diego! Era un mozo humilde que había ascendido por sus méritos. Un hombre sin cautela, que no podía sufrir la injusticia allí donde la hallaba. Pero mató a su jefe... y tuvo que huir. *(Una pausa.)* Si vive, presumo lo que habrá sido de él. En Lorca se han levantado más de mil hombres contra los impuestos. En la Rioja mataron a dos jueces en febrero por la imposición del vino.

En Galicia los labriegos han quemado todo el papel sella-
do porque han vuelto a gravarles el aceite... En Palencia
quemaron la cosecha antes de entregarla... El país entero
muere de hambre, don Diego. Y, como en Flandes, le res-
ponden con palos, con ejecuciones... No, no creo que aquel
alférez haya permanecido lejos de esos dolores mientras
sus fuerzas le hayan alcanzado. Porque debe de ser muy
anciano. Estará ya cansado, deseoso de morir tranquilo
como un perro en su yacija... Si alguien le amparase, sería su cómplice y correría grave riesgo.

*(Un gran silencio. VELÁZQUEZ lo mira fi-
jamente.)*

VELÁZQUEZ.—Vamos a casa. (PEDRO *llora.* VELÁZ-
QUEZ *se acerca y lo levanta.)* Apoyaos en mí.

(Caminan hacia el fondo.)

PEDRO.—*(Llorando.)* Estoy viejo. Disculpad...

*(Llegan al fondo. VELÁZQUEZ recoge sus pren-
das y abre la puerta, por la que sale con PE-
DRO, dejándola abierta para seguir sostenién-
dolo. Una breve pausa. Las maderas del segundo balcón crujen y se separan. Tras ellas
aparece NICOLASILLO PERTUSATO, que espía
hacia todos lados y al fin sale corriendo. Se detiene un segundo ante el caballete y, con despectivo gruñido, le saca la lengua al boceto.
Entonces oye voces. Es la plática confusa que
tienen EL MARQUÉS y D.ª MARCELA DE
ULLOA mientras bajan por las escaleras del
fondo. Al ver abierta la puerta del obrador, se
detienen.)*

D.ª MARCELA.—¡Chist! Está abierto.

(EL MARQUÉS se adelanta y echa una ojeada

desde la puerta. NICOLASILLO *se disimula tras el caballete.)*

EL MARQUÉS.—No hay nadie. Gracias por vuestra confidencia, doña Marcela. Confiad en mí.

(Van a irse. NICOLASILLO *se adelanta.)*

NICOLASILLO.—Excelencia.

EL MARQUÉS.—*(Retrocede.)* ¿Qué haces tú aquí?

NICOLASILLO.—Deseo hablar con vuecelencia. Es importante.

(Se miran. Las cortinas se corren ante ellos y nos trasladan a la casa de VELÁZQUEZ. *Oscurece. En el balcón de la derecha se ve cruzar a* D.ª ISABEL DE VELASCO *llevando un velón encendido. El interior queda iluminado.* D.ª JUANA *entra por la puerta izquierda con un velón que deja sobre el bufetillo y habla hacia la puerta.)*

D.ª JUANA.—Disponed la mesa. Don Diego no tardará.

(Al volverse se encuentra con su marido y con PEDRO, *que entran por las cortinas.)*

VELÁZQUEZ.—Juana, tomo a este hombre para modelo. Vivirá en casa.

D.ª JUANA.—¿Aquí?

VELÁZQUEZ.—Que dispongan para él la bovedilla y hazle plato de nuestra olla en la cocina.

D.ª JUANA.—*(Estupefacta.)* La bovedilla, Diego, está llena de bultos...

VELÁZQUEZ.—*(Sonríe.)* Por eso es menester que lo hagas sin demora.

(Se miran. D.ª JUANA *quiere negarse y no acierta.)*

D.ª JUANA.—*(Seca.)* Como tú mandes.

(Y sale, roja, por la izquierda.)

PEDRO.—*(Menea la cabeza.)* Don Diego, yo nunca he tenido mujer, ni hijos. Tampoco pudo ser. No me perdonaría que riñeseis con vuestra mujer por mi culpa.

VELÁZQUEZ.—No habrá tal riña y mi familia llegará a ser la vuestra. ¡Por Dios que lo será!

D.ª JUANA.—*(Voz de.)* Ea, vosotras dos a la bovedilla. Sacáis todo y lo dejáis en el corredor. Mañana se verá dónde se pone... ¿Eh?... No es menestar fregar el suelo. Metéis el catre pequeño. Las sábanas, morenas... No, tampoco... ¿Un candil? ¿Para que se caiga y nos quememos todos? ¡Ni pensarlo! ¡Ea, subid presto!... *(*VELÁZQUEZ *ha escuchado con gesto duro,* D.ª JUANA *entra.)* Si queréis comer, ya tenéis plato en la cocina.

PEDRO.—Dios os pague la caridad, señora.

D.ª JUANA.—Agradecedlo a mi esposo.

PEDRO.—No os mováis, señora. Conozco el camino.

(Sale por la izquierda. VELÁZQUEZ *se sienta.)*

VELÁZQUEZ.—Te ruego que trates a ese hombre con más agrado.

D.ª JUANA.—¿No es mucho pedir?

VELÁZQUEZ.—Mañana fregarán la bovedilla y le pondrás candil. Quiero también que le des alguna ropa. Está desnudo.

D.ª JUANA.—Si no es más que eso...

VELÁZQUEZ.—Siéntate aquí, Juana.

D.ª JUANA.—Tengo que hacer.

(Va a salir.)

VELÁZQUEZ.—¡Juana! *(*D.ª JUANA *se detiene, temblán-*

dole la barbilla. VELÁZQUEZ *se levanta y va a su lado.)*
Tú siempre has sido compasiva... ¿No vas a apiadarte de
un pobre viejo que no tiene adonde ir?

D.ª JUANA.—Asustará a los niños...

VELÁZQUEZ.—Es a ti a quien asusta.

D.ª JUANA.—Puede ser un ladrón, puede contagiarnos
algún mal...

VELÁZQUEZ.—No tiene otro mal que sus años.

D.ª JUANA.—¡Piénsalo, Diego! ¿Cómo sabes que no es
el Enemigo mismo?

VELÁZQUEZ.—¡Juana, voy a prohibirte que hables con
nuestro primo!

D.ª JUANA.—¡Estás hechizado, estás embrujado y no
lo sabes!

VELÁZQUEZ.—¡No digas locuras!

D.ª JUANA.—*(Grita.)* ¡Despide a ese hombre!

VELÁZQUEZ.—¡No grites! Y escucha: tienes que aprender a estimar a ese hombre porque... porque... es la persona que más me importa hoy en el mundo.

D.ª JUANA.—*(Grita.)* ¿Más que yo?

VELÁZQUEZ.—*(Se oprime con fuerza las manos.)* ¡De
otro modo! ¡Yo te aclararé!

D.ª JUANA.—*(Señala llorosa.)* ¡Otra vez tus manos!...

VELÁZQUEZ.—*(Las separa con un gesto casi amenazante.)* ¡Basta!

(Y sale por la izquierda.)

D.ª JUANA.—¡Diego, ten piedad de mí! ¡Despídelo! ¡Te
lo pido porque te quiero bien!...

*(*VELÁZQUEZ *vuelve a entrar.)*

VELÁZQUEZ.—¿Dónde está?

D.ª JUANA.—En la cocina.

VELÁZQUEZ.—No está allí. Te habrá oído. Habrá salido por el postigo.

(Va a salir.)

D.ª JUANA.—¡Dios lo ha hecho, Diego!

(PEDRO *sale por el portal y da unos pasos vacilantes.*)

VELÁZQUEZ.—Si no lo encuentro, Juana, nunca te lo perdonaré.

D.ª JUANA.—¡Diego!...

VELÁZQUEZ.—Nunca.

(*Sale por la izquierda.*)

D.ª JUANA.—(*Toma el velón y sale tras él.*) ¡Diego!...

(PEDRO *cruza la escena. Su inseguro caminar denota lo mal que ve.*)

PEDRO.—Martín... (*Busca, sin esperanza.*) ¡Martín!

(*Se detiene, jadeante. Tras los hierros del balcón de la derecha* D.ª ISABEL *y* D.ª AGUSTINA *se reúnen.*)

D.ª ISABEL.—La señora infanta se ha dormido. ¡Venid al balcón! (*Salen al balcón.*) Dicen que esta noche ha de verse un globo de fuego sobre Madrid. Lo supo en sueños una monja de San Plácido.

D.ª AGUSTINA.—¿Sí?

D.ª ISABEL.—Es señal cierta de que la señora reina tendrá un hijo varón que reinará en el mundo.

(*Miran al cielo.*)

D.ª AGUSTINA.—¡Si lo viéramos!...

PEDRO.—¡Martín!...

D.ª ISABEL.—¿Quién es?

D.ª AGUSTINA.—Será un borracho... (*Vuelven a mirar*

al cielo. VELÁZQUEZ *sale de su portal y mira a todos la-dos. Despacio, se acerca a* PEDRO.*)* ¡Mirad!

D.ª ISABEL.—¿Qué?

D.ª AGUSTINA.—¿No es aquello? ¿No es aquello el globo de fuego?

(D.ª JUANA *sale al portal y, alzando el velón, trata de divisar a su marido.)*

D.ª ISABEL.—¡Sí!... ¡Creo que lo veo!...

VELÁZQUEZ.—Volved a casa, Pedro.

PEDRO.—Dejadme, don Diego.

VELÁZQUEZ.—No. Yo nos os puedo dejar. Venid. Dadme la mano.

(PEDRO *se la tiende tímidamente. Ante la tras-tornada mirada de su esposa,* VELÁZQUEZ *la oprime, conmovido. Así permanecen un mo-mento, mientras las dos meninas, arrobadas, tratan de ver algo en el cielo.)*

TELÓN

PARTE SEGUNDA

(Antes de alzarse el telón, se oyen las dulces notas de la primera Pavana *de Milán. Es media tarde. La escena central presenta el obrador. La puerta del fondo está entornada. Sentada con su vihuela a la ventana enrejada de la derecha,* D.ª ISABEL *se deleita con la música.* PEDRO y MARTÍN *están sentados en las gradas.* PEDRO *viste sencillas y limpias ropas de criado. Con la expresión ausente, mira el vacío.)*

MARTÍN.—¿La oyes? Parece un canario en su jaula. No las envidio, no: cuando no tocan, bostezan. Así es Palacio. ¿Qué piensas?

PEDRO.—En ese cuadro... No podrá pagarse con toda la luz del mundo.

MARTÍN.—*(Irritado.)* ¡No sé cuántas simplezas te tengo oídas ya de ese cuadro! ¿Qué sabes tú de él, si ves menos que un topo?

PEDRO.—Pero lo veo.

MARTÍN.—¡Ya me lo trastornaron ahí dentro, damas y caballeros! No hay como llenar la andorga para volverse imbécil. ¿Se te han ido al menos las calenturas?

PEDRO.—No se van. Me sangraron pero no sirvió de nada. ¿Y tú, cómo vives?

MARTÍN.—*(Se encoge de hombros y muestra la soga.)*

Trabajo en lo de siempre... Poco, porque han vuelto a subir las alcabalas y todo va mal... ¿Te acuerdas de aquella letrilla de los tiempos del conde-duque? Ahora vuelve a decirse.

PEDRO.—¿Cuál?

MARTÍN.—*Ya el pueblo doliente*
llega a sospechar
no le echen gabelas
por el respirar.

(Ríen. D.ª AGUSTINA aparece en la ventana enrejada.)

D.ª AGUSTINA.—[¡Daos prisa!] ¡La infantita despertó de su siesta!

D.ª ISABEL.—Vamos.

(Se levanta y desaparecen las dos.)

PEDRO.—¿Quieres que hable por ti a don Diego?

MARTÍN.—Más adelante... Todavía me defiendo.

(Se levanta.)

PEDRO.—Vuelve después. Tendré algo para ti.

(Se levanta. Se encaminan los dos al portal. D.ª JUANA asoma al balcón.)

D.ª JUANA.—¡Pablo!

PEDRO.—Voy, señora.

(D.ª JUANA los mira suspicaz y se retira.)

MARTÍN.—Ya te han puesto el pesebre, ¿eh?

(Se relame.)

PEDRO.—No me quiere bien. Es buena... Pero tonta. Yo sí la quiero bien.

MARTÍN.—Ríete de lo demás si te ponen el pesebre.

PEDRO.—Lo demás... Martín, yo hubiera dado cualquier cosa por tener una mujer como ella.

MARTÍN.—*(Se lleva las manos a la cabeza.)* ¡Loco de atar! ¿A tus años piensas en casorios? ¡No se te puede oír con calma! ¡Le quitas la paciencia a un santo!...

> *(Se va por la izquierda rezongando.* PEDRO *entra en el portal. Poco antes, con aire sigiloso,* NICOLASILLO PERTUSATO *abrió la puerta de la izquierda y entró en el obrador. De puntillas, se dirige al fondo cuando baja las escaleras corriendo* MARI BÁRBOLA *y se asoma.)*

MARI BÁRBOLA.—¿Dónde te has metido? La señora infantita nos llama.

NICOLASILLO.—¡Chist! *(Le hace señas de que se acerque.* MARI BÁRBOLA *llega a su lado.)* El señor marqués ha dado licencia a los pintores y ha puesto guardia en las dos salidas al corredor: la de acá *(Señala la puerta de la izquierda.)* y la de allá.

> *(Señala a la puerta izquierda del fondo.)*

MARI BÁRBOLA.—¿Y eso, qué? También la hay siempre en aquella puerta.

> *(Señala a la derecha del fondo.)*

NICOLASILLO.—En el corredor nunca la ponen.

MARI BÁRBOLA.—Habrá nuevas órdenes.

NICOLASILLO.—¡Alemana tenías que ser! ¡Si hay nuevos centinelas es que hay nuevas órdenes!...

MARI BÁRBOLA.—¡Ah, ya comprendo! Don Diego va a empezar su cuadro y no quiere que le interrumpan.

NICOLASILLO.—Para eso no echarían a los pintores. Con cerrar esa puerta...

MARI BÁRBOLA.—¿Entonces?

NICOLASILLO.—] Aquí va a suceder algo... con don Diego. Quizá quieran prenderle.

MARI BÁRBOLA.—*(Después de un momento.)* ¡Tú sabes algo!

NICOLASILLO.—¡Calla!

> *(Se vuelve y señala a la puerta por donde salió. Ésta se abre y entra* EL REY, *acompañado del dominico.)*

EL REY.—¿Qué hacéis aquí? *(Un silencio.)* Fuera. No vengáis por acá en toda la tarde.

NICOLASILLO.—¡Uh!...

EL REY.—¿A qué viene eso?

NICOLASILLO.—¡¡Uh!!...

> *(Los dos enanos saludan y salen corriendo. Se les ve subir las escaleras y desaparecer.* EL REY *se les queda mirando.)*

EL REY.—Anoche tuve un mal sueño, reverendo padre... *(Gesto interrogante del fraile.)* Sí: me veía en un salón lleno de pinturas y espejos y... al fondo... estaba Velázquez tras una mesa. Tocó una campanilla y alguien me empujaba hacia él... Yo iba medio desnudo, pero me veía al pasar ante las lunas ataviado con el manto real y la corona... Cuando ya estaba cerca, vi que la altura de mi pintor de cámara era enorme... Semejaba un Goliat, y su gran cabeza me sonreía... Al fin, levantó una mano de coloso y dijo: Nicolasillo y tú tenéis que crecer. Desperté entre sudores. *(Sonríe).* ¡Añagazas de Satanás para turbar la serenidad de mi juicio!... Tranquilizaos, padre. Vuestras paternidades han sido muy generosos poniendo este caso en mis manos y lo examinaré con el rigor que nuestra Santa Religión pida... Tanto más, cuanto que don Diego deberá responder hoy de alguna otra imputación no menos grave. ¡Sí! ¡Tal vez ha llegado su hora!

> *(El dominico y él se vuelven hacia el fondo al oír la voz del* MARQUÉS, *que aparece en la puerta.)*

EL MARQUÉS.—¿Sabéis la contraseña?

CENTINELA.—*(Voz de.)* Sí, excelencia.

EL MARQUÉS.—Decidla.

CENTINELA.—*(Voz de.)* Desde que vuecelencia lo disponga, nadie entrará por esta puerta sin licencia expresa de vuecelencia, salvo sus majestades y el pintor Velázquez.

EL MARQUÉS.—Cúmplase ya. *(Entra y hace la reverencia.)* Todo dispuesto, señor.

EL REY.—¿Habéis puesto guardias en las puertas?

EL MARQUÉS.—Creí cumplir así con la discreción que vuestra majestad me ha encarecido.

EL REY.—Pues parece que las hubierais puesto para que se corriera la voz.

EL MARQUÉS.—Vuestra majestad eligió este aposento por creerlo más discreto...

EL REY.—Pero no hablé de guardia alguna. Habría bastado con cerrar las puertas. La guardia del corredor ha dado ya que sospechar. *(Señala a la izquierda.)* Por allí pasean ahora, o miran al patio, don José Nieto Velázquez, doña Marcela de Ulloa, Manuel de Gante y otros hombres de placer.

EL MARQUÉS.—[Como les separa de este aposento otro donde nada sucederá, nada podrán colegir. Pero] si vuestra majestad lo quiere, retiraré la guardia.

EL REY.—*(Lo mira fríamente.)* Dejadlo estar. No más movimientos.

EL MARQUÉS.—Bien, señor. El maestro Nardi aguardará en el obrador contiguo por si vuestra majestad requiere su presencia.

EL REY.—Si al final fuera menester, iréis vos a buscar también de orden mía a su alteza real.

EL MARQUÉS.—Sí, majestad. [¿Puedo saber ya, señor, cuál es la principal acusación que ha dado ocasión a este examen?

(EL REY *y el dominico se miran.* EL MARQUÉS *lo advierte.)*

EL REY.—Pues que estaréis presente, ya lo sabréis.

EL MARQUÉS.—Lo pregunto, señor, porque la ocasión podría ser excelente para aclarar al tiempo todos los errores y delitos del «sevillano».

EL REY.—Poned más caridad en vuestras palabras y no habléis aún de delitos, sino de errores.

EL MARQUÉS.—Con el mayor respeto, señor, mantengo mis palabras.] Y si vuestra majestad da su venia, el examen de esta tarde no se reducirá a la acusación principal, ni al otro peligro que me honré en señalar a vuestra majestad. Preveo que podré traer además una tercera y muy grave imputación.

EL REY.—Nada me habéis dicho...

EL MARQUÉS.—*(Con el brillo del triunfo en los ojos.)* Porque aún no debo afirmar nada, señor; pero aguardo informes.

(VELÁZQUEZ *aparece en el fondo.* EL REY *lo ve.)*

EL REY.—Acercaos, don Diego.

(VELÁZQUEZ *se inclina, cierra y llega hasta* EL REY, *ante quien se arrodilla.* EL REY *lo alza.)*

VELÁZQUEZ.—Señor...

EL REY.—He de hablar con mi pintor de cámara. *(El dominico y* EL MARQUÉS *se inclinan y salen por la izquierda, cerrando tras sí.* EL REY *pasea.)* Don Diego, he sido vuestro amigo más que vuestro rey. Pero se me han hecho contra vos cargos muy graves y ahora es el rey quien os habla. Dentro de media hora compareceréis aquí para responder de ellos. *(Suave.)* Mucho me holgaré de que acertéis a desvanecerlos.

VELÁZQUEZ.—*(Intranquilo.)* Puedo responder ahora si vuestra majestad lo desea.

EL REY.—Han de estar presentes otras personas.

VELÁZQUEZ.—Empiezo a comprender, señor. Entretanto, la guardia cubrirá las puertas.

EL REY.—¿Qué queréis decir?

VELÁZQUEZ.—Quiero decir, señor, que van pareciéndome las solemnidades de un proceso.

EL REY.—Es una plática privada.

VELÁZQUEZ.—Con testigos.

EL REY.—No es esa la palabra.

VELÁZQUEZ.—Con acusadores.

EL REY.—No, no...

VELÁZQUEZ.—Vaya. Con jueces.

EL REY.—¡Os he dicho que no es un proceso! Es...

VELÁZQUEZ.—¿Un examen, señor?

EL REY.—Así suele llamarse.

(Una pausa.)

VELÁZQUEZ.—Vuestra majestad me amparó hasta hoy de las insidias de mis enemigos. Tal vez algún malvado ha logrado sorprender ahora la buena fe de vuestra majestad y...

EL REY.—*(Irritado.)* ¿Me creéis un necio?

(Va a sentarse al sillón.)

VELÁZQUEZ.—*(Baja la cabeza.)* Perdón, señor. Ya veo que he perdido la confianza de vuestra majestad.

EL REY.—*(Baja la voz.)* Nunca la tuvisteis.

VELÁZQUEZ.—¡Señor!

EL REY.—No, porque... nunca he logrado entenderos. *(Un silencio.)* Nadie nos oye, salvo Dios, don Diego. Interrogad a vuestra conciencia. ¿No tenéis nada de qué acusaros?

VELÁZQUEZ.—*(Después de un momento.)* Esperaré a

saber los cargos, señor. ¿Debo permanecer aquí hasta entonces?

EL REY.—*(Con involuntario afecto.)* Quizá podáis ir antes a vuestra casa... si me prometéis volver a tiempo. Es el amigo quien os lo concede... *(Se irrita súbitamente.)* ¡Mas no! *(Se levanta.)* ¡Aún no sé si debo concederlo! ¡Cuando pienso que fingís ante vuestro soberano una pureza que... que...!

VELÁZQUEZ.—¡Señor!

EL REY.—Dejadme pensar.

> *(Lo ha dicho yendo bruscamente al balcón, ante el que se aposta, perplejo y agitado. VE-LÁZQUEZ, a sus espaldas, se pasa la temblorosa mano por la frente tratando de comprender. La infanta MARÍA TERESA salió al balcón de la derecha y llama a alguien que hay dentro. MARI BÁRBOLA sale a su vez.)*

MARÍA TERESA.—No quiero que nos oigan ahí dentro.

MARI BÁRBOLA.—Me lo ha dicho Nicolasillo. Él cree que es algo contra «el sevillano». El señor marqués no disimula su gozo y todos sabemos que no le quiere bien. Ha sido él quien ha dispuesto la guardia.

> *(La infanta mira al vacío, indecisa. La enana espera.)*

VELÁZQUEZ.—No alcanzo en qué he podido ofender a vuestra majestad.

EL REY.—¡Callad!

MARÍA TERESA.—¿Quién podría ayudarte, Mari Bárbola?

MARI BÁRBOLA.—¿Nicolasillo?

MARÍA TERESA.—No. Otra pequeñuela como tú... Catalina Rizo, que me es muy fiel. Dile que vigile en el corredor abierto. Tú irás a la escalera... Me iréis diciendo todos los que entran y salen. ¡Ve!

Mari Bárbola.—Sí, alteza.

(Escapa corriendo. La infanta, turbada, mira al vacío.)

El Rey.—*(Sin volverse.)* Os concedo media hora. Aprovechadla bien.

Velázquez.—¿Vuestra majestad no me daría el menor indicio de la acusación que se me hace?

El Rey.—*(Se vuelve.)* Id a vuestra casa.

(La infanta se retira del balcón. Velázquez se inclina y retrocede. A la segunda reverencia, El Rey, sin mirarlo, le habla.)

El Rey.—¿Os atreveríais a destruir alguna pintura vuestra, don Diego?

Velázquez.—*(Se le dilatan los ojos y suspira. Empieza a entender.)* Mal podría hacerlo si ya no está en mi poder, señor...

El Rey.—Me refería al caso de que lo estuviese. Mas no respondáis. Id a vuestra casa.

Velázquez.—*(Ha comprendido.)* ¡Gracias, señor! Con la venia de vuestra majestad.

(Vuelve a inclinarse y retrocede. Las cortinas se corren ante ellos y presentan la casa de Velázquez. El centinela borgoñón cruza despacio de izquierda a derecha. D.ª Juana sale por la puerta izquierda seguida de Mazo. Trae en las manos la bandeja con el servicio de agua y la deja en el bufetillo.)

D.ª Juana.—No lo volváis a pedir.

Mazo.—Ayer me concedisteis subir a verla.

D.ª JUANA.—Hice mal. Esa pintura no deberá volver-
la a ver nadie.

MAZO.—Pero los que ya la hemos visto...

D.ª JUANA.—¡Menos aún! *(Se acerca a la derecha y
atisba por las maderas del balcón.)* Contra la pared hasta
que todos nos muramos. Así debe estar.

> [*(VELÁZQUEZ, con espada, sombrero y ferre-
> ruelo, aparece por la derecha, sombrío. En el
> centro de la escena se detiene un segundo y
> mira a su casa. La infanta MARÍA TERESA aso-
> ma junto a los vidrios del balcón y, sin salir a
> él, lo mira con recatada pero intensa atención.
> Junto a ella, MARI BÁRBOLA. VELÁZQUEZ
> prosigue su camino y entra en el portal. La in-
> fanta se asoma algo más para verlo ir con ojos
> angustiados.)*

MARÍA TERESA.—¡Vuelve a tu puesto!

MARI BÁRBOLA.—Sí, alteza.

> *(Se va. La infanta se retira tras ella. D.ª JUA-
> NA] se vuelve hacia su yerno.)*

[D.ª JUANA.—] ¿Sabéis que también se la ha enseñado
a ese hombre?

MAZO.—¿A Pablo?

D.ª JUANA.—Algo le sucede a mi esposo.

> *(PAREJA entra por las cortinas.)*

PAREJA.—¡Mi señor don Diego ha vuelto, señora!

D.ª JUANA.—¿A estas horas? *(VELÁZQUEZ entra por
las cortinas y mira a todos. D.ª JUANA corre a su lado.)*
¿Te sientes mal? ¡Traes mala cara!

> *(PAREJA va a retirarse.)*

VELÁZQUEZ.—No te vayas, Juan. ¿Están los niños?

MAZO.—Salieron al Jardín de la Priora con la dueña.

VELÁZQUEZ.—¿Y los criados?

D.ª JUANA.—Arriba. Pablo está en la cocina. ¿Qué te sucede?

(VELÁZQUEZ *se sirve un búcaro de agua y bebe.*)

VELÁZQUEZ.—*(A* PAREJA.*)* Empezaré por ti, Juan. ¿Has hablado con alguien del cuadro que he pintado arriba?

PAREJA.—¿Yo, señor?

(D.ª JUANA *se aparta, inquieta.*)

VELÁZQUEZ.—Recuerda bien: alguna palabra imprudente que se te hubiese escapado...

PAREJA.—Sólo con vuestro yerno, señor.

VELÁZQUEZ.—Júramelo.

D.ª JUANA.—¡Diego! ¿Tan grave es el caso?

VELÁZQUEZ.—¿Lo juras?

PAREJA.—¡Lo juro por mi eterna salvación, señor!

VELÁZQUEZ.—*(A* MAZO.*)* ¿Tampoco tú has hablado, hijo mío?

MAZO.—Con nadie... salvo con los aquí presentes.

VELÁZQUEZ.—A ti no debiera preguntártelo, Juana.

MAZO.—*(Airado.)* ¡Don Diego!

VELÁZQUEZ.—¡No admito ese tono! Sólo vosotros tres sabíais de esa pintura. Uno de vosotros ha hablado.

D.ª JUANA.—También se la has enseñado a Pablo...

VELÁZQUEZ.—No sabes lo que dices.

MAZO.—Con el mayor respeto, don Diego... Nos ofendéis desconfiando de nosotros y no de él.

VELÁZQUEZ.—*(Con amarga sonrisa.)* Es justo. Él oirá todo esto. ¡Pablo!...

D.ª JUANA.—¡Diego, no vas a traerlo aquí!...

(*Pero* VELÁZQUEZ *sale por la izquierda y se le oye llamar a* PABLO *de nuevo. Todos se mi-*

ran. D.ª JUANA *va a sentarse al sillón.* VE-
LÁZQUEZ *vuelve con* PEDRO.*)*

VELÁZQUEZ.—Pablo: ¿con quién habéis vos hablado
del cuadro que os enseñé arriba?

PEDRO.—Con vos nada más.

VELÁZQUEZ.—Doña Juana preferiría que lo juraseis.

D.ª JUANA.—¡Yo no he dicho eso!

PEDRO.—Doña Juana no daría crédito al juramento de
un pobrete. Pero vos sabéis que yo no he hablado.

VELÁZQUEZ.—Cierto que lo sé *(A los demás.)* Tengo
poco tiempo y he de averiguar quién miente de vosotros
antes de volver a Palacio. Quien haya sido que nos ahorre
a todos tanta vergüenza. *(Un silencio.)* ¿Nadie? *(Va junto
a* JUANA, *que lo ve llegar trémula.)* ¿Tú no te has separa-
do de la llave, Juana?

D.ª JUANA.—No...

VELÁZQUEZ.—Nadie puede haberlo visto: ni los criados, ni los nietos...

D.ª JUANA.—*(Con un hilo de voz.)* Nadie.

(Una pausa.)

VELÁZQUEZ.—¿Por qué me aborrecías tú en Italia,
Juan?

PAREJA.—¿Qué decís, señor?

VELÁZQUEZ.—Digo que me odiabas al final de nuestro
viaje a Italia, y te pregunto el porqué.

PAREJA.—¡Siempre os he amado como a mi bienhechor
que sois!

VELÁZQUEZ.—Siempre, no. Estás mintiendo, luego
puedes haber sido tú. *(Iracundo.).* ¿Has sido tú?

PAREJA.—¡He jurado, mi amo!

*(*VELÁZQUEZ *llega a su lado entre la ansiedad
de los demás.* D.ª JUANA *se levanta.)*

[VELÁZQUEZ.—¿Cómo puedo creerte, si me mientes?

PAREJA.—No, mi amo...]

VELÁZQUEZ.—¡Ah, no olvidas la palabra! [¡Has sido esclavo demasiados años!] Tenías un amo generoso, pero era un amo. Y le odiaste.

PAREJA.—¡No, no!

VELÁZQUEZ.—¡Y acaso me has hecho pagar ahora un largo rencor que te devoraba! ¡Ahora que te había libertado, me apuñalas!

PAREJA.—*(Cae de rodillas ante él; intenta en vano besarle las manos.)* Perdón, señor. ¡He mentido, he mentido y nunca debí mentiros!...

> *(Las ahogadas exclamaciones de los demás subrayan sus palabras.)*

VELÁZQUEZ.—¡Confiesa ya!

PAREJA.—Sí, sí, mi señor... Cierto que os aborrecí... Pero no os he traicionado: ¡por Jesucristo vivo que no!

VELÁZQUEZ.—¿Por qué me odiabas?

PAREJA.—Perdón, señor, perdón...

VELÁZQUEZ.—*(Lo zarandea rudamente.)* ¡Habla!

PAREJA.—Por... aquella moza de Roma.

VELÁZQUEZ.—*(Desconcertado.)* ¿Qué moza?

PAREJA.—Aquella que os sirvió de modelo... Era... lo más bello que había encontrado en mi vida... Yo hubiera dado por ella todo, todo... Y si ella me hubiese mandado apuñalaros, entonces sí..., entonces lo habría hecho... Pero se mofaba de mí. Era una ramera y me despreciaba. Me llamaba negro, monstruo..., mientras os daba a vos todos sus favores.

VELÁZQUEZ.—¿Qué dices?

PAREJA.—Vos le agradabais... Mucho... Ella misma me lo dijo..., y yo... sufría. Vos erais el más grande de los pintores; yo era un aprendiz. Vos erais libre y apuesto; yo feo y esclavo... Yo moría por ella y vos... Vos...

VELÁZQUEZ.—Yo, ¿qué?

PAREJA.—Vos la teníais sin esforzaros.

D.ª JUANA.—¡Diego!...

VELÁZQUEZ.—*(A PAREJA.)* ¿Has creído eso?

PAREJA.—*(En un alarido de suprema sinceridad.)* ¡Y lo sigo creyendo!...

(Solloza, caído. Un corto silencio.)

VELÁZQUEZ.—Y ahora te has vengado.
PAREJA.—¡Eso no! ¡Yo no he sido! ¡Yo moriría por vos! ¡Mi amo! ¡Mi amo!...
VELÁZQUEZ.—Levanta. ¡Ea, levanta!

*(*PAREJA *se levanta y se aparta, sumido en su dolor.)*

PEDRO.—Mala cosa, la esclavitud.
MAZO.—¿No puede callar este hombre?
VELÁZQUEZ.—¡Este hombre dirá cuanto le plazca, porque él no ha sido! ¿Puedes tú decir lo mismo?
MAZO.—¡Me ofendéis!
D.ª JUANA.—¿Qué ha sucedido, Diego?

(Una pausa.)

VELÁZQUEZ.—He sido denunciado al Santo Oficio.
D.ª JUANA.—*(Grita.)* ¿Qué?
MAZO.—¿Por esa pintura?
VELÁZQUEZ.—Por esa pintura.
D.ª JUANA.—¿Qué pueden hacerte?
VELÁZQUEZ.—Pronto lo sabré. Esta tarde voy a ser juzgado.
D.ª JUANA.—*(Se retuerce las manos.)* ¿Esta tarde?
VELÁZQUEZ.—Quien me haya traicionado, que lo diga. Tendré en cuenta que soy yo el culpable: nunca se debe confiar en nadie. Juan, si has sido tú, te perdono. O tú, hijo mío. Quizá por una ligereza, por el deseo de contar algo que nos ha sorprendido...
MAZO.—Aunque me duela, no intentaré disipar vuestra sospecha. También yo sospecho lo que os obstináis en no admitir. *(Señala a* PEDRO.*)* Mas ya no es tiempo de aclarar nada sino de ayudaros. Os ofrezco mi humilde ayuda

y os ruego que la aceptéis. Es lo menos que puedo hacer por vos, a quien todo lo debo. Si alguien debe salvarse, sois vos.

VELÁZQUEZ.—¿Cómo?

MAZO.—Consentid que yo me declare el autor de esa obra.

> *(A* VELÁZQUEZ *le cambia la expresión súbitamente.)*

VELÁZQUEZ.—*(Frío.)* ¿Qué es eso, hijo mío? ¿La prueba de que no has sido tú o el remordimiento de haber sido tú?

MAZO.—Pensad lo que gustéis y aceptadlo.

> *(Angustiadísima,* D.ª JUANA *vuelve a sentarse.)*

VELÁZQUEZ.—Pienso otra cosa... Pienso que te dicen mi émulo y que te halagan afirmando que tus obras parecen mías...

MAZO.—He procurado aprender de vos.

VELÁZQUEZ.—*(Alza la voz.)* Y también has alardeado por los corredores de Palacio de que nada tenías que aprender ya de tu maestro. *(*MAZO *baja los ojos.)* En Palacio todo se sabe, hijo... ¡Pero aún no has aprendido lo necesario para pintar un cuadro como ése! ¡No, Bautista! ¡Ni aunque fueses a responder por mí! ¡Cuadros así nunca serán tuyos aunque lo quieras con toda tu alma!

MAZO.—*(Muy turbado.)* ¡Maestro!

VELÁZQUEZ.—*(Con asco.)* ¡Calla! *(Los mira a todos.)* Mala cosa es ser hombre, Pablo. Casi todos son esclavos de algo.

PEDRO.—Sí. Los hombres... y las mujeres.

> *(De improvisto,* D.ª JUANA *rompe a llorar.* VELÁZQUEZ *la mira y comprende súbitamen-*

te. Se acerca. Ella lo mira a los ojos y arrecia en sus sollozos.)

VELÁZQUEZ.—*(A los hombres.)* Pasad al estrado.

*(*MAZO *y* PAREJA *salen por el centro de las cortinas.)*

PEDRO.—Yo estaré mejor en la cocina, don Diego.

(Y sale por la izquierda.)

VELÁZQUEZ.—Conque has sido tú.

D.ª JUANA.—¡No puedo creer que él te haya denunciado!

VELÁZQUEZ.—¿Él?... *(Se da una palmada en la frente.)* Si seré necio. Nuestro primo José, es claro.

D.ª JUANA.—No puede haber hablado. Te debe tanto...

VELÁZQUEZ.—Por eso mismo. ¿Le enseñaste la pintura?

D.ª JUANA.—*(En voz queda.)* Sí. ¡Pero lo hice para ayudarte, Diego!

VELÁZQUEZ.—¿Estás segura?

D.ª JUANA.—¿Dudas de mí?

VELÁZQUEZ.—*(La mira fijamente.)* Eres tú quien duda.

D.ª JUANA.—¿Yo?

VELÁZQUEZ.—Lo denuncia tu voz. No sabes si has desobedecido a tu esposo para ayudarle o para hacerle daño.

D.ª JUANA.—¿Yo? ¿A ti?

VELÁZQUEZ.—¿Qué insoportable duda, ¿eh? Al enseñar el cuadro te lo repetías: ¡Estoy ayudando a mi Diego, lo estoy ayudando! Querías ver si acallabas otra voz que te decía: Hazle un poco de daño... [Sin excederte. Pero que sufra...] También tú sufres por él, que te ha ofendido con esa mujer y con otras...

D.ª JUANA.—*(Se tapa los oídos.)* ¡Calla, calla!

VELÁZQUEZ.—La verdad siempre duele. *(Suspira.)* No te culpo, mujer. Has llegado a una edad propicia a esas locuras... Debí preverlo.

D.ª Juana.—Eres cruel... Olvidas lo poco que tú me has ayudado... Me humillabas encerrándote con esa ramera; desde Italia me vienes humillando... Sólo piensas en tu pintura, sin querer ver que a tu lado penaba una mujer que envejecía... y que te ha sido fiel.

Velázquez.—¿Y nunca has pensado en que tú podías ser la culpable?

D.ª Juana.—¿Yo?

Velázquez.—Cuatro años llevábamos casados y éramos como dos niños felices... Te pedí algo que tú me negaste. No volví a pedírtelo.

D.ª Juana.—¿De qué hablas?

Velázquez.—Te pedí que me sirvieras de modelo para pintar una Venus. Y te negaste... Sobresaltada, turbada, disgustada conmigo por primera vez...

D.ª Juana.—*(Cuya cara acusó el súbito recuerdo.)* Una mujer honrada no puede prestarse a eso. Mi propio padre lo decía y era pintor.

Velázquez.—*(Con desprecio.)* Era un mal pintor.

D.ª Juana.—¡Atentabas contra mi honor, contra mi pudor!

Velázquez.—Yo era tu esposo. [Mas de nada sirvió razonarte, aclararte... Tropecé con un muro.

D.ª Juana.—Nunca debiste pensar en tales pinturas.

Velázquez.—*(Iracundo.)* ¡Yo era pintor!]

D.ª Juana.—¡Ningún pintor español ha hecho eso!

Velázquez.—¡Lo he hecho yo! No te sorprendas si, al negarte tú, he debido buscar otros modelos. Si hubieses accedido te habría pintado cuando aún eras joven y ahora serías una esposa alegre y tranquila, sin dudas ni penas.

D.ª Juana.—*(Después de un momento.)* Y desde entonces... ¿ya no me amas?

Velázquez.—*(Se acerca y le acaricia los cabellos.)* Te seguí queriendo, Juana. Tanto que... me era imposible ofenderte con ninguna otra mujer. Te he sido fiel: en Italia y aquí. Pero hube de resignarme a que no entendieras. *(D.ª Juana llora.)* No te guardo rencor, Juana... Has sido una compañera abnegada, a pesar de todo. Mas ya no puedo fiar en ti.

(Se aleja. Ella se levanta y corre a su lado.)

D.ª JUANA.—¡Sí, sí que puedes! Dame otra prueba de tu confianza y lo verás.

(Una pausa.)

VELÁZQUEZ.—Voy a dártela. *(Baja la voz.)* En Italia pinté otras dos de esas peligrosas diablesas.

D.ª JUANA.—¡Siempre Italia!...

VELÁZQUEZ.—Están en dos palacios de Madrid. Nadie lo sabe, salvo sus dueños. Eso ya no se lo dirás a Nieto...

D.ª JUANA.—¡No, no!...

VELÁZQUEZ.—Ya ves que... aún te quiero.

D.ª JUANA.—Diego...

(Lo estrecha en un tímido intento de abrazo que él tolera.)

VELÁZQUEZ.—Dame la llave.

D.ª JUANA.—*(Presurosa, saca la llave de su llavero.)* ¡Sí, sí! ¡Destrúyelo y yo lo quemaré! Podrás decir que ya no existe, que fue sólo un estudio...

[VELÁZQUEZ.—*(Se guarda la llave.)* Ese cuadro no será destruido.

D.ª JUANA.—Pero Diego, ¿y si vienen?]

VELÁZQUEZ.—¡Ese cuadro no será destruido mientras yo pueda impedirlo! Te tomo la llave para que no lo hagas tú.

D.ª JUANA.—*(Deshecha.)* ¿Qué va a ser de ti?

VELÁZQUEZ.—Entre nosotros nunca se sabe cuál será el castigo... Si una reprimenda o la coroza de embrujado.

(Se golpea con furia la palma de una mano con el puño de la otra.)

D.ª JUANA.—*(Tímida.)* Diego, estoy contigo...

(Él se vuelve despacio a mirarla con una sonrisa de fatal superioridad que es su amarga fuerza. Durante un momento la mira en silencio. Su faz es absolutamente serena.)

VELÁZQUEZ.—Cálmate. Ya no sufro.
D.ª JUANA.—Sí sufres, sí...
VELÁZQUEZ.—No, porque miro. Y es maravilloso.
D.ª JUANA.—¿El qué?
VELÁZQUEZ.—No te muevas...
D.ª JUANA.—*(Se percata de que es ahora el pintor quien la mira y grita:)* ¡Ah!... ¡No te comprendo! ¡Nunca podré!

(Y sale, convulsa, por las cortinas. VELÁZQUEZ alza las cejas en un gesto desdeñoso. PEDRO aparece por la izquierda.)

VELÁZQUEZ.—[*(Ríe.)* Pedro, ¿es verdaderamente horrible el mundo? *(PEDRO no le contesta. A VELÁZQUEZ se le nubla el rostro.)* Perdonad. Me basta veros para saber que sí.] Temblé por vos en Palacio: creí un momento que os habían descubierto. Luego comprendí que el rey hablaba de mi pintura. *(Se acerca.)* Voy a intentar algo nuevo, Pedro: que me enfrenten con mis acusadores. Si lo consigo, quizá gane la partida. Si no..., quizá no nos volvamos a ver.
PEDRO.—Llevaos estas palabras mías por si fuesen las últimas que me oyeseis. *(Le estrecha la mano.)* Puesto que vais a enfrentaros con la falsía y la mentira, mentid si fuera menester en beneficio de vuestra obra, que es verdadera. Sed digno, pero sed hábil.
VELÁZQUEZ.—Gracias.

(Se suelta y sale, rápido, por las cortinas.)

PEDRO.—Buena suerte...

> *(Alza los hombros en un gesto resignado. Una pausa. Por las cortinas entra* D.ª JUANA *reprimiendo con dificultad las muecas que le pone en el rostro su mente sobreexcitada.)*

D.ª JUANA.—Yo haré todo lo que él me diga; todo. Si él os quiere bien, yo también os quiero bien, Pablo: decídselo.

PEDRO.—Calmaos, señora.

D.ª JUANA.—Cuando vuelva, vos me ayudaréis a recobrarlo. *(Humilde.)* Yo... os lo suplico.

PEDRO.—Lo procuraré, señora... Calmaos...

D.ª JUANA.—Voy por vuestro pan. Os daré media hogaza: sé que lo compartís con un pobretico y no es justo que comáis menos... A Diego no le agradaría.

> *(Sale por la izquierda.* PEDRO *menea la cabeza, apiadado.* VELÁZQUEZ, *en atuendo de calle, sale del portal seguido de* MAZO *y* PAREJA. *Cruzan. Antes de salir por la derecha,* VELÁZQUEZ *se detiene un segundo y torna la mirada a su casa. En ese momento* PEDRO *se toma una mano con la otra, en un gesto apenado.)*

VELÁZQUEZ.—Vamos.

> *(Salen. Por la izquierda entra* MARTÍN *y va a sentarse a los peldaños. Se rasca, bosteza; escudriña su zurrón en vano.* D.ª JUANA *vuelve con media hogaza.)*

D.ª JUANA.—Tomad.

PEDRO.—Gracias, señora. Saldré un ratico... Vos querréis estar sola.

D.ª JUANA.—Sí, sí: salid y entrad siempre que os plazca.
PEDRO.—Con vuestra licencia, señora.

> *(Se inclina y sale por las cortinas. D.ª JUANA*
> *se hinca súbitamente de rodillas y se santigua.*
> *Las cortinas del primer término se cierran ante*
> *ella. Por la derecha entran un ALCALDE DE*
> *CORTE y dos ALGUACILES. MARTÍN se sobre-*
> *salta al verlos, pero decide no moverse.)*

ALGUACIL 1.º—*(Por MARTÍN.)* ¿No será éste?
ALGUACIL 2.º—Este es Martín; un pícaro que frecuenta las covachuelas.
EL ALCALDE.—El otro no usa barba. Entremos.

> *(Se dirige al portal. Antes de llegar, aparece*
> *en él PEDRO. Se detienen y lo miran; un ges-*
> *to de asentimiento se cruza entre ellos. MAR-*
> *TÍN se ha levantado y no los pierde la vista.*
> *Los ALGUACILES se acercan por ambos lados*
> *a PEDRO y EL ALCALDE le sale al paso.)*

PEDRO.—*(Que trata de distinguir los raros movimientos que percibe.)* ¿Eh? ¿Qué?...
EL ALCALDE.—¿Sois vos el llamado Pedro Briones?
PEDRO.—No sé de qué me habláis.

> *(Intenta seguir, pero el ALGUACIL 1.º le toma*
> *de un brazo.)*

EL ALCALDE.—Pedro Briones, daos preso en nombre del rey.

> *(D.ª AGUSTINA se asoma al balcón, curiosa,*
> *y hace señas hacia el interior. No tarda en*
> *acompañarla D.ª ISABEL. PEDRO forcejea y se*
> *le escapa la media hogaza, que rueda por el*
> *suelo. Los dos ALGUACILES lo aferran.)*

PEDRO.—¡Soltadme!

ALGUACIL 2.º—¡Quieto!
EL ALCALDE.—¡No hagáis resistencia! Vamos.

(Se encamina hacia la derecha seguido de los dos ALGUACILES, *que llevan con dificultad a* PEDRO. *En el centro de la escena* PEDRO *consigue desasirse y retrocede unos pasos, jadeante.)*

PEDRO.—¡No! ¡No!

(Y huye por la izquierda. El ALGUACIL 1.º *desenvaina rápidamente su espada y corre tras él seguido del* ALGUACIL 2.º)*

EL ALCALDE.—¡Echadle mano, necios!
ALGUACIL 1.º *—(Voz de.)* ¡Teneos!
EL ALCALDE.—*(Va tras ellos.)* ¡No resistáis a la justicia! ¡A ése! ¡En nombre del rey!...
ALGUACIL 2.º—*(Voz de.)* ¡Alto!...

(Las voces de los ALGUACILES *se alejan.* MARTÍN *recoge el pan y sigue mirando, despavorido, la huida de* PEDRO.)*

D.ª ISABEL.—¿Quién huye?
D.ª AGUSTINA.—No sé. Salía de la Casa del Tesoro. *(A* MARTÍN, *que tiembla.)* ¡Chist! ¡Chist! *(*MARTÍN *las mira.)* ¿Quien era?
MARTÍN.—Yo no sé nada...

(Se oye aún un «¡Alto!» muy lejano. Titubeante, MARTÍN *sale por la izquierda mirando la persecución.)*

[D.ª ISABEL.—Algún ladrón.]
D.ª AGUSTINA.—Está Madrid plagado de truhanes. Entremos.

*(Se retiran del balcón. La luz general decrece
y se concentra sobre las cortinas dejando las
fachadas en penumbra. Las cortinas se descorren despacio y dejan ver el obrador. El caballete y su lienzo se han retirado a la pared;
todas las puertas están cerradas. A la altura
del primer panel se ha dispuesto un sillón y
dos sillas a sus lados. La impresión no llega a
ser la de un tribunal: los tres asientos no están exactamente en línea recta. En el centro
está sentado* EL REY. *A su derecha, el dominico. A su izquierda,* EL MARQUÉS. *Despoja-
do de sus prendas de calle,* VELÁZQUEZ *entra
por el primer término de la izquierda, se acerca y se arrodilla.)*

EL REY.—Alzaos, don Diego. *(*VELÁZQUEZ *se levanta.)*
El Santo Oficio ha recibido una denuncia contra vos. En
su gran caridad y por la consideración que vuestros servi-
cios a la Corona merecen, ha puesto en mis manos el caso
para que yo, en su nombre, proceda conforme se deba a
la mayor gloria de nuestra Santa Religión. Estáis aquí para
hablar ante Dios con toda verdad; sois cristiano viejo, sin
mezcla de moro ni judío, y como aún no estáis sometido
a causa alguna no se os tomará juramento. Mas no olvidéis que comparecéis ante vuestro rey cuando respondáis
a nuestras preguntas. Y ahora, decid: ¿es cierto que habéis pintado en vuestros aposentos de la Casa del Tesoro
una pintura de mujer tendida de espaldas y sin vestido o
cendal que cubra su carne?
VELÁZQUEZ.—Es cierto, señor.
EL REY.—¿Conocéis la prudente norma que el Santo
Tribunal dictó contra tales pinturas?
VELÁZQUEZ.—Sí, majestad.
EL REY.—Decidla.
VELÁZQUEZ.—A quien haga y exponga imágenes lascivas se le castigará con la excomunión, el destierro y una
multa de quinientos ducados.

EL REY.—¿Os reconocéis, pues, culpable?

VELÁZQUEZ.—No, majestad.

EL REY.—Justificaos.

VELÁZQUEZ.—Con la venia de vuestra majestad quisiera establecer antes algunos extremos del caso.

EL REY.—Hablad.

VELÁZQUEZ.—Una denuncia al Santo Tribunal no puede dar ocasión a examen si antes o después alguno de sus familiares no procede a comprobaciones que confirmen la sospecha. Y, que yo sepa, no he sido visitado.

EL REY.—Suponed que ya lo hubieseis sido.

VELÁZQUEZ.—Entonces, y ya que la caridad del Santo Tribunal tolera este examen privado, ruego a vuestra majestad que comparezca el familiar del Santo Oficio que me ha denunciado.

(EL REY y el dominico hablan en voz baja.)

EL REY.—No se os puede conceder.

VELÁZQUEZ.—Señor: ¿se me puede conceder para mi defensa la comparecencia de cualquier persona que yo nombre?

EL REY.—*(Tras una mirada al dominico.)* Se os concede.

VELÁZQUEZ.—¿Será obligada a responder a cuantas preguntas yo le haga?

(Los tres examinadores se miran, perplejos.)

EL REY.—En nuestro deseo de favorecer vuestra justificación, así se os concede.

VELÁZQUEZ.—Ruego que comparezca ante vuestra majestad el señor aposentador de la reina y primo mío, don José Nieto Velázquez.

(Sorprendido, EL REY mira al fraile, pero éste,

con la cabeza baja, no se mueve. Una pausa
subraya la cavilación regia.)

EL REY.—Marqués, traed acá a don José Nieto. *(*EL
MARQUÉS *se levanta, se inclina y sale por la puerta de la*
izquierda. VELÁZQUEZ *respira, toma fuerzas.* EL REY *con-*
sulta algo al dominico mientras VELÁZQUEZ *cruza hacia*
la derecha para enfrentarse con la puerta.) ¿Existe aún la
pintura a que nos referimos, don Diego?

VELÁZQUEZ.—Mal podría destruirla, señor, no creyén-
dome culpable.

*(*EL MARQUÉS *vuelve seguido de* NIETO*, cierra*
la puerta y se sienta. NIETO *se arrodilla ante*
EL REY*.)*

EL REY.—Alzaos, Nieto. *(*NIETO *lo hace.)* Vuestro primo don Diego tiene mi venia para preguntaros mientras
yo lo consienta. Contestadle con toda verdad.

NIETO.—*(Se inclina.)* Así lo haré, señor.

VELÁZQUEZ.—Con la venia de vuestra majestad. Venid acá, primo. Y disculpad si alguna de mis preguntas fuera indiscreta...

NIETO.—*(Baja los peldaños y se enfrenta con él.)* Decid.

VELÁZQUEZ.—¿Cuánto tiempo hace que sois familiar
del Santo Oficio?

NIETO.—*(Mira al* REY*.)* Esa pregunta, señor...

EL REY.—Responded.

NIETO.—Hace nueve días que gozo de esa inmerecida
merced.

VELÁZQUEZ.—Mis parabienes. *(Leve inclinación de*
NIETO*.)* Ahora empiezo a comprender: sois nuevo en la tarea. Mas nada nos habíais dicho... ¿Es que el Santo Tribunal pide el secreto?

NIETO.—Recomienda una prudente reserva.

VELÁZQUEZ.—¿También con vuestros parientes más
allegados?

NIETO.—Resolví no decírselo a nadie. Así, nunca
erraría.

VELÁZQUEZ.—Reserva prudentísima. Y decidme ahora, primo: ¿sois vos quien me ha denunciado al Santo Tribunal por cierta pintura que os enseñó mi mujer?

NIETO.—*(Lo piensa.)* No puedo responder a preguntas como ésa.

VELÁZQUEZ.—¡Ni es menester! Nadie sino vos puede haber sido, y no vais a tener ante su majestad la cobardía de negar vuestros actos. Mas ahora sólo os haré preguntas generales. Os ruego que me iluminéis: un pintor siempre puede errar... ¿Qué sabe él de materias tan vidriosas?

NIETO.—Sabéis muy bien que la ejecución y exposición de imágenes lascivas está prohibida. Recordarlo a tiempo hubiera debido bastaros para no tomar el pincel.

VELÁZQUEZ.—*(Suspira.)* Lo recordé a tiempo, primo, y tomé el pincel.

EL MARQUÉS.—Es una confesión en regla.

VELÁZQUEZ.—No, excelencia. El precepto habla de pintar y exponer. *(A su primo.)* Yo no he expuesto.

[NIETO.—Estamos ante personas mucho más autorizadas que yo para aclarar el sentido de esa orden, don Diego.

VELÁZQUEZ.—Cierto. Mas yo os ruego que la interpretéis vos.]

NIETO.—Si aquí se quiere escuchar mi opinión a pesar de ser la más indigna de todas, no he de ocultarla. Mi opinión es que la primera vez que un pintor español osa tal abominación, crea un precedente muy peligroso. Y entiendo que, por desgracia, una saludable severidad es necesaria ante él. Nada se pinta sin intención de ser enseñado. Y, antes o después, lo ven otras personas... Ejecutar es ya exponer.

VELÁZQUEZ.—[Bien razonado, primo. Decidme ahora:] Si se exponen pinturas escandalosas por personas diferentes de quien las ejecutó, ¿la castigaríais con igual severidad?

NIETO.—Yo, en conciencia, así lo haría.

VELÁZQUEZ.—Debo ser muy torpe. Después de oiros, comprendo peor esa orden.

NIETO.—Es muy clara y muy simple.

VELÁZQUEZ.—No tanto. Porque, o vos no la entendéis

bien, o tendríais que haber denunciado antes a su majestad el rey.

EL MARQUÉS.—*(Salta.)* ¡Qué...!

EL REY.—*(Le pone una mano en el brazo para imponerle silencio y mira fijamente a* VELÁZQUEZ.*)* ¿Qué insinuáis?

VELÁZQUEZ.—Sólo insinúo, señor, que mi pariente ha sido víctima de su propio celo y que es forzoso que no haya entendido la orden. De lo contrario, no veríamos en algunos aposentos del Palacio ciertas mitologías italianas y flamencas no más vestidas que la que yo he pintado.

(Todos se miran. EL REY *habla en voz baja con el dominico.)*

EL REY.—Represento aquí al Santo Tribunal y puedo aclararos que no hay inconsecuencia. Lo que decís demuestra justamente los criterios de prudencia con que ejerce su vigilancia. Ante el mérito de esas obras, el hecho de estar ya pintadas y los recatados lugares donde se encuentran, puede tenerse alguna benignidad. Sus autores, además, no son españoles, y mal podríamos imponerles normas que no les atañen.

VELÁZQUEZ.—Entonces, señor, pido para mí la misma benignidad. No es justo que aceptemos de mis colegas extranjeros lo que se castiga en los españoles.

NIETO.—No, don Diego. El pintor español ha de extremar el ejemplo y el rigor. Y por eso el Santo Precepto cuida de que no crezca ni prospere entre nuestros pintores tan perniciosa costumbre.

VELÁZQUEZ.—¿Qué entendéis vos, primo, por una pintura lasciva?

NIETO.—La que por su asunto o sus desnudeces pueda mover a impureza.

VELÁZQUEZ.—¿Prohibiríais por consiguiente toda desnudez pictórica o escultórica?

NIETO.—Sin vacilar.

VELÁZQUEZ.—Pues si antes me referí a Palacio, ahora no tengo más remedio que referirme a las iglesias.

NIETO.—*(Se sobresalta.)* ¿Qué queréis decir?

VELÁZQUEZ.—¿Olvidáis que la más grandiosa imagen de nuestra Santa Religión es la de un hombre desnudo?

NIETO.—*(Al* REY.*)* ¡Señor, por piedad! ¡No permita vuestra majestad que don Diego se burle de las cosas santas!

VELÁZQUEZ.—*(Grita.)* ¡No me burlo! *(Al* REY.*)* Sólo digo lo que antes, señor. *(Señala a su primo.)* Su falta de prudencia es evidente. Se le habían olvidado las iglesias.

(Le vuelve la espalda a NIETO *y se aleja.)*

NIETO.—¡No digáis más abominaciones!

VELÁZQUEZ.—*(Se vuelve.)* Todavía queda por dilucidar si quien ve abominación en los demás no estará viendo la que su propio corazón esconde.

NIETO.—¡Me ofendéis!

VELÁZQUEZ.—Sólo quiero recordaros que el vestido inquieta a veces más que el desnudo... Que el vestido no quitó la tentación carnal del mundo y que vino por ella.

NIETO.—¡Aunque así sea! ¡Siempre se debe evitar la más clara ocasión de pecado!

VELÁZQUEZ.—Todo es ocasión de pecado, primo: hasta las imágenes santas lo han sido. Y todo puede edificarnos, hasta la desnudez, si la miramos con ojos puros.

NIETO.—Nuestros ojos no son puros. Y hasta un niño os diría que unos juguetes le tientan más que otros.

VELÁZQUEZ.—El mismo niño os diría que el más tentador de los juguetes es el que más le prohíben.

NIETO.—*(Sonríe, maligno.)* ¿Vais a discutir una prohibición del Santo Tribunal?

VELÁZQUEZ.—No pretendáis amedrentarme con el Santo Tribunal: confío en que él me juzgará con más cordura que vos. Los preceptos generales son inevitables y él tiene que darlos; pero su aplicación es materia mucho más sutil de lo que vuestra rigidez sabrá entender nunca. Vos habéis visto lascivia en mi pintura. Mas yo os pregunto: ¿dónde está la lascivia?

NIETO.—Vos lo decís. En la pintura.

VELÁZQUEZ.—*(Se acerca.)* ¡En vuestra mente, Nieto! ¡Vuestro ojo es el que peca y no mi Venus! ¡Debierais arrancaros vuestro ojo si entendieseis la palabra divina antes que denunciar mi tela! Mi mirada está limpia; la vuestra todo lo ensucia. Mi carne está tranquila; la vuestra, turbada. ¡Antes de sospechar que vuestro primo había caído en las garras del demonio de la carne, debisteis preguntaros si no erais vos, y todos los que se os parecen, quienes estáis en sus garras y quienes, pensando en él a toda hora, mejor le servís en el mundo! ¡Porque no sois limpio, Nieto! ¡Sois de los que no se casan pero tampoco entran en religión! ¡Sois de los que no eligen ninguno de los caminos de la santificación del hombre! ¡Atreveos a afirmar ante Dios que nos oye que la tentación carnal no es el más triste de vuestro secretos!... ¿Nada decís?

NIETO.—Somos pecado... Somos pecado.

VELÁZQUEZ.—¡No os escudéis en el plural, primo! Sois pecado. *(Al REY.)* Acato humildemente, señor, las prudentes normas que una inspirada sabiduría dispone; mas yo me atrevería a sugerir otra norma que no fuese contra las pinturas lascivas, sino contra las mentes lascivas que en todo ven lascivia.

(Vuelve a la derecha. EL REY y el dominico hablan.)

EL REY.—¿Por qué habéis pintado ese lienzo?

VELÁZQUEZ.—Porque soy pintor, señor. Un pintor es un ojo que ve la Creación en toda su gloria. La carne es pecadora, mas también es gloriosa. Y antes de que nos sea confirmada su gloria en el fin de los tiempos, la pintura lo percibe... La mujer que he pintado es muy bella, señor; pero también es bello el cuerpo del Crucificado que pinté hace años y que adoran todos los días las monjitas de San Plácido.

(El Rey y el fraile hablan entre sí. Una pausa.)

El Rey.—¿Tenéis algo más que preguntar a don José Nieto?

Velázquez.—Sí, majestad.

El Rey.—Hacedlo.

Velázquez.—Primo, sé que sois sinceramente religioso. Denunciar a quien lleva vuestra sangre y a quien debéis vuestro puesto en Palacio debió de ser duro para vos.

Nieto.—*(Ablandado.)* Sabéis, primo, que os declaré veladamente mis temores hace días... *(Suspira.)* Mas no me disteis el menor indicio de arrepentimiento...

Velázquez.—Porque sé que lo habéis hecho con muchos escrúpulos de conciencia, os haré sólo una pregunta más.

Nieto.—Suplico a vuestra majestad me dé su venia para retirarme... Esto es muy doloroso para mí.

El Rey.—Luego que respondáis.

Velázquez.—Gracias, señor. Primo: cuando fui nombrado aposentador de su majestad, dijisteis en mi casa que su excelencia, aquí presente, os había propuesto a vos.

(Se acerca.)

Nieto.—En efecto...

Velázquez.—¡A vuestra escrupulosa conciencia invoco! ¡No olvidéis que, si mentís, Dios os lo tendrá en cuenta! ¿Osaríais jurar ante Él que no pensasteis en obtener mi puesto cuando me denunciasteis?

Nieto.—No estoy obligado a jurar...

Velázquez.—¡Nadie os obliga! ¡Pregunto si osaríais!... *(Pausa.)* ¿No?

Nieto.—*(Con la voz velada.)* Lo juro ante Dios. *(Inmediatamente arrepentido.)* ¡Oh!...

(Y se aparta unos pasos, tapándose el rostro con las manos.)

Velázquez.—*(Sonríe.)* Gracias, primo. *(Al Rey.)* Ruego humildemente al Santo Tribunal que, al juzgarme, tenga presentes los errores de criterio a que puede llegar un familiar impaciente en demasía por hacer sus primeros méritos aunque sea a costa de sus más allegados; quizá no limpio aún de ambiciones personales cuando denuncia, y acaso, acaso... perjuro.

(Una pausa.)

EL MARQUÉS.—¿Queréis decir que, no obstante haber incumplido un precepto del Santo Oficio, vuestro acatamiento a su autoridad y a la del trono fue siempre el debido?

VELÁZQUEZ.—Vuecelencia lo ha dicho perfectamente.

EL MARQUÉS.—Si un examen de vuestras pinturas hiciese presumir lo contrario, habría buenas razones para dudarlo...

VELÁZQUEZ.—¿Es vuecelencia quien pretende juzgar mis pinturas?

EL MARQUÉS.—Ruego a vuestra majestad que dé su venia para que el maestro Angelo Nardi venga a deponer.

VELÁZQUEZ.—¿Será posible? ¡Vuecelencia me allana la tarea!

EL MARQUÉS.—No estéis tan cierto.

EL REY.—Traedlo.

(EL MARQUÉS se levanta y sale por la puerta de la izquierda. VELÁZQUEZ vuelve a la derecha.)

NIETO.—Ruego a vuestra majestad me dé su venia para retirarme.

EL REY.—Aún no. Pasad aquí.

(Le señala a sus espaldas. NIETO, con la cabeza baja, sube los peldaños y se sitúa junto al bufete. EL MARQUÉS vuelve seguido de NARDI, a quien aquél indica que baje los peldaños.

NARDI *lo hace y se arrodilla ante* EL REY. EL
MARQUÉS *vuelve a sentarse.)*

NARDI.—Señor...
EL REY.—Alzaos.

*(*NARDI *se levanta.)*

EL MARQUÉS.— Maestro Nardi: se os ha llamado a presencia de su majestad para que, como excelente pintor que
sois, enjuiciéis las pinturas de don Diego sin que ninguna
consideración de amistad o cortesía pese en vuestro ánimo. [Decidnos lealmente si la tarea que ha venido cum-
pliendo Velázquez como pintor de cámara es, a vuestro juicio, la debida.]

NARDI.—Señor: debo encarecer ante todo a mi admira-
do colega que mis pobres opiniones no pretenden poner
en duda ni la reconocida excelencia de sus prendas personales ni la buena fe con que pintó sus obras...

VELÁZQUEZ.—Me conmovéis, maestro.

NARDI.—Mas debo responder en conciencia, pues que
su majestad lo manda. Creo yo que el pintor Velázquez,
cuya maestría es notoria, no es, sin embargo, un buen pintor de cámara.

EL MARQUÉS.—¿Por qué?

NARDI.—¿Cómo diría?... En su labor no guardó, creo,
las proporciones debidas.

EL MARQUÉS.—¿Cómo se entiende?

NARDI.—Ha pintado un solo cuadro de batallas, cuando nuestras gloriosas batallas han sido y son tan abundan-
tes. Y aún creo, como pintor, que la *Rendición de Breda*
es una tela demasiado pacífica; más parece una escena de
corte que una hazaña militar.

EL MARQUÉS.—*(Sonríe.)* Proseguid.

NARDI.—Aún más grave hallo que nos convide a reír
del glorioso soldado de nuestros tercios en otra tela suya...

(Golpes enérgicos en la puerta del fondo, que se repiten. Todos vuelven la cabeza.)

EL REY.—¿Quién se atreve?...

EL MARQUÉS.—*(Sorprendido.)* La guardia tiene órdenes terminantes.

EL REY.—¿Y osan llamar así?

(Nuevos golpes.)

EL MARQUÉS.—¿Acaso alguna nueva grave?...

EL REY.—Id a ver.

*(*EL MARQUÉS *va al fondo y, ante la expectación de todos, abre la puerta. La infanta* MARÍA TERESA *entra.)*

EL MARQUÉS.—*(Se inclina, sorpendido.)* ¡Alteza!...

*(*EL REY *y el dominico se levantan, asombrados. La infanta avanza con una ingenua sonrisa que encubre mal la intrigada emoción que la domina.* EL MARQUÉS *cierra la puerta.)*

MARÍA TERESA.—Aceptad mis excusas, señor. Confié en que la contraseña del centinela no rezaría conmigo.

EL REY.—*(La mira fijamente.)* ¿Qué se os ofrece?

MARÍA TERESA.—Os he rogado en ocasiones que me permitieseis asistir a vuestro Consejo... Si quisierais perdonar mi audacia...

EL REY.—No lo estoy celebrando.

MARÍA TERESA.—Por eso mismo me atreví a pensar que podría asistir a esta reunión.

EL REY.—¿Conocéis sus causas?

MARÍA TERESA.—*(Titubea.)* Sean cuales fueren... os ruego me deis licencia para quedarme.

*(*EL MARQUÉS *vuelve despacio.)*

EL REY.—*(Seco.)* Mucho valor habéis debido de reunir para dar este paso.

MARÍA TERESA.—¿Por qué, señor?

EL REY.—*(Lento.)* Porque veníais persuadida de que no os lo voy a conceder.

MARÍA TERESA.—*(Cree fracasar; se inclina.)* Perdonad mi atrevimiento...

EL REY.—*(Cambia una mirada con* EL MARQUÉS.*)* Mi respuesta no es la que esperabais. Quedaos.

MARÍA TERESA.—*(Sorprendida.)* Os doy las gracias, señor.

EL REY.—Tal vez lo lamentéis. ¿Insistís?

MARÍA TERESA.—*(Débil.)* Insisto, señor.

EL REY.—Sentaos junto a mí.

MARÍA TERESA.—Con vuestra venia.

> *(*EL REY *se sienta. La infanta y el dominico lo hacen a su vez. A* MARÍA TERESA *se le escapa una mirada hacia* VELÁZQUEZ, *que su padre capta.)*

EL REY.—Proseguid, maestro Nardi. Ibais a decirnos que nuestros soldados habían llegado a ser cosa de burla para Velázquez.

> *(*EL MARQUÉS *se aposta junto al dominico.)*

NARDI.—En su regocijante pintura del dios Marte, señor. Es claro que esa figura pretende representar a un soldado de Flandes. Y cuando no es burla, en la pintura de don Diego hallamos desdén o indiferencia, mas no respeto. Los mismos retratos de personas reales carecen de la majestad adecuada. Se diría que entre los perros o los bufones que él pinta y... sus majestades, no admite distancias. Otro tanto podría decir de sus pinturas religiosas: son muy pocas y no creo que muevan a devoción ninguna, pues también parece que sólo busca en ellas lo que tiene de humano lo divino.

VELÁZQUEZ.—¿Habláis como pintor o como cortesano, maestro Nardi?

NARDI.—Hablo como lo que somos los dos, maestro Velázquez: como un pintor de la Corte.

VELÁZQUEZ.—Quizá no habéis citado mis pinturas más cortesanas...

NARDI.—Era vuestro deber pintarlas y quedaría por saber si había sido vuestro gusto. Es claro que lo que más os complace pintar es aquello que, por azar o por triste causa natural, viene a ser menos cortesano... Los bufones más feos o más bobos, pongo por caso.

VELÁZQUEZ.—Esos desdichados tienen un alma como la nuestra. ¿O creéis que son alacranes?

NARDI.—Estoy por decir que pintaríais con igual deleite a los alacranes.

VELÁZQUEZ.—¡Yo, sí! ¡Pero vos, no! ¿Qué diría la Corte?

(El fraile sonríe.)

NARDI.—En mi opinión, señor, don Diego Velázquez se cree un leal servidor y procura serlo. Pero su natural caprichoso... le domina. Es como su famosa manera abreviada... *(Remeda despectivo, en el aire, unas flojas pinceladas.)* Casi todos los pintores la atribuyen a que ha perdido vista y ya no percibe los detalles. Yo sospecho que pinta así por capricho.

[VELÁZQUEZ.—Me hacéis un gran honor.

NARDI.—Sí, y sin mala intención...] Mas al pintar así desprecia al modelo sin darse cuenta..., aunque el modelo sea regio. Hablo siempre como pintor, claro. Aunque sea cortesano.

VELÁZQUEZ.—Respondedme como pintor a una pregunta, maestro. Cuando miráis a los ojos de una cabeza, ¿cómo veis los contornos de esa cabeza?

NARDI.—*(Lo piensa.)* Imprecisos.

VELÁZQUEZ.—Esa es la razón de la manera abreviada que a vos os parece un capricho.

NARDI.—Es que para pintar esos contornos, hay que dejar de mirar a los ojos de la cabeza y mirarlos a ellos.

VELÁZQUEZ.—Es vuestra opinión. Vos creéis que hay que pintar las cosas. Yo pinto el ver.

NARDI.—*(Alza las cejas.)* ¿El ver?

VELÁZQUEZ.—*(Le vuelve la espalda.)* Señor: no hablaré ya de las intenciones. Como él conmigo, estoy dispuesto a admitir que le mueve su amor al trono y no al bastardo deseo de obtener mi puesto de pintor de sus majestades. Ya que como pintor habla, me reduciré a considerar su competencia pictórica. Sé que es grande...

NARDI.—Sois muy cortés.

VELÁZQUEZ.—¡Nada de eso! Su majestad obra con prudencia recurriendo a vuestra sabiduría, como obraría con igual prudencia no dándoos crédito si se probase que vuestra sabiduría es ficticia.

NARDI.—No pretendo yo ser el más sabio de los pintores.

VELÁZQUEZ.—Señor: creed que su sabiduría me ha llegado a desconcertar. Sobre todo, el gran hallazgo de su *San Jerónimo.*

(El fraile escucha muy atento.)

NARDI.—Es sólo un cuadro devota y cuidadosamente pintado.

VELÁZQUEZ.—Es también un cuadro que prueba vuestra ciencia de las leyes del color.

NARDI.—*(Sonríe.)* No os burléis, don Diego. El color no tiene leyes...

VELÁZQUEZ.—No intentéis ocultarnos las que habéis descubierto, maestro.

EL REY.—*(Intrigado.)* ¿A qué os referís?

VELÁZQUEZ.—He advertido, señor, una tenue neblina verdosa que rodea al sayo verde de su *San Jerónimo.* El maestro sabe algo de los colores que yo ignoro: lo confieso.

NARDI.—Exageráis... Sólo es un modo de dar blandura a las gradaciones...

VELÁZQUEZ.—¿Con una neblina verdosa alrededor del sayo?

NARDI.—Vos mismo recurrís a esas dulzuras...

VELÁZQUEZ.—¿Yo?

NARDI.—*(Ríe.)* ¿Tendré que recordaros cierta nubecilla verdosa que rodea las calzas de vuestro *Don Juan de Austria?*

VELÁZQUEZ.—¿Habéis pintado vuestra nubecilla por haber visto la mía? ¡Qué honor para mí!

NARDI.—*(Modesto.)* Es una coincidencia casual.

VELÁZQUEZ.—¿Coincidencia? Olvidáis que las calzas de mi bufón son carmesíes.

NARDI.—¿Y qué, con eso?

VELÁZQUEZ.—Yo pinté la nubecilla verdosa porque me ha parecido advertir que las tintas carmesíes suscitan a su alrededor un velo verdoso.

EL REY.—¡Hola! Eso es curioso.

VELÁZQUEZ.—Es algo que ocurre en nuestros ojos, señor, y que aún no comprendo. bien. El maestro Nardi lo comprende mejor... Yo creía que un paño verde suscitaba una nubecilla carmesí... y él la pinta verde. ¡No por haber visto la mía, no! Es una coincidencia casual. Y una distracción... Quizá no tardemos en ver las veladuras de su *San Jerónimo* volverse carmesíes. O el sayo, pero esto requería más trabajo: os recomiendo lo primero como más sencillo, maestro.

NARDI.—*(Con los ojos bajos.)* Nada sé de esas leyes que os place fingir ahora... Las gradaciones de los colores en la pintura sólo buscan la belleza.

VELÁZQUEZ.—*(Vibrante.)* ¡Nada sabe, señor! Él lo dice. [Yo sé aún muy poco de los grandes misterios de la luz: él, nada.] ¿Es éste el hombre que puede juzgar mi pintura?

> *(NARDI está alterado, confundido; no acierta a contestar.)*

EL MARQUÉS.—Poco importan esas discusiones entre colegas. Si no queréis que la haya visto como pintor, no por eso el maestro Nardi ha dejado de ver una gran verdad: la censurable condición de vuestra pintura.

VELÁZQUEZ.—Excelencia, os ruego que no habléis así. Es impropio de vos.

EL MARQUÉS.—*(Ruge.)* ¿Por qué?

VELÁZQUEZ.—Es demasiado sutil.

> *(El fraile sonríe. La infanta sonríe francamente.)*

EL MARQUÉS.—Señor: ¿queréis más pruebas de su abominable rebeldía que esa insolencia?

MARÍA TERESA.—Yo no hallo insolencia alguna, marqués... Es una chanza digna del donoso sevillano que es don Diego. *(Todos la miran con sorpresa.)* [Quizá debí callar...] Perdón, señor.

> *(Baja los ojos.)*

EL REY.—*(La mira fijamente. Luego, a* NARDI.*)* ¿Tenéis algo más que decir, maestro?

NARDI.—Sólo una cosa, señor. Casi todos los pintores que conozco lamentan la benignidad de vuestra majestad con la pintura de don Diego.

VELÁZQUEZ.—Lo sabemos, maestro. Casi todos se empeñan en afirmar que su majestad carece de criterio.

EL REY.—*(Seco.)* Gracias, Nardi. Aguardad con Nieto. *(Señala a sus espaldas. Humillado,* NARDI *se inclina y sube los peldaños para situarse junto a* NIETO. EL REY, *al* MARQUÉS:*)* ¿Tenéis vos algo que preguntar a don Diego?

EL MARQUÉS.—Sí, majestad. Me han llegado las noticias que esperaba. *(Con una mirada a la infanta.)* Si vuestra majestad desea antes inquirir del caso que sabe...

EL REY.—Hablad vos antes.

EL MARQUÉS.—Con la venia de vuestra majetad. Señor aposentador: medid bien ahora vuestras palabras...

> *(Se detiene ante una seña del* REY, *a quien el*

*dominico empezó a hablar en voz baja. Todos
guardan respetuoso silencio.)*

EL REY.—Aguardad, marqués. *(EL REY y el dominico
cambian secretas confidencias. Luego se levantan ambos,
y la infanta los imita.)* Su reverencia nos deja ya, marqués.
Servíos acompañarle hasta la puerta.

EL MARQUÉS.—*(Va rápidamente a su lado.)* ¿Vuestra
reverencia se va? Yo tendría empeño en que oyese lo que
voy a revelar... *(El fraile se detiene con un suave ademán y
le habla en voz baja. Se advierte que* EL MARQUÉS *insiste
y que el fraile deniega, reafirmando algo.* EL MARQUÉS *suspira, contrariado.)* Como vuestra paternidad disponga.

(El dominico se inclina ante EL REY *y la infanta.* EL REY *le devuelve la reverencia y la infanta le besa el rosario. Luego da la vuelta por
la izquierda y se dirige al fondo acompañado
del* MARQUÉS, *entre las reverencias de todos.
Al pasar junto a* NIETO, *éste se precipita a besarle el crucifijo; pero el dominico lo mira y,
con un seco ademán de desagrado, retira rápidamente su rosario. Rojo de vergüenza,* NIE-
TO *vuelve a su sitio y el dominico llega a la
puerta del fondo, que se adelantó a abrir* EL
MARQUÉS. *El fraile lo bendice brevemente,
sale y* EL MARQUÉS *cierra, volviendo junto al*
REY. *Entretanto:)*

VELÁZQUEZ.—¿Debo entender, señor, que se ha decidido ya el caso de mi denuncia?

EL REY.—Su paternidad sólo asistió como consultor.
Quien decide en nombre del Santo Tribunal, soy yo. Y
aún no he decidido. Sentaos a mi diestra, hija mía.

(La infanta lo hace. EL MARQUÉS *se sienta al
otro lado.)*

EL MARQUÉS.—Con vuestra venia, señor. Decidme vos, don Diego, qué entendéis por rebeldía.

VELÁZQUEZ.—La oposición a cualquier autoridad mediante actos o pensamientos.

EL MARQUÉS.—¿Afirmáis no ser un rebelde ante la autoridad real?

VELÁZQUEZ.—Lo afirmo.

EL MARQUÉS.—Ya que desconfiáis de mi sutileza, me reduciré a los hechos. ¿Conocéis a un llamado Pedro Briones?

VELÁZQUEZ.—*(Duda un segundo.)* No, excelencia.

EL MARQUÉS.—*(Con aviesa sonrisa.)* Sí que lo conocéis... Un viejo que os sirvió de modelo hace años.

VELÁZQUEZ.—*(Alerta.)* He usado de muchos modelos... No recuerdo.

EL MARQUÉS.—*(Con asombro.)* ¿Le dais amparo en vuestra casa y no sabéis su nombre?

VELÁZQUEZ.—¿A... quién os referís?

EL MARQUÉS.—A un viejo que habéis recogido.

VELÁZQUEZ.—*(Lo piensa.)* Con efecto... Un pobre viejo enfermo que perdió el sentido al pedir limosna en mi casa... Allí lo tengo unos días, hasta que se reponga... Me sirvió de modelo hace unos años, sí... Mas no sé quién es.

EL MARQUÉS.—*(Al* REY.*)* Es Pedro Briones, señor. La justicia lo buscaba desde hace muchos años. Licenciado de galeras, asesino de su capitán en Flandes, y promovedor en la Rioja de las algaradas a causa de los impuestos, que han costado la vida a varios servidores de vuestra majestad.

EL REY.—¿Qué me decís?

EL MARQUÉS.—Lo que vuestra majestad oye.

EL REY.—*(Después de un momento, a* NIETO *y a* NARDI.*)* Aguardad ahí dentro, señores. *(Ellos se inclinan y salen por la puerta de la izquierda, que cierran.)* ¿Sabíais vos estas cosas, don Diego?

VELÁZQUEZ.—*(Pálido.)* No... las he sabido en todos estos años.

EL MARQUÉS.—*(Ríe.)* ¿Lo juraríais?

VELÁZQUEZ.—¿Es esto un proceso?

EL MARQUÉS.—Sin serlo, habéis pedido juramento a otra persona. Jurad vos ahora.

VELÁZQUEZ.—Esto no es un proceso y no juraré. Preguntad y responderé en conciencia.

EL MARQUÉS.—¿Afirmáis ignorar lo que he revelado?

VELÁZQUEZ.—Ahora ya lo sé.

EL MARQUÉS.—*(Riendo groseramente.)* ¿Lo ignorabais cuando le disteis asilo? *(Un silencio.)* Responded.

VELÁZQUEZ.—*(Al* REY.*)* Señor, no quiero saber lo que ese hombre haya hecho. Sólo sé que su vida ha sido dura, que es digno y que merece piedad. Morirá pronto: está enfermo. Yo os pido piedad para él, señor.

EL MARQUÉS.—Una manera de pedirla para vos, ¿no? Porque, cuando lo recogisteis, sabíais sus crímenes.

VELÁZQUEZ.—*(Frío.)* Eso, señor marqués, será menester probarlo.

EL MARQUÉS.—*(Airado.)* ¡Ese hombre os contó en esta misma sala su vida! Y después le disteis asilo. Ya veis que estoy bien informado.

VELÁZQUEZ.—¿Vuecelencia puede probarlo?

EL MARQUÉS.—Conmigo no valen argucias: no traeré aquí a mis espías. ¡Confesad, señor aposentador! No os queda otro remedio.

*(*VELÁZQUEZ *esta desconcertado. Teme.)*

EL REY.—*(A media voz.)* ¿Quién les escuchó?

*(*EL MARQUÉS *se inclina y le susurra un nombre al oído.)*

MARÍA TERESA.—*(Que ha hecho lo posible por captarlo.)* Perdonad, padre mío...

EL REY.—*(Duro.)* ¿Qué queréis?

MARÍA TERESA.—He oído el nombre que os han dicho. No hay en Palacio persona más enredadora y mentirosa.

EL REY.—*(Amenazante.)* ¿Estáis intentando defender a Velázquez?

MARÍA TERESA.—*(Inmutada.)* Señor... Busco, como vos, la justicia.

EL REY.—*(La mira duramente.)* Tiempo tendréis de hablar.

VELÁZQUEZ.—Señor: si dan tormento a ese hombre acabarán con él...

EL REY.—¿Tanto os importa?

VELÁZQUEZ.—Es un anciano. Podrán quizá arrancarle confesiones falsas.

EL MARQUÉS.—No es menester que confiese, don Diego. Vuestra rebeldía está probada. Por lo demás, ese hombre ya no podrá decir nada.

(VELÁZQUEZ lo mira, amedrentado.)

EL REY.—¿Por qué no?

EL MARQUÉS.—Se dio a la fuga cuando lo prendían y cayó por el desmonte de los Caños del Peral. Según parece, veía poco.

VELÁZQUEZ.—*(Ruge.)* ¿Qué?

EL MARQUÉS.—Ha muerto.

VELÁZQUEZ.—*(Descompuesto.)* ¿Muerto?

EL MARQUÉS.—Vuestra majestad juzgará a Velázquez según su alto criterio. Yo he dicho cuanto tenía que decir.

EL REY.—Todas las pruebas están contra vos, don Diego. [Por la pintura obscena que habéis hecho habríais de ser excomulgado y desterrado. Por lo que el marqués nos ha referido, el castigo tendría que ser mayor.] ¿Tenéis algo que alegar en vuestra defensa? *(VELÁZQUEZ no oye: desencajado y trémulo, mira al vacío con los ojos muy abiertos. Al fin, vacilante, va hacia los peldaños.)* ¿Reconocéis vuestros yerros? *(VELÁZQUEZ rompe a llorar.)* ¡Cómo! ¿Lloráis? ¿Vos lloráis?

EL MARQUÉS.—Esa es su confesión.

(La infanta lo mira y se levanta para acudir al

> lado de VELÁZQUEZ. *Su mano, tímida, se alar-*
> *ga hacia él sin osar tocarlo.)*

MARÍA TERESA.—¡Don Diego!

> *(*EL MARQUÉS *se levantó al hacerlo la infan-*
> *ta.* EL REY, *sombrío, no la pierde de vista.)*

EL REY.—*(Al* MARQUÉS.*)* Dejadnos solos.

> *(*EL MARQUÉS *se inclina y sale por la puerta*
> *de la izquierda, cerrando.)*

MARÍA TERESA.—¡Don Diego, no lloréis!...
EL REY.—*(Helado.)* Ponéis en vuestra voz un sentimiento impropio de vuestra alcurnia. *(La infanta, sin vol-*
verse, atiende.) Me pregunto si mostraréis la misma pena
cuando vuestro padre muera. *(La infanta se va incorpo-*
rando despacio, sin volverse. VELÁZQUEZ *escucha.)* Me
pregunto si, en vez de estar ante un culpable, no estoy
ante dos.
MARÍA TERESA.—*(Se vuelve, airada.)* ¿Qué queréis
decir?

> *(*VELÁZQUEZ *los mira.)*

EL REY.—*(Se levanta.)* ¿Por qué habéis venido aquí?
¿Qué es él para vos?
MARÍA TERESA.—¡No es propio hablar así a una infan-
ta de España no estando a solas!
EL REY.—*(Va a su lado.)* ¡Luego lo reconocéis!
MARÍA TERESA.—¡Nada reconozco!
EL REY.—*(Se aparta bruscamente y baja los peldaños*
para situarse a la derecha del primer término.) Es vano
que neguéis. Estoy informado de vuestras visitas a esta
sala en los días en que el pintor cerraba con llave. De vues-
tras escapadas sin séquito para ver a este hombre.
MARÍA TERESA.—¿Qué cosa horrible y sucia estáis
insinuando?
EL REY.—Hablo la lengua de la experiencia. Quizá no

os disteis entera cuenta de lo que hacíais. Quizá la niña loca y díscola que sois se dejó... fascinar. *(A* VELÁZQUEZ.*)* Mas ¿y vos? *(Va hacia él.)* ¿Cómo osasteis poner vuestros impuros ojos de criado en mi hija? ¡Vos, el esposo fiel, el de la carne fuerte, el invulnerable a los galanteos de Palacio, os reservabais para el más criminal de ellos! ¡Mal servidor, valedor de rebeldes, orgulloso, desdeñoso de la autoridad real, falso! Ahora todo se aclara. Pintasteis con intención obscena, protegisteis a un malvado porque despreciáis mi Corona y... habéis osado trastornar el corazón y los pensamientos de la más alta doncella de la Corte.

VELÁZQUEZ.—Señor; os han informado mal.

EL REY.—¡No me contradigáis! Sé lo que digo y me ha bastado observaros a los dos aquí hoy para confirmarlo. Pagaréis por esto, don Diego.

MARÍA TERESA.—Padre mío...

EL REY.—¡Callad vos!

MARÍA TERESA.—No callaré, padre. Si vos habláis la lengua de la experiencia, yo soy ya una mujer y también sé lo que digo. Esta tarde no he visto aquí más que mezquinas envidias disfrazadas de acusaciones contra quien sufre la desgracia de ser el mejor pintor de la Tierra y un hombre cabal. Si él no se defiende, yo lo defenderé; porque en esa infamia que nos imputáis veo también un rencor... ¡y sé de quién procede!

EL REY.—¡El calor de vuestras palabras me prueba lo que pretendéis negar! No pronunciéis ni una más.

MARÍA TERESA.—Si yo os dijese el nombre de quien delató, ¿nos escucharíais?

EL REY.—¡No podéis dar nombre alguno!

MARÍA TERESA.—¿No es doña Marcela de Ulloa?

EL REY.—*(Desconcertado.)* ¿Eh? Aunque así fuere...

MARÍA TERESA.—Ella es. ¡Traedla aquí si queréis, padre mío! ¡Si ella nos vigila, yo también sé vigilarla! No se atreverá a negar ante mí que sólo piensa en don Diego... Que lo persigue...

EL REY.—¡Hija!

MARÍA TERESA.—¡Sí, padre mío! Esa mujer que nos guarda no quiere guardarse. Esa depositaria del honor de las doncellas de la Corte entregaría sin vacilar su honor a don Diego..., con sólo que él dijese una palabra... que nunca ha querido decir.

EL REY.—*(A* VELÁZQUEZ.*)* ¿Es eso cierto?

VELÁZQUEZ.—No sé de qué me habla vuestra majestad.

MARÍA TERESA.—¿A él se lo preguntáis? ¡Dejad que yo se lo pregunte a ella! Yo la forzaré a reconocer que calumnió por celos, por rencor, por desesperación...

EL REY.—¡No ha mentido al denunciar vuestras visitas a este obrador!

MARÍA TERESA.—Pero habla de ellas en vuestra misma lengua, padre... En la lengua de la experiencia..., que es la de los turbios pensamientos... La del pecado. *(Un silencio.* EL REY *está perplejo. Ella avanza.)* Padre, si castigáis a Velázquez cometeréis la más terrible de las injusticias. ¡Ha sido un servidor más leal que muchos de los que le atacan!

(Una pausa.)

EL REY.—*(Sombrío, se acerca a* VELÁZQUEZ.*)* Siempre os tuve por un buen vasallo, don Diego. Desde hoy, ya no sé si merecíais mi amistad. Nunca acerté a leer en vuestros ojos y ahora tampoco me dicen nada. Todavía quisiera, sin embargo, juzgaros como amigo más que como rey. ¡De vos depende que yo pueda entender de otro modo todo lo que aquí se ha dicho! Ya no quiero saber qué hay tras esa frente. Me bastará con vuestra palabra. ¿Puede negarse un vasallo a protestar de su lealtad y su amor al soberano? Vos habéis tenido el mío.... Si me declaráis vuestro arrepentimiento y reconocéis vuestra sumisión a mi persona, olvidaré todas las acusaciones.

MARÍA TERESA.—¿No os bastan sus lágrimas? Ha llorado por la injusticia que le hacíais.

VELÁZQUEZ.—Lloro por ese hombre que ha muerto, alteza.

EL REY.—¿Por ese hombre?

VELÁZQUEZ.—Era mi único amigo verdadero.

EL REY.—*(Duro.)* Así, pues, ¿yo no lo era? ¿Es eso cuanto me tenéis que decir?

VELÁZQUEZ.—Algo más, señor. Comprendo lo que vuestra majestad me pide. Unas palabras de fidelidad nada cuestan... ¿Quién sabe nada de nuestros pensamientos? Si las pronuncio podré pintar lo que debo pintar y vuestra majestad escuchará la mentira que desea oír para seguir tranquilo...

EL REY.—*(Airado.)* ¿Qué decís?

VELÁZQUEZ.—Es una elección, señor. De un lado, la mentira una vez más. Una mentira tentadora: sólo puede traerme beneficios. Del otro, la verdad. Una verdad peligrosa que ya no remedia nada... Si viviera Pedro Briones me repetiría lo que me dijo antes de venir aquí: mentid si es menester. Vos debéis pintar. Pero él ha muerto... *(Se le quiebra la voz.)* Él ha muerto. ¿Qué valen nuestras cautelas ante esa muerte? ¿Qué puedo dar yo para ser digno de él, si el ha dado su vida? Ya no podría mentir, aunque deba mentir. Ese pobre muerto me lo impide... Yo le ofrezco mi verdad estéril... *(Vibrante.)* ¡La verdad, señor, de mi profunda, de mi irremediable rebeldía!

EL REY.—¡No quiero oír esas palabras!

VELÁZQUEZ.—¡Yo debo decirlas! Si nunca os adulé, ahora hablaré. ¡Amordazadme, ponedme hierros en las manos, que vuestra jauría me persiga como a él por las calles! Caeré por un desmonte pensando en las tristezas y en las injusticias del reino. Pedro Briones se opuso a vuestra autoridad; pero ¿quién le forzó a la rebeldía? Mató porque su capitán se lucraba con el hambre de los soldados. Se alzó contra los impuestos porque los impuestos están hundiendo al país. ¿Es que el Poder sólo sabe acallar con sangre lo que él mismo incuba? Pues si así lo hace, con sangre cubre sus propios errores.

EL REY.—*(Turbado, procura hablar con sequedad.)* He amado a mis vasallos. Procuré la felicidad del país.

VELÁZQUEZ.—Acaso.

EL REY.—¡Medid vuestras palabras!

VELÁZQUEZ.—Ya no, señor. El hambre crece, el dolor crece, el aire se envenena y ya no tolera la verdad, que tiene que esconderse como mi Venus, porque está desnuda. Mas yo he de decirla. Estamos viviendo de mentiras o de silencios. Yo he vivido de silencios, pero me niego a mentir.

EL REY.—Los errores pueden denunciarse. ¡Pero atacar a los fundamentos inconmovibles del Poder no debe tolerarse! Os estáis perdiendo, don Diego.

VELÁZQUEZ.—¿Inconmovibles? Señor, dudo que haya nada inconmovible. Para morir nace todo: hombres, instituciones... Y el tiempo todo se lo lleva. También se llevará esta edad de dolor. Somos fantasmas en manos del tiempo.

EL REY.—*(Dolido, se aparta.)* Yo os he amado... Ahora veo que vos no me amasteis.

VELÁZQUEZ.—Gratitud, sí, majestad. Amor... Me pregunto si puede pedir amor quien nos amedrenta.

EL REY.—*(Se vuelve, casi humilde.)* También yo sé de dolores... De tristezas...

VELAZQUEZ.—Pedro ha muerto.

EL REY.—*(Da un paso hacia él.)* Habéis podido pintar gracias a mí...

VELÁZQUEZ.—Él quiso pintar de muchacho. Me avergüenzo de mi pintura. Castigadme.

(Un silencio. EL REY *está mirando a* VELÁZQUEZ *con obsesiva fijeza.)*

MARÍA TERESA.—Él ha elegido. Elegid ahora vos. Pensadlo bien: es un hombre muy grande el que os mira. Os ha hablado como podría haberlo hecho vuestra conciencia: ¿desterraréis a vuestra conciencia del Palacio? Podéis optar por seguir engendrando hijos con mujerzuelas *(*EL REY *la mira súbitamente.)* y castigar a quien tuvo la osadía de enseñaros que se puede ser fiel a la esposa; podéis seguir adormecido entre aduladores que le aborrecen porque es íntegro, mientras ellos, como el señor marqués, vende prebendas y se enriquecen a costa del hambre del país; podéis escandalizaros ante una pintura para ocultar los pecados del Palacio. Podéis castigar a Velázquez... y a vuestra hija, por el delito de haberos hablado, quizá por primera y última vez, como verdaderos amigos. ¡Elegid ahora entre la verdad y la mentira!

EL REY.—*(Triste.)* Él ha sabido hacerse amar de vos más que yo. Eso me ofende aún más.

MARÍA TERESA.—*(Entre ella y* VELÁZQUEZ *se cambia una profunda mirada.)* No le llaméis amor, padre mío... En esta Corte de galanteos y de pasiones desenfrenadas es un sentimiento... sin nombre.

EL REY.—*(Mirando a los dos.)* Yo debiera castigar.... Vos entraríais en la Encarnación y vos iríais al destierro... Si Dios me hubiera hecho como mis abuelos, castigaría sin vacilar... No lo haré.

MARÍA TERESA.—Porque sois mejor de lo que creéis, padre mío...

EL REY.—No. También debiera castigar a otros y tampoco lo haré. *(Con los ojos bajos.)* Soy el hombre más miserable de la Tierra.

> *(Se vuelve y sube los peldaños, cansado. Se acerca a la puerta de la izquierda.* VELÁZQUEZ *cruza.)*

VELÁZQUEZ.—¡Yo hablé, señor, yo hablé! ¡Recordadlo!

EL REY.—¡Callad! *(Se dispone a abrir la puerta. Con la mano en el pomo se vuelve hacia* VELÁZQUEZ.*)* ¿Destruiríais esa Venus?

VELÁZQUEZ.—Nunca, señor.

EL REY.—*(Sin mirarlo.)* Jamás la enseñaréis a nadie, ni saldrá de vuestra casa mientras viváis. *(*VELÁZQUEZ *inclina la cabeza.* EL REY *abre bruscamente la puerta.)* ¡Señores! *(Se aparta hacia su sillón, en cuyo respaldo se apoya.* EL MARQUÉS, NARDI *y* NIETO *entran y hacen la reverencia.* EL REY *habla sin mirarlos.)* Respecto a cuanto se ha revelado aquí, tomaremos medidas reservadas. Entretanto es mi voluntad que se guarde secreto y que el trato de vuestras mercedes con el pintor Velázquez sea el mismo de siempre. ¿Entendido?

LOS TRES.—Sí, majestad.

(Con un brusco ademán. EL REY recoge su sombrero y se lo cala, mientras camina, rápido, hacia el fondo. EL MARQUÉS se precipita a abrirle la puerta y se arrodilla al salir EL REY. Los demás hacen lo mismo. VELÁZQUEZ y la infanta suben luego los peldaños. Se oyen, en la lejanía creciente, los tres gritos de los centinelas: «¡EL REY!»)

EL MARQUÉS.—*(Desde el fondo, con sequedad.)* No habrá otro remedio que ser vuestro amigo, don Diego. Me dejáis mandado. Alteza...

(Se inclina y sale, dejando la puerta abierta. VELÁZQUEZ lo ve salir sin hacer el menor movimiento.)

NARDI.—*(Sonríe.)* Habréis visto, don Diego, que procuré hablar en lo posible a vuestro favor. Os ruego que paséis mañana a ver mi pintura. Quiero seguir vuestros sabios consejos acerca de las veladuras... *(Abrumado por el silencio de VELÁZQUEZ.)* Alteza...

(Sale rápidamente por la puerta de la izquierda, que cierra. NIETO mira a su primo. Luego se inclina hacia la infanta y se encamina al fondo. Al salir sube tres escalones y abre la otra puerta, que abate sobre el muro. Se vuelve y mira un segundo a VELÁZQUEZ. Entretanto la luz del día vuelve al primer término y MARTÍN entra por la izquierda mordisqueando el trozo de pan que PEDRO dejó caer cuando lo prendían. Cansado y triste, va a sentarse a la izquierda de los peldaños, donde sigue comiendo.)

VELÁZQUEZ.—*(Con una ironía desgarrada.)* ¡Tal como estáis, os pintaría en mi cuadro, primo! ¡Es justamente lo que buscaba! *(Ríe, y pasa sin transición al llanto, mientras*

NIETO *sube los escalones y desaparece por el recodo.)*
Os pintaría... *(Se vuelve con la cara bañada en lágrimas.)*
si yo volviera a pintar.

> *(Desesperadamente se oprime las manos. Du-*
> *rante estas palabras la infanta se acerca al bu-*
> *fete con los ojos húmedos y toma la paleta.)*

MARÍA TERESA.—Él dijo que vos debíais pintar. Pinta-
réis ese cuadro, don Diego..., sin mí. *(Se va acercando.)* Yo
ya no debo figurar en él. Tomad.

> *(Le desenlaza suavemente las manos y le da*
> *la paleta.)*

VELÁZQUEZ.—*(Se arrodilla y le besa la mano.)* ¡Que
Dios os bendiga!
MARÍA TERESA.—Sí... Que Dios nos bendiga a todos...
y a mí me guarde de volverme a adormecer.

> *(Retira su mano y sale, rápida, por el fondo.*
> VELÁZQUEZ *se levanta y mira su paleta, que*
> *empuña.)*

MARTÍN.—La historia va a terminar... Yo la contaré
por las plazuelas y los caminos como si ya la supiera... Estoy solo y me volveré loco del todo: siempre es un remedio. *(Las cortinas del primer término se corrieron ante la
inmóvil figura de* VELÁQUEZ. *La luz vuelve a decrecer. La
vihuela toca dentro la* Fantasía de Fuenllana.*)* Se reirán
de mi simpleza y yo fingiré que he visto el cuadro. Pedro,
casi ciego, decía de él cosas oscuras, que no entiendo, pero
que repetiré como un papagayo. *(Mira el pan.)* Pedro...
(Las cortinas empiezan a descorrerse muy despacio.) Decía: será una pintura que no se podrá pagar con toda la
luz del mundo... Una pintura que encerrará toda la tristeza de España. Si alguien me pintara un cartelón para las
ferias, podría ganar mi pan fingiendo que los muñecos hablan... *(Las cortinas se han descorrido. La luz se fue del pri-*

mer término. MARTÍN *es ahora una sombra que habla. A la derecha de la galería, hombres y mujeres componen, inmóviles, las actitudes del cuadro inmortal bajo la luz del montante abierto. En el fondo,* NIETO *se detiene en la escalera tal como lo vimos poco antes. La niña mira, cándida; el perro dormita. Las efigies de los reyes se esbozan en la vaga luz del espejo. Sobre el pecho de* VELÁZQUEZ, *la cruz de Santiago. El gran bastidor se apoya en el primer término sobre el caballete.)* ¡Ilustre senado, aquel es don Diego Ruiz, que ni cara tiene de simple que es! Dice:

RUIZ DE AZCONA.—Hay quien se queja, doña Marcela... Pero nuestra bendita tierra es feliz, creedme... Como nosotros en Palacio...

MARTÍN.—Mientras doña Marcela piensa:

D.ª MARCELA.—No sucedió nada... Estoy inquieta... Ahora, cuando lo miro, sé que lo he perdido para siempre.

MARTÍN.—Y los demás...

NICOLASILLO.—¡Despierta, León, despierta!

MARTÍN.—Pero tampoco sabe lo que dice, como yo.

D.ª ISABEL.—Dicen que en Toledo una fuente mana piedras preciosas...

D.ª AGUSTINA.—En Balchín del Hoyo han encontrado, al fin, barras de oro...

MARI BÁRBOLA.—Nada sucedió... Dios bendiga a don Diego.

MARTÍN.—Esa mosca negra del fondo nada dice. Pero Vista de Lince la mira y piensa...

NICOLASILLO.—El señor Nieto está llorando...

MARTÍN.—La infantita calla. Aún lo ignora todo. Don Diego la ama por eso y porque está hecha de luz. ¿Y él? ¿Qué pensará don Diego, él, que lo sabe todo?

(Una pausa.)

VELÁZQUEZ.—Pedro... Pedro...

(La música crece. MARTÍN *come su pan.)*

TELÓN